庫

悦ちゃん

獅子文六

筑摩書房

目次

「悦ちゃん」

獅子文六

子を連れて

一

高気圧がオホック海上にありまして……と、今朝の気象通報も同じ文句だ。アナウンサーがオホック海をもちだすと、天気はたいがいオボッカない。

この二、三日、刺繡糸《ししゆういと》のような、細い雨が降り続く。梅雨が二度もあるのだから、念の入った年だ。今日も、朝から、空は薄墨を流している。紫陽花《あじさい》の咲いている処だけが、少し明るいといったような――

「滑らないように、気をつけるンだぜ。墓場で転ぶと、縁起《えんぎ》が悪いンだからな」

絹のレン・コートの襟を立てた男が、湿《しめ》ッぽい声をだした。

こんな日に、銀座へ出ても、有楽街を歩いても、景気のいい事は無さそうだ。大東京のどこへ行っても、今日は暗いのだから仕方がない。わけても、二本榎《にほんえのき》の瑞得寺境内《けいだい》なんて処へくると、およそ明るい方とは、縁が遠くなる。

男は赤い線香と、青い樒《しきみ》を持って、墓地の狭い路を縫って行く。その前を、テムプルちゃん好みの大きな水玉のドレスを着て、十歳ぐらいの少女が、勇敢に水溜りを跳ね飛んでいる。

「こら。そんな真似をすると、ほんとに転んじゃうぞ」

男は再びそういったが、女の子は一向耳に入れない。手と足とで調子をとって、どうやら遊戯の復習でもしているらしい。

やがて、彼女は唄いだした。

雨、雨、降れ降れ
母アさんが
蛇の目でお迎え嬉しいな
ピチピチ、ジャブジャブ
ラン・ラン・ラン……

なかなか、いい声だ。だが、蓄音機やラジオの童謡のように、無邪気で、甘ッたるくない。デイトリッヒが子供の時には、こんな声を出したと思われるような声だ。

でも、男はそれを聞くと、俄《にわ》かにおでんの辛子《からし》が利きすぎるような顔をして、考えた。

(蛇の目でお迎えうれしいな――か。あれで、腹の底は、やっぱり死んだママのことを思ってるンだな。もっとも、こんな日に、蛇の目でお迎えに出てくれれば、おれだってうれしいからな)

二人は、いつか目指す墓の前へきた。

〝柳家代々之墓〟と書いた石碑が、黒々と雨に濡れてる。だが、塔婆《とうば》の木肌は、まだ生《なま》新しい。先月の今日が、この男の亡妻の三回忌だったのだ。

男は毎月命日に、こうやって墓詣《はかまい》りにくる。いつもは線香を立ててから、お辞儀を一つする。それでお詣りは済んでしまう。だが、今日はそうは行かない。今日は、故人《こじん》にちと重大な相談があるのだ。

男は墓の前へシャがんで、眼を閉じた。どんな相談の筋か知らないが、だいぶ手間がかかる。モジャモジャした男の髪の毛に、見る間に霧雨《きりさめ》の玉が結ぶ。それだけならいいが、レン・コートの裾が泥水へ入ってるのを、彼は知らない。

「だらしがないな、パパ！」

うしろに立っている女の子が、それを見て、小生意気な舌打ちをした。男は一心に首を垂れていて、聴えぬらしい。

「パパったら！」

もう一度呼んだが、まだ気がつかない。すると女の子は、これでもかという風に、

「おい、碌《ろく》さん！」

二

父親をつかまえて、〝碌さん〟と呼ぶとは、子供として相当のもンだが、呼ばれた方では、べつに驚いた顔をしなかった。

　男は柳碌太郎といって、あまり名の売れない、レコード歌詞の作者だが、誰も彼のことを、〝柳君〟とか、〝碌太郎さん〟とかいう者がない。友人、先輩、親戚《しんせき》一同の間で、申し合わせたように、〝碌さん〟と呼ぶ。不思議に、これがピッタリする。かりに世の中に、〝碌さん面〟というものが存在すれば、彼の顔なぞまさにそれだ。一口にいうと、盥《たらい》の水に映した日食みたいな顔である。元気はないが、善良な顔だ。好男子ではないが、好感がもてる顔だ。碌々として一生を送るかも知れないが、ロクでもない真似をするような顔ではない。

「碌さん、碌さん」

　誰でも、そういう。そこで子供までが釣り込まれて、時々、失礼しちまうのである。

　碌さんは、墓前報告を了《お》えたとみえて、静かに立ち上った。レン・コートの裾は、自然、泥水から離れて、問題は解消した。尤《もっと》も、パンツには、相当泥がついたようだけれど。

「さア、悦《えつ》ちゃん。お前も来て、お詣りをするンだ」

　碌さんとしては、厳粛な声を出した。

　悦ちゃんと呼ばれた女の子は、面倒臭そうに石碑の前へ進んで、ゾンザイなお辞儀をした。

「もうちっと丁寧に、お辞儀をしろよ。お墓の下で、ママが、悦子はお行儀が悪くなったといってるぞ」

父親に叱られたが、悦ちゃんは動じなかった。

「だいじょぶだよ」

「なにが大丈夫なもンか。ちゃアんと、この中から、お前のする事を、見てらッしゃるンだぞ」

「フフフ」と、悦ちゃんは父親の顔を見上げて、「インチキだなア、パパは」

「インチキだ？」

「ママは天国へ行ったッて、この前、いったじゃないか」

「いったとも」

「じゃア、地面《じめん》の下にいるわけはないぜ。ハッキリしてくれよ」

この頃の子供は、筋道の通らない事が嫌いである。父親はグッと文句につまったが、そこは商売柄、なんとか胡魔化《ごまか》す。

「タマシイは天地を駆けめぐるものなンだ……さア、よけえな事をいわないで、もう一度お辞儀しなさい」

今度は、悦ちゃんも、行儀よくお詣りした。それに続いて碌さんも、改めてお辞儀をした。

「さア、帰ろう」

雨は相変らず、シトシト降っている。今日の墓詣りは、碌さんにとって、感慨無量なのである。

（俺は後妻を貰うかも知れないよ）

碌さんは、その心持を告げに、今日足を運んできたのである。断じて再婚はしないと思っていたのだが、三回忌が過ぎたら、すこし気持が変ってきた……。

「どこ行くの？」

二本榎の大通りへ出た時、悦ちゃんはアテのある顔をして、訊《き》いた。

「笄町《こうがいちょう》の伯母さんのとこだ」

「ちぇッ。銀座じゃないの」

墓詣りの帰りは、いつも銀座へ出て、お茶を飲むことになっていた。

「今日は大事な用があるンだ。勘弁《かんべん》してくれ」

碌さんは、頼むようにしていった。

三

「ちぇッ。詰ンねえの」

と悦ちゃんは、往来へ立ち止まってしまった。

「板チョコ買うぜ」

「いや」

「じゃア、スマック？」

「いや」

「我儘《わがまま》いうンじゃない。伯母さんに叱られるぞ」

碌さんは少しオドかしてみた。

「円タクへ乗るんなら、行く」

「チャッカリしてやがらア」

碌さんは苦笑《にがわら》いをして、通りかかった車を呼びとめた。いつも、この手で、自動車へ乗せられてしまうのである。

車が走りだすと、悦ちゃんは窓へ貼《は》りついて、外を眺め始めた。同じ街を走っても、電車だと、風景など見向きもしない。東京の子供は贅沢《ぜいたく》だ。

クッションに二人列《なら》んだところを見ると、誰だって、これが親子だと思う者はあるまい。碌さんは三十三だが、呑気なせいか、大学卒業匆々《そうそう》の若さに見える。悦ちゃんは十だが、マセた女の子である。どうしたって、兄妹としか見えない。

今から十年前に碌さんは、既に子持ち大学生だった。城南大学の経済学部にいた時から家庭をもっていた。

(今こそ街の詩人だが、その頃彼は親の命令通り、会社員になるつもりでいたのだ)

親父《おやじ》さんは日本橋で名の売れた開業医で、碌さんの亡妻というのは、そこの白衣《はくい》の天使だった。結婚後六カ月目で、悦ちゃんが産まれたといえば、二人が夫婦になった経路は、たいがいお察しがつくであろう。亡妻の秋子さんは、感心な女だった。碌さんは大いに女房を尊敬していたが、両親もしまいには秋子さんを嫁として可愛がるようになった。

しかし、まず親父さんが死に、一年後に母親が跡を追い、到頭《とうとう》一昨年に、秋子さんまで、肺炎で斃《たお》れてしまって、碌さんはこの世に、悦ちゃんと二人きり残されたのである。しかも、アテにした親の財産は、うまい工合《ぐあい》に親の負債《ふさい》と平均がとれていたりして――碌さんは呑気《のんき》な性分だから、人生の不幸にはわりに平気だけれど、子供の教育だとか、衛生だとかいう事になると、ひどくニガ手なのである。それに、実業界へ入るのを止めて、せっかく街の詩人に転向《てんこう》したからは、専心仕事に身を入れたい。どうも、この際、二番目のベタ・ハーフをもつ必要に迫られるのだ。

「悦ちゃん」

と、碌さんは自動車の中で、センチな声をだした。

「お前、もし死んだママの代りに、ほかのママが出来たら、嫌《いや》かい？」

「どうしてさ」

「どうしてッて事もないが、ちょっと訊いてみるんだ」

「あら、ら、驢馬《ろば》のパン屋さん！」

悦ちゃんは、窓の外の景色が面白いらしい。

「悦ちゃん」

「なにさ、うるさいな、パパは」

「さっき〝雨々降れ降れ、母さんが〟を唄ったね。あの時、死んだママの事を考えていたのかい？」

悦ちゃんは、面倒臭《めんどうくさ》そうに、首を振った。

「雨のことを、考えてたンだよ」

四

碌さんの姉の鶴代《つるよ》さんは、東邦商事の常務、大林信吾の細君である。碌さんの家の家賃は、二十八円だが、笄町《こうがいちょう》の大林の邸宅は、地所だけでも、二万八千円位掛っていた。

姉弟でも、だいぶ身分が違うのである。

「あら、入らっしゃい」

彼女は居間で謡曲本を開いて、ポンポン鼓《つづみ》を鳴らしていたが、弟と姪《めい》の姿を見ると、そういった。

「ご無沙汰しまして」

碌さんは、丁寧に両手をついた。

「いやな天気ざンすね」

彼女はやっと鼓を箱に入れた。鼻がツンと高く、色白で、碌さんの姉とも思われぬ美人だが、また碌さんの姉とも思われぬ気位の高い女である。

「おや、悦子はご挨拶《あいさつ》しないの？」

角のある眼が、悦ちゃんの方へ飛んだ。この姪を、彼女は可愛がらないのではないが、行儀の悪いのが気に入らないのである。なにしろ悦ちゃんとくると、遊びにくる度に、お茶をひッくり返したり、下品な言葉を使ったりする。パパの方は、時々お小遣いを拝借にくるから、態度が神妙だけれど、親の心子知らずで、悦ちゃんは遠慮会釈《えんりょえしゃく》もない。

「イケねえ。お辞儀忘れちゃッた」

「イケねえだなんて、なんです、女の子が――悦子はお言葉が悪くて困りますね」

来る匆々《そうそう》のお叱言《こごと》だが、悦ちゃんは慣れてるから、あまり愕《おどろ》かない。

「ねえ、伯母さん」

「伯母さまッて、仰有《おっしゃ》い」

「ねえ、伯母さま――今ね、円タクん中で、パパがセンチな声出して、とても可笑《おか》しかったわよ」

「余計なこというな」

と、碌さんは少しテレた。

「今日はどちらのお帰り？」

と、姉は悦ちゃんに取り合わずに、訊いた。

「実は、お墓詣りの帰りなんです」

「あアそう」と、姉は肯《うなず》いて、

「で、どうなすッたの、あの方の決心は？」

碌さんは、（来たな）と、腹の中で考えた。

姉は以前から、碌さんに再婚を薦《すす》めているのである。もともと、彼女は弟の亡妻の秋子さんが、看護婦出身だというので、二人の結婚に反対だった。白衣の天使は神聖な職業だのに、重役夫人には了解《わか》らないとみえる。とにかく、その秋子さんが死んだので、今度は、〝妾《あたし》の妹として恥かしくない令嬢〟を探してあげると、躍起《やっき》になって、碌さんに再婚を薦《すす》めた。

「まア、三回忌が済んでから」

と、碌さんは一日延ばしにしてきたが、早いもので、もう一月前に三回忌は済んだ。そうして碌さんも、そろそろ姉の言葉に動かされてきたのである。

「いろいろ考えた結果、姉さんの仰有るとおりに、する事にしました」

こういって、碌さんは一寸、死んだ女房に済まないような気がした。さっき、墓前で、亡霊と話はつけてきたのだけれど……。

「まア、決心がついて？　それは結構！　実は碌さん、今とてもいい話がきているのよ」

鶴代さんは大喜びでそういいかけて、悦ちゃんに、

「悦子。あんたは子供部屋へ行って、遊んでおいで」

五

縁談に子供、葬式に猫は、禁物というわけで、鶴代さんは小間使を呼んで、悦ちゃん

を追払った。

「あのお茶目さんを育てて貰《もら》うのだから、よっぽどシッカリした、教養のあるお嫁さんでないと、駄目ザンすよ」

と、いいながら彼女は、朱塗りの文台の棚から、手函《てばこ》をおろした。

「妾が方々へお頼みしたもンだから、ちょうど今、三口、話があるのよ。ちょいと、この女《ひと》はどう？」

と、姉が最初に取りだしたキャビネ型の写真——碌さんは恐る恐る、半透明の蠟紙《ろうがみ》をめくった。

「お齢は二十三で、初婚なのよ。××県知事の奥さんのお姉さんのお嫁《かたづ》きになった先きのお義妹《いもと》さんなのだから、お身許は確かざンすよ。学校は府立の第×で、ご卒業になってから、陸軍の花嫁学校へお通いになって……」

と、姉がベラベラ喋《しゃべ》るのを、耳に入れてか入れずか、碌さんは煙ッたそうな顔をして、写真を見ている。死んだ細君と馴れ染めが、非合法的だったので、見合い写真というものを見るのは、これが始めてである。いくら写真でも、あまりジロジロ見ては失礼なようで、ハッキリした事はわからないが、さすが陸軍花嫁学校出身だけあって、肩の肉付きは隆々として、眉《まゆ》は遥か満洲を望むように、高く揚ってる……。

「どう。お気に入って？」

「さア、どうも……」

碌さんは、頭を掻いた。べつに嫌というわけでもないが、特に好きという気も起らない。いわば、卵のお鮨《すし》を出されたような気持だ。

「じゃア、それは後回しにして、この女はどう？」

鶴代さんは、手函の中から、また一枚の写真をとりだした。

前のは島田だったが、こんどは耳隠しである。前のはハチ切れんばかりの健康の持主だったが、今度はいささか栄養不良の気味がある。眠《ね》むそうな眼を伏せて、レンズを見ていないから、碌さんも大胆になって、ゆっくりお顔を拝見した。

「なかなか美人ざアましょう？　でもね、再婚なのよ。再婚は再婚だけれど、一月ぐらいでご離縁になったンだからまア初婚も同様ね。それはそれは気質がお優しくッて、お裁縫がお上手で、後妻《ごさい》にはこういう方の方がいいかも知れないわね。鉄道省の技師のお嬢さんざアますの」

と、姉は傍《そば》から口を添えるが、碌さんは今度も気持がハッキリしなくて、困ってる。

こっちが二度目だから、先方がセコハンだって一向関《かま》わないが、この美人、少し肺の気がありはしないかしら……。

「落第？」

「というわけでも、ないですが……」

「碌さんも、案外、眼が高いのね。ほんとは妾も、今の二人は、それほど気には入っていないの。碌さんのフラウとして、悦子のママとして、妾がこれならば申し分のないと思う令嬢が、実は一人いるのよ。とてもお美しくって、近代的で、教養が高くて、しかも、初婚なのよ。碌さん、鼻の下を気をつけて」

姉さんも、人が悪い。そういって、取って置きの写真を、最後に、手函から出した。

六

生まれて始めて、見合い写真というものを見て、碌さんの胸は怪しくトキめいたのであろうか、彼の選択眼はすっかり混乱してしまった。どの令嬢も細君に貰っていいような気持がする。

(陸軍花嫁学校のも、一寸フメるし、再婚美人の方だって、マンザラでない)

なんて、怪《け》しからん考えになる傍《かたわ》らから、どれも生涯連れ添う女性として不向きな気がしてくる。これは碌さんが浮気なのではなくて、写真というものが悪いのだ。修正百パーセントで、実感がない。商品見本として、考えものである。

だが、最後に鶴代さんが持ち出した写真は、まるで違っていた。

「なアる」

碌さんが思わず声を発したのも道理、生けるが如く溌剌《はつらつ》たる洋装、断髪の麗人が、自宅の芝生らしい処へ、ロッキング・チェアを持ち出して、書見に耽《ふけ》ってる光景……。

「お綺麗でしょう?」

「シャンですな。しかし、眼鏡をかけていますぜ」

「だって、それア教育がおありになるからよ。女子大の英文科を優等でお出になったのよ。英語がとてもお達者で、『児童の世紀』という本を、お訳しになったの。育児《ひと》にかけては、とても新式な意見がおありになるのよ。悦子のママとして、素晴らしい女ざンしょう？」

鶴代さんが、なおも語り続けるところによると、その令嬢は今年二十六、理想が高くて婚期が遅れたが、当人は少しもそれを苦にしていない。たいへん勝気で、自信のあるお嬢さんらしい。結婚の条件がむずかしくて、会社員は萎縮《いしゆく》しているからイヤ、軍人は元気過ぎるからイヤ、医者は非精神的で、学者は非人間的で、みんなイヤとなると、残る婿《むこ》さんの職業は、ほんの僅かになる。でも、真に自分の気に入った男性が現われるまでは、決して嫁に行かない積りらしい。なにしろ、それほど美人である上に、持参金五万円というのだから、気が強いのだろう。父親は死んだが、有名な日下部《くさかべ》銀行の一門、母親と弟と三人で、有りあまる遺産を抱えて、暮してるのである。

「でも姉さん、そんな素晴らしい令嬢が、僕のとこなぞに、来てくれるでしょうか？」

と、碌さんはすぐに弱気を起した。写真の顔は、キツ過ぎるほど眼鼻立ちがハッキリして、どちらかというと、碌さんの好きなタイプである。見るからにシッカリした、理智的な女性だから、悦ちゃんにもきっといい賢母となろう。それに、五万円というやつが――サモしいようだが、この際、ひどく碌さんの耳へ響いた。金の心配さえなければ、もうちっと朗らかな作詞《さくし》ができると、思うからである。

けだし、絶好の縁談だが、提燈にツリが無《ね》えというような事になりはしないかと、碌さんは身の程を顧みた。

すると、鶴代さんは、

「ところが、碌さん、先方が乗り気になってるから、面白いでしょう。そのお嬢さんは、碌さんが雑誌に書いた童謡を読んで、とても感心してらっしゃるの。そういう方なら、是非、ご交際がしてみたいって、ご自分で妾に仰有ったから、確かでしょう！」

「ほんとですか」

と、碌さんが座布団を乗り出したのは、少しアサましかった。

海水着を買いに

一

日下部カオル……

薫《かおる》さん……

机の前でアグラを掻《か》きながら、碌さんはこう繰り返した。

（いい名前だな。インテリ女性らしい名前だ。かりに彼女が、僕のワイフになると……柳カオルか。語呂《ごろ》は悪くないな。いや、待てよ……柳カエルだろうなンて、友達がヒヤ

かすと困るな。柳に蛙なら小野道風だからな。しかし、やはり縁のある名だよ。フフフ）

　碌さん、すっかり他愛なくなってる。

　あれから……笄町の姉の邸《やしき》へ行ってから、もう五日経った。あの日の帰りに、碌さんは最後に見せられた令嬢の写真を貰ってきた。写真の裏に、ペン習字のお手本のような筆蹟《ひっせき》で、日下部薫と書いてあった。とたんに、碌さんは名前を暗誦《あんしょう》しちまった。どうも、それ以来、なんとなく浮々するのである。

「旦那様、昨夜、ながい寝言を仰有いましたね」

と、碌さんは、婆やにいわれた。

（花婿の寝言か……すこし、気が早いぞ）

　碌さんは、心の中で思った。

　こういうと、いかにも碌さんという人物が、ダラシがないように聞えるが、内証《ないしょ》の話――男とはこうしたものである。毎月、亡妻の命日に、お墓詣りを欠かさなかった碌さんだが、一旦《いったん》、再婚の決心をしたとなると、イサギよく、ほかの女性に心を動かすのだ。まことに、日本男子らしい――といって悪ければ、まことに、平凡男子らしい。碌さんは聖人でもなければ、豪傑でもないのである。

　男鰥《やもめ》に花が咲きかけたら、天気までよくなった。

　しつこい雨が、霽《は》れた。霽れたと思ったら、見る見る水銀柱が、三〇度を越した。夏だ。本格の夏だ！

「パパ、今年はどこへ行くの？」

悦ちゃんは、二十日から小学校がお休みになるので、父親に避暑の催促をした。

「さア何処になるかな？」

碌さんは、曖昧《あいまい》に返事をしとく。なぜといって、去年は鎌倉、一昨年は軽井沢へ行ったけれど、みんな親類や友人の家に招かれたのだ。早くいえば、親子連れの居候《いそうろう》をキメたのだ。碌さんは、毎日の生活費を稼《かせ》ぐのが、精一杯で、なかなか、避暑どころの騒ぎではない。

いつも招待にくるのは、皆が避暑生活に倦《あ》きかけた八月の上旬になる。すこし待ち遠しいけれど、ヒトサマの都合だから、文句はいえない。

すると、どうだ。この夏は、どこまで運がいいのか、今日、こんな絵ハガキが舞い込んできた。

俄かに暑くなったので、昨日から当地の別荘へきています。悦子を連れて、御逗留《ごとうりゅう》に御出で下され度く、御待ちします。

実は、あなたに逢わせたい人がいますのよ。

万事お目もじの上。

大林家の別荘が、房州の勝山にある。他にも別荘があるのに、人に勧《すす》められて、地所を買って、去年、新築したのである。

このハガキを見ると、碌さんはすぐに、

「おい、悦ちゃん。海水着を買いに行こう」

二

どうも、女が眼について、困る！

碌さんは、海水着とお土産を買うつもりで、悦ちゃんを連れて、銀座に出てきたのだが、なんだか平常《ふだん》の銀座と違うような気がするのだ。

（銀座ッて、まるで、女ばかりの街だなア）

碌さんは、驚嘆の眼を瞠《みは》った。なアに、昔から銀座は、女がゾロゾロ歩いてる。それが急に眼につきだしたのは、碌さんが変ったからである。
二十四、五から七、八までの女性が、特に、碌さんの眼につく。どの女も、見合い写真が生きて歩いてるような気がする。
（多少、どれも皆、僕のワイフになる資格をもっとる）

こんな失礼な事を考えてるのが、女性群に知れたら、碌さんはドヤしつけられるに違いない。

「パパ、あんまりキョロキョロしないでよ」

悦ちゃんにまで、注意されるのである。

だが、この様子では、碌さんは、あながち、日下部《くさかべ》カオルさんだけに心を惹《ひ》かれてるのではないらしい。俄《にわ》かに夏が来たように、俄かに二度目の青春が、扉を開いたにちがいない。

「そら、青が出た。向側へ渡ろう」

と、碌さんにいわれる先きに、悦ちゃんはズンズン横断線を歩いて、東側の鋪道《ほどう》を踏んでいた。そうして〝大銀座デパート〟の入口へ、先きに立って、歩きだした。

「おい、何処へ行くンだい、悦ちゃん？」

「〝大銀座〟さ。モチだよ」

「よせよ。〝大銀座〟はマーケットがないンだぞ」

「マーケットの海水着は去年の売れ残りが多いンだぜ。パパ、知らないの？」

そんな事はよく知ってるが、懐中《ふところ》と相談の上で、特売場を利用するつもりでいたのだ。どうも、都会の子供は、モノシリで困る。だが碌さんは、金もない癖に、いったい、平常から、悦ちゃんの洋服や靴を、スマートな好みで仕立てたがる。今日の悦ちゃんの服装なぞも、帽子、ドレス、靴まで白ずくめで、まるで西洋の子供のよう。銀座を歩いてる子供の中でも、一際《ひときわ》、颯爽《さっそう》として、どう見てもこれが、月収百円の小唄詩人の娘ッコとは、思われない。どうも、都会の親は、ブンを知らなくて困る。

中元売出しの済んだばかりの〝大銀座〟は、さすがにどこかヒッソリしていた。

「海水着、三階だわよ」

悦ちゃんはパパよりも、百貨店の地理に通じている。なるほど、三階へ行くと、ビーチ・パラソル、浮輪の青や黄が、ケバケバしく眼を刺す売場があった。

碌さんは、まず、悦ちゃんの海水着から、選び始めた。

「パパ、もう赤いのは、ご免だわよ」

「赤い方が、可愛くて、いいぜ。これは、どうだ」

「やだア。そんな赤ン坊みたいの……青いのがいいや」

「じゃア、これか」

「駄目よ。もっと、背中がウント開いてるンでなくちゃ」

「こ奴、チンピラの癖に……」

と、碌さんがいいかけた時に、

「海水着でいらっしゃいますか」

と、美しい女店員が、寄ってきた。

三

「ええ」

「お子様用でございますね」

「そう」

「これは、如何でございましょう。平編《ひらあみ》の純毛でございます」

「縮《ちぢ》みませんか」

「さようでございますね……では、ゴム編みに遊ばしたら、絶対に、縮む心配はございません。こちらのは舶来《はくらい》で、お値段は張りますけれど、それは軽くて、お召し心地がよろしゅうございます」

「いくらです」

「八円二十銭になっております」

「はア」

少し高い。

いや、少しどころではない。碌さんは、三円止まりと、見当をつけてきたのだ。八円二十銭の水着を買えば、帰りのバス代まで無くなってしまう。

「もうちっと、えーと……ナンなのありませんか」

碌さんは、女の前で、〝もっと安いの〟という言葉が、ラクに出ない男だ。その代り、〝もっと高いの〟という方なら、実にスラスラと出る。そんな風だから、いつも貧乏してるのだが、どうも日本橋で生まれた江戸ッ子たる以上、これは免れぬ運命らしい。

だが、売子さんは心得たもので、碌さんの懐中《かいちゅう》の工合を一言で覚《さと》ったとみえて、

「では、この方はいかがで……半毛でございます。ほんと申しますと、これが一番徳用でございます。純毛だと、どうしても水に会って縮みがちで、またガスですと、反対に

伸びます。そこへ参りますと、この半毛半綿は、伸びず縮まず、一番型が崩れません。お値段も、ずっとお恰好《かっこう》で、二円六十銭でございます」

廉価品《れんかひん》を目指すとみると、急にツンと態度を変える売子さんが多いのに、彼女はむしろその反対だった。

「じゃア、それを貰いましょうか」

二円六十銭なら、碌さんも予算《よさん》以内で、大助かりだった。

すると、それまで黙っていた悦ちゃんが、急に、口を開いた。

「嫌《いや》ッ。そんなの嫌ッ。こっちのにして！」

と指したのは、碌さんにとって気の毒にも、八円二十銭の舶来品《はくらいひん》である。

「悦ちゃん。そんなの止せよ。お前に、似合わないよ」

「これがいい！　これでなけりゃ嫌ッ！」

こうなると、母親の無い児の野育ちが、スッカリ暴露《ばくろ》して、テコでも動く悦ちゃんではないのである。

碌さんは途方に暮れた顔で、悦ちゃんを眺めてると、売子さんは安い方の海水着を持って、売場の囲《かこ》いの中から出てきた。

「お嬢さま、ちょっと、寸法を見せて頂きますわ」

と、悦ちゃんの体に添えて見せて、

「まア、よくお似合いになりますわ。まるで、テムプルちゃんみたい……。ね、御覧なさい。こっちのには組紐《くみひも》がついてるでしょう。これ、今年の流行なンですよ。船来《はくらい》の方はベルトだから、駄目ですわ。これになさいましよ、お嬢さま」

齢は二十一、二だが、なんと親切な売子さんだろう。まるで、姉か母親のように、優しい笑顔で、悦ちゃんの顔を覗《のぞ》き込んだ。

すると、強情を張ってた悦ちゃんが、いつになく、温和《おとな》しくいうことをきいた。

「じゃア、それにするわ」

四

翌日の朝、〝大銀座〟の濃緑の紙包みが、中野の碌さんの家へ、配達された。

「海水着が来たッ!」

悦ちゃんは、お座敷へそれを持って行って、すぐ紐をほどいた。

「おウ、素的《すてき》!」

悦ちゃんは海水着を畳の上に拡《ひろ》げて、大喜び——欲しかった船来の海水着のことは、もうスッカリ忘れている。そこらは、サッパリしたものである。

やがて彼女は、ドレスを脱ぎ始めた。クリッパーも脱いだ。最後に、おズロも脱いでしまったのは、まア子供だと思って、大目に見て頂きたい。

悦ちゃんは、新しい海水着の着初《きぞ》めをして、机の前の碌さんのところへ行った。

「パパ、見てよ!」

碌さんは、朝涼《あさすず》の間に、ちっとばかり仕事をして置こうと思って、机に向っていたところへ、小型の人魚が現われたのである。

「おや、気の早い奴だな、もう、着ちまったのかい……なるほど、ワリに似合わア。あの売子さんのいった通りだ。とても、二円六十銭とは、見えねえ……」

と、いいかけて、口を抑えた。

「まア、お嬢さん、タイした洋服ですね」

と婆やも、手を拭き拭き、座敷へ出てくる。

「やアだ。洋服じゃないわよ、海水着よ」

「あれ、モッタイない。そンな立派なものを着て海へ這入《はい》っちゃ、罰があたります。泳ぐ時には、脱がなくちゃいけません」

これには、碌さんも、悦ちゃんも、腹を抱えて笑った。尤《もっと》も鎌倉あたりへ行くと、一夏中、海水着をぬらさないで、海岸へ寝転ンでる令嬢がいるから、一概に婆やの言葉を笑えない。

悦ちゃんは大得意で、マネキンみたいに、腰をヒネったり、グルグル回ったりして、お座敷中へ、貧弱なエロを発散してると、

「お嬢さん、一寸《ちよつと》、一寸」

と、婆やが呼び止めた。

「どうも、模様にしては、おかしいと思ったら」

と、婆やは、悦ちゃんの脇腹のところを、碌さんに示して、

「旦那様。駄目ですよ、こんなイカサマ物を、買って入らッしちゃ」

「イカサマ物?……どらどら」

碌さんも側へ寄って見ると、ライト・ブルーの地が、脇腹のところで綻《ほころ》びて、悦ちゃんの白い肌を覗かせている。

(いけねえ。やッぱり、安物は駄目かな)

碌さんはそう考えたが、あの親切な売子さんのことを考えると、そんな不正な品物を売りつけられたと、思いたくなかった。

「悦ちゃんがあンまり暴《あば》れるから、破れたンだろう」

「でも、一ペン着ただけで、綻びるようじゃ、仕様がござンせん。旦那さま、その店へ行って、換えて貰って入らっしゃいまし」

「換えてくれるかなア」

「くれるもくれないも、ありアしません」

「パパ、換えて貰ってきてよ」

悦ちゃんも、俄かに意気消沈して、早くも海水着を脱ぎ始めた。

碌さんは生まれつきの弱気と見栄張りで、品物取換えなんて事は大嫌いである。でも、別にもう一枚の海水着を買うとなれば、この際、大打撃にちがいない。

「仕方がない。行ってくる。婆や、洋服を出してくれ」

碌さんは、シブシブ立ち上った。

五

〝大銀座〟デパートの階段を、碌さんはイヤにゆっくり昇った。どうも、品物取換えなんて芸は、ご婦人に限るようだ。お中元に貰った反物を、そのデパートへ持って行って、

「これ気に入らないから、もっと華手《はで》なのに換えてよ」

なんて、勇敢《ゆうかん》に権利を主張するのは、女に限ったもの――意気地はないと雖《いえど》も、碌さんは、とにかく、男だ。いや、気が弱いだけに、こんな事はニガ手である。

「あのう……これ、すこし工合が悪いンですが……」

碌さんは、海水着の売場で、配達伝票の付いた紙包みを開けた。

いい按配《あんばい》に、昨日の親切な売子さんが、売場に出ていた。碌さんの顔を覚えていたとみえて、ニコニコして、お辞儀をした。

「すこし、綻《ほころ》びてるンです」

「まア、それは相済みません。滅多《めった》にそンな事はございませんが、沢山の品物だもンですから」

「いや、子供が着て暴れたから悪いンです」

「いえ、ミシンが不充分だったのですわ。相済みません」

両方で、謝《あやま》ってる。まるで、模範客と模範店員みたい。

「少々、お待ち下さい。すぐお取換え致します」

幸い、同じ品物がほかに一枚あったので、彼女は早速それを、包み始めた。

やれやれと、碌さんは安心したせいか、この時始めて、ユックリ彼女を見た。そうして、オヤオヤと驚いた。まるで、この頃売出しの映画女優——純真で、聡明《そうめい》な顔立ちで評判の、白百合姫子ソックリだ。あの女優は素顔美で鳴らしてるが、この売子さんも、ほかの女店員のような濃化粧をしないで、しかも、叢《くさむら》の中の朝露のように光っている。癖のない鼻も、可愛い口許《くちもと》もいったいに小型な、流行のボーイ・フェースだ。といって、レヴィユウの男役麗人とは、およそ縁の遠い、慎ましやかで、可憐な下町娘のようなところもある。では、古風のミツマメ型かというと、空色のブルースがひどく似合って、甲斐々々しく職場を守る近代女性の面影が、躍《おど》るようで……。

「お待たせいたしました」

彼女は碌さんの前へ、紙包みをおいて、丁寧に首を下げた。

「済まンです」

碌さんも負けずに、インギンなお辞儀《じぎ》をした。

まだ午前中で、店内に、お客の影が少い。ほかの女店員も、柱の蔭で、サボってる。

碌さんと彼女との間に、ちょいとお客と店員を離れた空気が生まれた。

「ほんとに可愛くていらッしゃいますね、お嬢さん……」

「いや、生意気で、困るです」

「お妹さんでございますの？」

「いや、娘です」

碌さん、少しテレた。

「まア……。でも、よくお父様のいう事を、お聞き遊ばしますこと」

「いや、ワイフが死んじゃッたもんですから……」

「あら、それはまア……」

彼女は、なぜか、深い同情の瞳《ひとみ》を曇らせた。

碌さんは、なんだかヘンな気分になった。優しくて健気《けなげ》なこの売子さんと、もっと話がしてみたくてならない気持がした。

だが、そこへ、婦人の客が現われた。

「ちょっと、海水帽見せて頂戴」

碌さんは紙包みを持って、慌《あわ》てて売場を去った。

六

明日の朝の汽車で、海へ出かけることになったので、碌さんはスーツ・ケースの埃《ほこり》を払って、荷作りに忙がしい。

男の一人旅なら、シャボン、歯磨き、安全剃刀《かみそり》……とそろえば、支度はO・Kだ。しかし、悦ちゃんを一緒に連れてくとなると、そうは行かない。

「ズロース三枚じゃ足りないぜ。毛糸の腹巻を持っていかんと、寝冷えするな。読方と算術の本と、クレイヨンと画用紙……それから、キャラメル、チュウインガム、風船とあられときたね。おッと、胃腸薬を忘れるとこだった……やれやれ！」

額から汗をたらしながら、碌さんは、フウフウいっている。

つらつら考えてみるに、こんな仕事は、どうしても母親の受持ちだ。日本男子たるものは、何もしないで、女房に叱言《こごと》をいってれば役目は済むンだが——それにつけても、悦ちゃんのママ、つまり自分のワイフなるものが、早く出現してくれんと、困る。

（日下部《くさかべ》カオルさんもいいが、〝大銀座〟のあの売子さんは、とても感じのいい女だな。勝山へ行ったら、早速、姉さんに話してやろう）

碌さんは、海水着を鞄に詰める時に、彼女のことを思い出して、いい知れぬ懐かしさを感じた。どちらかというと、碌さんはブルジョアの令嬢より、働いてる婦人の方が好きだ。これは先妻の秋子さんが、看護婦出身であったせいかも知れぬ。なんにしても、あの売子さんは好きだ。とても、好きだ。

（だが、イケねえ）

と、碌さんは、急に顔を曇らせた。

（齢を考えてみろ、齢を！　彼女はどう見ても、二十か二十一だ。そんな乙女《おとめ》が、十に

なる娘のママになれますかてンだ。真ッ平御免というに、きまってらア。彼女だけは、アキラメモンだね）

碌さんは、悲しそうに、首を振った。意気地がないだけに、碌さんは野望というものを起さない。悲しいけれど、諦《あきら》める時に諦める事を知ってる。

それきり、彼はあの売子さんのことを、考えなかった。

やっと、鞄の荷詰めも片づきかかった時、玄関で、女の声がした。

「ごめん下さい」

碌さんは慌てて浴衣を引っかけて玄関へ出てゆくと、悦ちゃんの級の受持ちの村岡先生が立っている。

「やッ。これは」

碌さんは恐縮して、両手をついた。

「あのう、暑中休暇の復習のことについて、伺ったのでございますが……」

白の上着に黒のスカートを穿《は》いた村岡先生は、いかにも質素な扮装《いでたち》だが、女教員には惜しいほど、目鼻だちが美しい。

「悦子さんはなんでも良くおできになりますけれど、操行とお修身だけが乙で……」

二、三日前に貰《もら》った通信簿に、オシドリが二つあったようだが、何の課目だか忘れちまったほど、碌さんは教育に不熱心なオヤジである。

「どうかして、全甲になって頂きたいと存じまして……妾《あたし》、どういうものか、悦子さんが好きなンでございます」

そういって村岡先生は、白粉気のない顔を、少し赤らめた。それから五分間ばかり、村岡先生は細々《こまごま》と、夏休みの復習や衛生について、親切な注意を与えてくれた。

「では、また新学期に……」

彼女が帰った後で、碌さんは平素から悦ちゃんを、自分の子のように可愛がって下さる村岡先生の事を考えた。

(悦ちゃんのママに、もってこいというような女だな……)

松風汐風

一

木更津、青堀……と過ぎると、いくらか汽車の中が、涼しくなった。田圃で、稲の浪が揺れてる。蓮の花が咲いてる。子供が河で泳いでる……。鋸山《のこぎりやま》のトンネルを越すと、海らしい海が、線路の下に迫ってきた。大森あたりのインチキな海とちがって、子供に見せる標本になるような海だ。

「スゴク青い海だわね」

悦ちゃんは車窓にハリついて、感心している。

「海が青いのではない。光線の屈折《くっせつ》によって、青く見える」

碌さんは、怪しげな物理学の知識を持ちだす。

「ノコギリ山って、ノコギリのできる山？」

「バカいっちゃいけない。鋸の形をしてるから、鋸山だ。日蓮上人が建てたお寺があるので、歴史上、名高い」

碌さん、いい加減のことをいってる。日蓮上人は清澄山《きよすみやま》だ。世間のパパやママは、時々こうしたヨタ教授をするが、よくしたもので、子供は片端から、忘れてくれる。

「だがね、悦ちゃん。伯母さんところへ行ったら、行儀をよくしてくれよ。おウチにいるようでなくな」

「わかッてるよ」

「春代ちゃんや、謹ちゃんと、喧嘩《けんか》してくれンなよ」

「するもンか。こっちはイソじゃないか」

「なんだい、イソって？」

「居候《いそうろう》さ」

碌さんは、情けない顔をした。子供がそんなにサモしい言葉を覚えたのも、つまり、自分に働きがないからだ。と一奮発して、早く四条五十《いそ》先生のように、月収千円の作詞家にならなくちゃアいけない。だが、世の中が、そう思うようになってくれないとすると、五万円の持参金の日下部カオルさんと、結婚するのが、一番早道かな……。

碌さんが、そんな事を考えてるうちに、汽車は遠慮《えんりよ》なく、勝山の駅へ着いた。

「さア、降りるんだ」

大勢の下車客の尻《しり》に着いて、ブリッジを渡って、改札口に出ると、

「旦那、お暑うがす」

大林邸の爺やが、経木帽《きようぎぼう》を脱いで、挨拶した。

爺やに鞄を持って貰って、別荘まで行く間の道は、砂地が焼けて、東京より暑いくらいだった。だが汐入川の縁へ出ると、強い浜風が、息も出来ないほど吹きつけて、海の匂い、松の匂いが、一どきに避暑地の気分を誘った。

大林家の別荘は、その松林の中にあった。

子供用の別荘に建てたとみえて、凝《こ》った普請《ふしん》ではないが、ユッタリと気持よくできた別荘である。

「暑かったでしょう？　悦子も、よくきましたね。いま子供達は海へ行ってるけど、じきに帰ってくるから、温和しくしてらっしゃい」

鶴代さんは、束ね髪で、藍《あい》模様の平絽《ひらろ》の涼しそうな服装《なり》で、二人を奥へ案内した。

廊下の籐椅子で、冷たいコーヒーを飲みながら、碌さんが庭を見ると、隣りの松林の中に、バンガロー風の別荘があって、ピアノの音が流れてきた。

「いい別荘ですね」

「ええ、とてもいい別荘よ」

鶴代さんは、意味あり気に笑ったが、ふと碌さんの頭を見て、

「これからお嫁さんを貰おうッて人が、そんな不精《ぶしょう》をしてどうするの？　毛が耳にカブさってるじゃないの？　後で、忘れずに、床屋さんへ行ってらッしゃい」

二

朝のうちは涼しいが、十時頃から、ジリジリ燬《や》けつくような暑さである。海辺の太陽は、都会よりも眩《まぶ》しくて、強烈なようだ。

「碌さん、海へ行こうよ」

「泳ぎましょうよ、碌さアーん」

大林の子供の謹吾《きんご》と春代が、碌さんの両手にカラまって、居催促をする。謹吾は十二で、春代は悦ちゃんと同い齢《どし》の十だが、裕福《ゆうふく》な家庭に育ってるせいか、ちと甘ッたれている。悦ちゃんが胡椒《パプリカ》娘とすれば、二人は砂糖息子にキャラメル娘というところだろう。

「行くよ、行くよ」

碌さんは、寝転んで本を読んでいたかったのだが、子供にセガまれると、すぐに折れてしまう。だから、子供には、人気がある。人気があり過ぎて、いやしくも叔父さんであるのに〝碌さん〟と呼ばれるようなことになる。これも、ヨシアシだ。

「さア、お坊ッちゃま、お嬢さま、海水着をお召し遊ばせ」

大林の子供は、女中が着せてやる。悦ちゃんは、海水着ぐらい、自分で着る。もう十

だもの……。

　碌さんが先頭で、三人を連れて汐入川の堤《つつみ》を歩いてゆくと、じきに砂浜だ。花が咲いたように、ビーチ・パラソルが列《なら》んでいる。そのうちの一つに、大林別邸のがある。爺やが毎朝早くから、張って置くのだ。

「とても、汐が引いてらア。早く泳ごうよ」

　子供達は、ケープを脱ぐと、すぐ水際へ飛んでゆく。謹吾は少しばかり泳げるが、春代や悦ちゃんは、浮輪組である。浪打ち際の浅いところで、ポチャ、ポチャやってる。碌さんもおツキアイで、毛脛《けずね》を濡らす程度の海水浴で、我慢しなければならない。あまり面白い役目ではないようだ。

「もっと、シッカリ浮輪につかまって――そう、そう！」

なんて、子供の世話を焼いてる眼の前を、海中のアヴェックが、幾組も、通ってゆく。列んで、笑いながら、ゆッくり胸泳《ブレスト》をやってく組もある。仲よくヨットに納まって、沖へ出てゆく組もある。

（勝手にしやがれ！）

　碌さんもまだ若いから、ちっとは腹も立つのである。

「おい、みんな、ソロソロ上ろう」

「まだ早いよ」

「今、這入《はい》ッたばかりじゃないの、碌さん」

「駄目だ、駄目だ。唇が青くなってるぞ」

「ちえッ。つまンねえの」

子供達は、それでも、碌さんのいうことを肯《き》いて、ゾロゾロ海から上ってきた。謹吾と春代は、一同は、ビーチ・パラソルの蔭へ、頭だけ突っ込んで、甲羅を干した。先きへ来てるだけに、もう小麦色に肌が焼けてるが、碌さんと悦ちゃんは、いやに生白い。

「悦ちゃん、早くまッ黒になれよ」

碌さんはそういって、自分も長々と、焼砂の上に、体を伸ばした。避暑地だけは、色を黒くして置かないと、日帰りのプロレタリアと間違えられる。

碌さんは、臥《ね》ながら、海の方を見ていると、クリーム色の水着の背の高い女性が、颯《さつ》爽《そう》と水から上って、こっちへ歩いてくる。なかなか、シャンらしい。やがて、隣りのビーチ・パラソルへ来て、同じように、足を投げだした。

碌さんは、たしかに何処かで見た女性だと思ったが、どうも思い出せない。するると、春代が、「今日は」と挨拶をした。彼女も、軽く会釈《えしやく》を返した。

「誰だい？」

と、碌さんが、そっと訊くと、

「お隣りの別荘のお姉さまよ」

三

クリーム色の海水着の女は、どうやら一人で泳ぎにきているらしい。ビーチ・パラソルの下の脚は、いつまで経っても、二本である。

(到るところ、アヴェックばかりだのに、感ずべき美人だな。しかし、わからんぞ――今は二本だが、俄然《がぜん》、四本になるかもわからん)

碌さん、とかく、隣りの美しい脚が、気になる。

「春代さん、謹吾さん……」

脚の主が、不意に、口を利《き》いた。

「なアに」

「いいものあげるから、入らッしゃい」

小さな兄妹は、すぐに、隣りへ出かけた。悦ちゃんが、すこし羨《うらや》ましそうな顔をしている。

「もう一人のお嬢さまにも、頒《わ》けてあげるのよ」

「ありがと」

二人は、手に一杯、ロシア・キャンディをもらって、帰ってきた。

こうなると、碌さんも、ちょっとお挨拶を申しあげる義理ができた。いや、チャンスができた。

「ヤア、どうも」

と、腰を浮かしていいかけたが、後が出ない。碌さんは折角のチャンスに、眼を白黒している。浜辺の不良少年に聞かしたら、惜しいもンだと、嘆くだろう。

「いいえ」

彼女は、そういっただけで、海の方を見てる。ツンと鼻が高い横顔だ。どうやら、鶴代さん組の、気位の高い婦人らしい。碌さんは、丁寧《ていねい》に下げた頭の始末に、困った。

「泳ぎましょうよ」

「ねえ、碌さん」

子供達はお菓子を食べちまうと、急に、碌さんにセビリだした。

「まだ泳ぐのかい」

碌さんは、シブシブ立ち上った。隣りのビーチ・パラソルに、心は残るが、子供の付添いという役目柄、どうも仕方がない。

また、浅いところで、ジャブ、ジャブやって、碌さんは、到頭《とうとう》、背中を濡らす機会が無かった。ちょいと、クロールの鮮かなところを、あの美人に見せてやりたいと思ったのに、残念だった。その代り紅を塗ったように、日にやけた。

やっと、水から上ると、もう、隣りのビーチ・パラソルに、人影はなかった。

午後にも、碌さんは子供を連れて、また浜へ出たが、あの美人は姿を見せなかった。

夕飯になった。鰺《あじ》がよく漁《と》れるところで、鰺のフライが山のように、食卓へ出た。大林の子供達はもう倦《あ》きているが、悦ちゃんはよく食べる。ご飯も、四杯食べた。

食後に、広い縁側で、皆が涼んでいると、

「今晩は」

と、庭伝いに、白い影が二人、現われた。

「まア、ようこそ……」

鶴代さんは、縁側の麻座布団を裏返しにした。

お隣りの別荘の母親と令嬢である。昼間、浜で見た令嬢である。白いワン・ピースを着ている。

「あの、これが弟ざアますの」

鶴代さんは、碌さんを紹介した。

「始めまして」

碌さん、昼間逢ってる癖《くせ》に、ちょいとウソをついた。

「碌さん、こちらは、日下部さんのお母様にお嬢様——カオル様ッて仰有るのよ」

姉さんは、横眼でウインクした。

（えッ。これが、例の令嬢か！　道理で、見たような顔だと思った）

そう思って、令嬢の顔を見ると、チャーンと、写真の通り、眼鏡をかけてる。あの時は泳ぐので、外していたに違いない。

四

姉さんも、相変らず、人が悪い。

隣りの別荘に、日下部カオル嬢がきているなら、前もって、教えてくれればいいのに
——後になって、硲さんが、

「騙《だま》し討ちとは卑怯《ひきょう》ですね」

と、文句をいったら、

「だから〝逢わせたい方がある〟ッて、ハガキで予告しといたじゃないの?」

と、アベコベに、揚足《あげあし》をとられた。

でも、鶴代さんの勧《すす》めに従って、すぐ町の理髪店へ行って置いてよかった。銀座で頭を刈ってくれれば、なおよかったンだが……。

その後、硲さんは、浜で令嬢に逢わなかった。彼女は、西洋人みたいに、午前か夕方でなければ、海へ入らないらしい。道理で、色が白いと思った。

すると、ある日、日下部別荘の女中さんが使いにきた。

「あのう、今晩、若旦那様がお差支えございませんでしたら、お夕飯にお出で下さいますよう……」

女中が帰ってから、鶴代さんは、

「ちょいと、若旦那さま、行くでしょう?」

「若旦那はアヤまるな。どうも、自分の気がしません」

「そんな、卑下《ひげ》するもンじゃなくてよ。カオルさんに、嫌われてよ。堂々と、紋付でも着て、行かなければ駄目よ」

「悦子はどうします？」

「勿論《もちろん》、お留守番よ。御招待は、若旦那様だけよ」

「また、いう……」

碌さんは、散々、ヒヤかされた。

やがて、蜩《ひぐらし》が松林で鳴き出した。垣根の月見草が、点々と開き始めた。夕暮れである。記念すべき、夕暮れである。

碌さんは来た時の白麻の服を再びきて、青い開襟《かいきん》シャツのカラーを無理に立てて、淡色のネクタイを締めた。胸のポケットにハンケチを、ちょいと覗かせたが、思い切ってトンボの羽根のように、拡げることにした。ステッキは持って行こうか、廃《や》めようかと、だいぶ迷ったが、結局持ってゆくことにした。

「パパ、どこへ行くの？」

門を出る時に、悦ちゃんが表から、帰ってきた。

「お隣りへ、おヨバレに行くンだ。じきに、帰ってくる」

「パパ一人？」

「うん」

「意地わる！」

そういって、悦ちゃんは、ズンズン行ってしまった。

碌さんはなんだか、寂《さび》しい気持になった。自分だけでウマい物を食ってるのを、見つけられたような気持がした。

(だが、悪く思うなよ、悦ちゃん。僕のワイフを探しに行くばかりじゃない。お前のママも、序《ついで》に、探して来るンだからな。一石二鳥ッてところを、狙ってるンだ。骨の折れる仕事だぜ)

碌さんは、無理に理窟をつけた。

ゴロ石を塗り込んだ日下部別荘の門を入ると、とたんに碌さんの胸が、ドキドキした。

「ご免……」

碌さんの声は、ツバキに絡《から》まった。

女中が出て来て、一旦引っ込むと、

「さア、どうぞ……」

スラリとした、カオルさんの洋装姿が、ポーチへ現われた。碌さんは、忽ち顔を赤くしたのに、彼女は、孔雀《くじゃく》のようにオチつき払っている。どうも近頃は、女の方が修養を積んでるらしい。

五

「食べ物は、どんなものがお好きですの？」

女中が、鱸《すずき》のムニエールを運んできた時、令嬢が訊いた。

碌さんは、洋服を着てきてよかった。ご馳走は洋食だった。しかも、小さいながら食堂で、椅子に腰かけて食うのだ。

「なンでも、食うですな。スシ、ソバ、テンプラ、鰻《うなぎ》……」

「洋食は？」

「好きです。厚切りのトンカツに、熱いご飯で……」

「あら、そンなの、洋食じゃありませんわ」

カオルさんは、眉をしかめた。なるほど、食卓にはパンは出てるが、ライスは出さないらしい。

「御酒は、あがりますか？」

今度は、日下部の母堂が訊いた。六十近いお婆さんで、カオルさんと反対に、デップリ肥《ふと》ってる。娘がエライのか、母親が甘いのか、とにかく、カオルさんに対して、万事唯々諾々《いいだくだく》たる様子が見える。

「はア」

と、碌さんが答えた。〝はア〟どころじゃない。酒とくると、日本酒、ビール、ウイスキー、時として電気ブラン、琉球泡盛《あわもり》まで、見境もなく手を出す男なんだが、少しボカして答えて置いた。

なぜといって、食卓を見ると、炭酸水とグレープジュースしか、置いてないのである。

「日本酒飲んで、臭い息をする人、妾、大嫌い」

カオルさんがいった。彼女と結婚するには碌さんも日本酒を廃《や》めるか、ガス・マスクを買うか、どっちかの必要に迫られる。

「英国の詩人では、誰をご愛読なさいますの？」

令嬢は鶏《とり》の冷肉を切りながら、そう訊いた。また別のメンタル・テストが始まったらしい。

「さア……」

と、答えたものの、今度は食べ物や酒類と違って、あまりその道に明るくないのである。なにしろ碌さんは、根が経済学部出身で、好きで歌謡曲の作詞なぞしているが、文学の方の知識は怪しいものだ。

「妾、スインバーンが大好きですの。でも、ブラウニングのような詩風も、嫌いじゃありませんわ。貴方は？」

「さア」

「この頃、妾、十七世紀の民俗詩を研究してますの。きっと貴方のご参考になることがあると思いますわ。文献をお貸し致しましょうか」

然でない。

「はア」

なんでも、手短かに答えて置くに、限る。だがカオルさんは、聞きしに優る、学問のある女だ。これでは、近眼になるのが当然だ。ただ、学問のある癖に、美人なのが、当然でない。

碌さんは、いろいろ思案するので、最後のサラダは半分しか、食べなかった。

（趣味でも、性格でも、俺と正反対の女らしい。反対の方が、かえって和合するとはいうが、すこし度が過ぎるようだ）

そう考える側から、彼女の美しい顔が、とかく、眼を惹《ひ》く。

（しかし、シャンだなア）

碌さんがボヤボヤしているうちに食事は済んだ。食後に、庭の露天テーブルを囲んで、コーヒーを飲んだ。

「妾は、これで失礼します。ごゆッくりお話しなさいませ」

母堂は、そういって、家の中へ入った。

松の葉越しに月が出た。鈴虫が鳴いている。

良い晩になった。

六

後には二人、差し向いである。

「お煙草いかが」

カオルさんがそういったので、硲さんが驚いた。

「煙草は喫《の》ンでもいいですか」

「妾だって、喫みますわ」

彼女は、婦人持ちの華奢《きゃしゃ》なケースの蓋《ふた》を開けた。なるほど、喫煙は近代女性のタシナミみたいなものだった。外国のトーキーを見ると、みんな喫ンでいる。

（やれやれ、酒は禁止されても、煙草は助かるらしいな）

と、安心しながら、まずレディのために、燐寸《マッチ》を擦った。カオルさんの可愛い唇が、近寄ったと思うと、硲さんはプーンと、濃いジャスミンの匂いを嗅《か》いだ。とたんに、食事の時の窮屈さが消えて、カルピス気分になってきた。若い者は、差し向いに限る。

「柳さん」

「はア？」

「いつか貴方が〝青草〟へお書きになった詩、妾とても感動しましたわ」

「やア」

「その時から、お名前を知って、お懐かしく思ってましたの」

「どうも……」

「貴方はきっと、お優しい、善良な、女性に理解の深い、夏の海のような寛容な、朝のバラのような純潔な——そういう性格の方だと、信じていましたわ」

さすが女学者だけあって、形容が長くて、手間が掛ってる。教育の無い女だと「アンタは、ラクに尻にしけそうで、頼もしいよッ」てな表現を用いるから、殺風景でいけない。

「柳さん」

「はい」

また新しく、カオルさんが口を切った。碌さんも、この際、なんとかいってみたいのだが、ただボーとしちまって、とかく令嬢にリードされるのである。

「あれほど才能のある貴方が、浅薄なレコード流行歌の作詞なぞなさるのは、実際、残念だと思いますわ」

「でも……ハア節か、イヤヨ節を書かンと、食えんですからな」

と、いって、碌さんは、これは下等なことを喋《しゃべ》ったと、後悔した。果して、令嬢は、

「まア、食える食えないなんて、問題じゃありませんわ。詩はパンよりも、貴いものですわ。もし貴方が、芸術的な詩に精進《しょうじん》して下さるなら、妾、失礼ですけれど、献身的に援助さして頂きたいと、存じますの」

と、力を籠めていった。

(五万円の持参金のことだな)

碌さんは、チラと考えた。

だが、これは問題だ。これは弱った。なるほど碌さんは、パンのために低級な流行歌

を書いているが、高級な詩が書きたいのを我慢して、書いているわけではない。流行歌の方が、自分の性分に合ってるから、書いてるのだ。この方の仕事なら、精進だろうが、茶絶ち塩絶ちだろうが、大いにやる気があるが、ムズかしい詩の方は、一向自信もないし、第一、気が向かないのだから、仕様がない。〝青草〟に発表した作品は、まだそれほど料簡《りょうけん》が定まらないうちに、フラフラと書いちまったのだ。それが、カオルさんのお気に入ったのは、いわばマグレだ。怪我《けが》の功名だ。二度やれといわれたって、ちと困る――

「どうも、僕は……」

と、いって、碌さんは頭を掻いたが、月の光りを浴びて、芙蓉《ふよう》のように美しいカオルさんの顔を見ると、その手を止めた。

七

女からものを頼まれたら「ハイ」と承諾《しょうだく》するのが、近代男性のタシナミである。ましてや、美人からものを頼まれたら「ハイ、ハイ」と、二度くりかえして、承諾の意を表するのが、規則になってる。

「レコードの小唄の作詞なんかやめて、ホントの詩人になって頂戴」

これが、カオルさんの頼みである。それも、タダの頼みではない。暗に、結婚の条件として持ちだした頼みである。持参金五万円を、チクと匂わせた頼みである。

碌さんも、いたずらに頭を掻いて、尻込みする場合ではなかった。といって自信もないのに、

「O・K！　必ず庶政《しょせい》一新して……」

なぞと安く引受けるわけにも行かない。

そこで、どうもハッキリしない返事だが、

「精々、心掛けまして……」

と、低い声でいった。

「ほんとに、そうして下されば、妾、どれだけ嬉しいか知れませんわ。きっと、いい作品を、お書きになってね」

「はア」

「妾、貴方を励まして、お仕事の転向を成就《なしと》げたいと思いますわ。それには、これから毎日、必ずお目に掛かる必要があると思いますわ」

「願ったり、叶《かな》ったりで」

これは、ウソでも、お世辞でもない。カオルさんのような美人との連続ランデ・ヴウを断るやつはない。

「妾、毎朝九時頃、海へ行きますわ、その時、きっと浜へ出て入らッしてね」

「はア」

「それから、お夕飯の後で、河づたいに、山の方を散歩しますの。その時も、一緒に来

て下さらない？」

「はい」

「雨が降ったら、その時間に宅へ入らっしゃるのよ。そうして毎日お逢いしてるうちに、お互いの間に、きっといい理解が生まれますわ。そして……」

カオルさんは、そこで言葉を切った。

鈴虫が、二人の青春に、ケシかけるように鳴きだした。

お月様は、松の枝の上で、ニコニコ笑っている。

碌さんは、嬉しかった。この三年来、ひどく乾燥した人生を送ってきたのだから、かりにも、湿《うるお》いのある言葉を聞かしてくれる女性に感謝するのは当然である。

だが、習慣は恐ろしい。碌さんは陶酔からフト醒《さ》めたように悦ちゃんの事を思い出した。悦ちゃんがもう眠る時間である事を思い出した。

「たいへん晩《おそ》くまで……」と、碌さんは立ち上って、「子供が待ってますから、これで失礼します。お母様によろしく」

と、名残り惜しかったが、そういった。

それを強いて引き止めるほど、カオルさんもまだ狎々《なれなれ》しくはなかった。

「そうですか」

そういって、カオルさんは、

「あのね、柳さん。妾、こちらに居る間、悦子さんの復習を見てあげたいと思いますわ。

明日からでも、お寄越《よこ》し下さらない？」

「それは、ありがたいですなア」

碌さんは、衷心《ちゅうしん》から感謝した。カオルさんのように、育児学の素養のある婦人に教育を頼めば、きっと好結果だろう。

(それに、今からそうしておけば、もしも彼女がママになったとき、親しみがつくというものだ)

碌さんは、そうも考えた。

庭の柴折戸《しおりど》を、カオルさんが開けてくれた。

「じゃア、明日の朝お待ちしますわ」

「では、明日の朝……」

両方で、同じような声を出した。

帆影島影

一

悦ちゃんも、すっかり悪い籤《くじ》を、引き当てた。せっかく、パパと海岸へきたのに、どうもパパの態度が、面白くない。毎朝九時頃になると、ノコノコ一人で、海へ出かけてゆく。夕方、ご飯が済むと、やはり悦ちゃんを置き去りにして、散歩に出てしまう。

家にいても、パパはソワソワして、落ちつかない。寝転ンでるかと思うと、湯殿の鏡の前へ行って、伯母さんの化粧水を、顔へ塗ったりする。東京では決して使わなかったポマードというものを、髪へつけ始めた。そして、丁寧に櫛《くし》を入れたり、撫《な》ぜたりしている。頭がピカピカして、綺麗にはちがいないけれど、パパだか蜻蛉《とんぼ》だか、わからなくなった。やはり、モジャ、モジャした髪の方が、パパらしくていい。

パパの心境の変化は、まだ我慢するとしても、じっさいクサル事が一つある。お隣りの別荘のお姉さまの復習の時間だ。

なんだって、あのお姉さまは、余計なおセッカイを焼くンだろう。

「夏休みは、皆さんの頭脳を休めるためにあるのですから……」

と、村岡先生も、仰有った。あのお姉さまは、先生でもないのに、いやに威張ッている。

「さア、悦子さん。よく聴いてらっしゃい!」

なんてこわい顔をして、

「地球は、まわりが四万キロ・メートルもある、大きな球です。外側は空気に包まれています。その表面には高低があって、低い所は水が溜《たま》っていて、つまり、海です。高い所は、つまり、陸です——わかりますか?」

きまッてらア。そんな事がわからなけりア、尋常四年生じゃないや。

「陸の中に、また、高い所と低い所があり、形によって、山・谷・平地なぞと、呼ばれています。その中で水の溜ってるのは湖や沼で、水の流れてる所が、川です。海にも、深い所と、浅い所があります。人間や、動物や、草木なぞが、陸の上、水の中なぞ、それぞれ自分の都合のよいところに住み、都合のよい所に生《は》えます——わかりますか？」

わかりますとも。ヘーチャラだ、そンなこと。

「では、悦子さん。始めから、ズッと繰り返してご覧なさい」

冗談じゃないや。暗誦なら暗誦と、最初からいってくれればいいのに、不意討ちはひでえや。

「ね、なかなかいえないでしょう。だから、よく聴いてらっしゃいと、始めにいったのよ。これは、たいへん新式な教授法なのよ。理解と同時に、記憶の能力を高める心理学的教授法なのよ」

なんだか知らないが、とてもムズかしい教え方だ。旧式でもいいから、村岡先生のように、やさしくユックリ教えてもらいたい。

「では、今日はこれでおしまい——明日は、もっとシッカリやるのよ。ちょいとお待ちなさいね」

といって、お姉さまは、お菓子の紙づつみを下さる。ヌガーとチョコレート・クリームが沢山入っている。これは、なかなか話せるお姉さまだと思って、早速、チョコを一

つ頬張ると、

「そんなお行儀の悪いこと、なさッちゃ駄目！　情操教育が、あなたはよっぽど足りないことよ。お菓子は、お家《うち》へ帰ってから、頂くものよ。それも、午前十時と、午後三時の二回以外に、食べては駄目よ。胃腸を疲らせて、消化不良を起しますからね」

また、お講義が始まる。このお姉さまは、よほど叱言《こごと》がすきらしい。美人で、たいへん頭がいいらしいけれど、どうもあの眼鏡が、気に食わないや。

二

「早く切ってよ、西瓜！」

「さア、西瓜《すいか》！」

謹吾と春代は、夕飯が済むと、すぐに催促した。

今朝、百姓のお婆さんが、素晴らしく大きな西瓜を、売りにきた。ラグビイの球より、もっと大きな西瓜だ。買うとすぐ、井戸へ漬《つ》けて置いたので、もうよく冷えてる筈だ。

やがて女中が、お盆に山盛りにして、縁側へ運んできた。東京の西瓜とちがって、眼に染みるような、鮮《あざや》かな色だ。

「悦ちゃん、いく切れ食べる？」

「三つぐらいだわ」

「三つポッち？」

「じゃア、五つ」

碌さんは、例の散歩の時間で、さっき出て行った。鶴代さんも、なにか用事でもあるのか、姿を見せない。

謹吾と春代と、悦ちゃんと――子供の世界である。

「早いだろう、もう三つ目だぜ」

「スゴイ、スゴイ」

「お兄様ずるいや、呑《の》ンじまうンだもの」

「種呑むと、お腹ン中で、芽が出るわよ」

「バカだなア、悦ちゃん。そんなことといって、大人が脅かすンだよ。僕なんか、いつも半分ぐらい種を食べちゃうぜ」

「あアら、毒よ」

「毒なもンか。ほら、この通りだ。悦ちゃんもやってご覧。とても、旨《うま》いから」

「ほんと?」

悦ちゃんは、謹吾の真似をして、種を出さない食べ方を始めた。なるほど、こうやると、早く食べられる。但《ただ》し、なんだか、少し気味が悪い。

夜中に、謹吾と悦ちゃんが、唸《うな》りだした。

翌朝、二人の寝床だけが、揚げられなかった。

八時頃に、お医者様が来た。

「疫痢《えきり》でございましょうか」

鶴代さんが、心配そうに訊いた。碌さんもそのうしろに畏《かしこ》まって、膝の上に両手を突っ張っている。今朝カオルさんと浜で逢うのは廃《や》める決心らしい。

「その心配はないと思います。お二人共、もう大きいのですからな。単純な腸カタルだと思いますが、まア暫らく様子を見てみましょう。食物は絶対に流動物にして下さい。それから、お腹をよく温めて……。

お医者様は、処方箋《しょほうせん》を書いて、立ち上った。碌さんは、玄関へ送って行って、もう一度、念を押した。

「大丈夫でしょうな」

「ハッハハ。そう心配なさらンでいいですよ。この辺の子供なら、平気で海へ行って、遊ンどるですよ。東京の子供は弱くていかんね」

田舎のお医者様は、サッパリしている。そういったと思うと、自転車に跨《また》がって、チリンチリンと行ってしまった。

それでも碌さんは、まだ気になるような顔をしていた。

午後になって、熱が七度近くに降った。下痢もどうやら止まったようだ。やはりお医者さんのいうとおり、念の入った病気ではなかったらしい。

鶴代さんも碌さんも、一まず安心した。

だが、離れの六畳に、枕を列べて臥《ね》ている二人は、あまり面白いことはない。重湯《おもゆ》と葛湯《くずゆ》ばかり飲まされて、この暑いのに、腹をコンニャクで温められて、泳ぎに行くどころの騒ぎではない。

「あんたが悪いのよ、謹ちゃん」

と、悦ちゃんが文句をいうと、

「あの西瓜が悪いンだ。東京の西瓜なら、種を出さなくてもいいンだぜ」

謹吾はまだ負け惜しみをいってる。

三

それでも悦ちゃんと謹吾は、五日、臥た。

パパは心境が変化するし、カオルさんの厳格な復習はさせられるし、おまけに、西瓜には祟《たた》られるし、どうも、この頃、悦ちゃんの運はよくない。

「あア、つまンねえの……」

悦ちゃんは、寝床の上に仰向きになって、天井《てんじょう》ばかり見ている。もう熱は少しもないし、お腹もゴロゴロいわないのだから、床を離れてもいいわけだが、世の中には、交際《つきあい》というものがある。隣りに、謹吾ちゃんが臥ているからだ。

謹吾は大林家の長男だ。金満家の後継《あとつぎ》息子だ。お父さんもお母さんも、宝物のように大切にしている。その宝物が病気になったのだから、騒ぎは大きい。もう大丈夫とわかっても、用心のため、暫らくは臥かしておこうというのである。それには、悦ちゃんに先きへ起きられては困る——

「お坊ッちゃま。さっきの続きをお読みしましょう」

小間使が謹吾の枕許《まくらもと》に坐って、団扇《うちわ》で風をおくりながら、少年雑誌の小説を読むのである。

「……するとその時、一台の飛行機がブーンと唸《うな》りを立てて、密林の上へ現われた。武雄少年はこれを見るや、えーと、匪《ひ》——匪賊の……」

女中さんは難かしい字が出て、汗を掻《か》いた。暑いのにご苦労様である。

悦ちゃんは、それをあまり熱心に聴いていないようだ。小説がツマラないのではない。腹の虫が少しオサまらないのだ。

（ちえッ。十二にもなって、姐《ねえ》やに本を読んで貰ッてらア）

謹吾のことを、悦ちゃんは、そう考える。自分は滅多にそんな事をして貰った事がないからだ。パパは不精だし、婆やは本字が読めないから、駄目だ。ずっと前に、死んだママが、寝ながら本を読んで下さったように思う——でも、あんまり昔で、もう忘れちゃった。

悦ちゃんの腹の虫がオサまらない理由は、他にもある。

ご飯の時だ。お粥《かゆ》を食べる時だ。悦ちゃんは寝床に腹這《はらば》いになって、自分で茶碗を持って、自分で箸を持って、食べる。もう癒《なお》りかけてるのだから、そうするのが当然だ。だが、お隣りの謹吾は、そうでない。

「さア、もっとお口を開いて……。もう少しの辛抱よ、じきに普通のご飯にしてあげるわ」

鶴代さんが少し宛、お粥を匙《さじ》ですくって、謹吾の口へ入れてやるのである。

（ちえッ。男の癖に、ママに食べさして貰ってらア）

悦ちゃんは、横眼でそれを見て、腹の中で謹吾を軽蔑する。いや、軽蔑とすこし違う。なんだか悲しいような、癪《しゃく》にさわるような――ヘンな気持なのである。ヤキモチというやつかも知れない。

（悦ちゃんだって、匙で食べさして貰ったことがあらア）

これもよほど以前のことである。死んだママが、やはり、枕許に坐って、悦ちゃんの口へ食物を運んでくれたことがある。なんの病気の時だか、覚えていないけれど――

（どうも、パパばかりじゃ、さびしいな）

と、悦ちゃんは、考える。

（パパもいいけど、呑気《のんき》だからな――碌さん呑気だって、誰でもいうからな。パパとママと、両方いなければ、いけないいなア。あのママは死ンじゃって、もう駄目ならべつなママでもいいや。早く、探してきてくれないかな）

悦ちゃんは、そんな事ばかり考えてるので、臥ていても、あまり面白くないのである。

四

「ママ」

「べつなママ」

「新しいママ」

なんでもいい。ママでありさえすればいい。どんなママでもいい。話に聞くと、後から来たママってものは、子供を可愛がらないこともあるンだそうだ。それでもいい。そんなに可愛がってくれなくたっていい。なんにも無いよりよッぽどいい。零に千掛けても、万掛けても、やっぱり零ですッて、村岡先生が仰有った――

悦ちゃんは、病気以来、急にママが欲しくなった。伯母さんの差別待遇に憤慨して、そうなったわけではない。前から欲しかったのだが、まア我慢してたようなものである。そうして、泣寝入りに、忘れちまったようなものである。それが、俄然、眼が覚めたのである。世間の子供が誰でも持っているものを、自分だけ持っていないと気がついたら、俄《にわ》かに、欲しくて堪《たま》らなくなったのである。

子供がそんな事を考えてるのを、大人は知らない。

「悦子。あなたは病気してから、元気がなくなったのね。ちっと海岸へでも行って、遊んでらッしゃい」

悦ちゃんが縁側《えんがわ》でボンヤリしてると、通りかかった鶴代さんがいった。

「謹吾ちゃんや、春代ちゃんは？」

「謹吾も春代も、今朝は床屋さんへ行くから駄目よ」

「あたしは刈らないの」

「あなたは、まだそんなに伸びてないじゃないの。爺やでも連れて、海岸で遊ンでくるといいわ」

そういって、伯母さんは行ってしまった。

（爺やなんかと行ったたッて、面白かないや。それくらいなら、一人で行かア）

悦ちゃんは、少しフテくされた。

経木帽をかぶって、麻裏草履《ぞうり》をはいて、悦ちゃんは別荘の裏門から、外へ出た。

病気後、浜へ行くのは、今日が始めてである。

昨日雨が降ったので、風が涼しい。砂地がシットリ濡れている。汐入川の葭《よし》が真ッ青だ。足音に驚いた小蟹《こがに》が、ガサガサと音を立てて、逃げる。悦ちゃんは、大きい蟹を一《いっ》疋《ぴき》つかまえた。

悦ちゃんは、すこし気持が直ったようだ。パタパタという草履の音が、拍子《ひょうし》を踏んでくる。こういう時、ひとりでに、悦ちゃんは歌をうたいだすのである。

涼しい風に、ゆらゆらと
波うつ広い稲田の上に、
いつの間に出たか、
まんまるい夏の月。

きれいな顔して、ニコニコと、空からあたしを眺めてる。

小学唱歌の〝夏の月〟だ。唱歌は甲を貰ってるけれど、先生は悦ちゃんの歌を、あまり褒《ほ》めない。

「柳さんは調子はいいけれど、声の出し方がヘンですね」

まったく、それに違いない。悦ちゃんの歌は、唱歌というよりも、どちらかというと、ジャズ・ソングに近い。誰が教えたわけでもないのに、いやにシブい声を出すのである。レヴィユウの女王にはなれても、上野の音楽学校は落第という声だ。

悦ちゃんは、歌をうたい了《おわ》ると、なお気持がよくなった。そうして、砂山を一散に、駆け上った。

朝凪《あさなぎ》の海が見える。海ばかりではない。すぐ眼の下に、パパと隣りのお姉さまが、列んで坐ってるのが、見えた。

五

碌さんとカオルさんは、砂丘の蔭に、仲よく列んで、腰をおろしている。二人のお尻の下で、月見草の花が、悲鳴でも揚げそうに、ヒシャげている。

「ねえ、柳さん。レコード会社の仕事を止める決心が、おつきになって？」

と、カオルさんの声が聞える。

「はア。でも、その……」

碌さんの返事は、どうも曖昧だ。

「生活費のことを、問題にしてらッしゃるンでしょう。だから、それは決して心配なさらないようにッて、あれほど申上げたじゃありませんの」

「でも、その……そればかりじゃないです」

「あら、なアに？」

「その、僕に、貴女の望むような才能が、あるかどうかと思って……」

碌さんは本音を吐いた。買い被《かぶ》られるのもいいが、バケの皮が剝《は》げた時に困る。何しろ、細君となれば、一生連れ添うのだからな――

「そんな自信のないこと、仰有るもンじゃないわ。貴方に優れた才能があることは、妾、一目で見抜いてしまってるのよ。それは、金鉱のように、貴方の胸の深い底に埋もれてるのよ。妾はそれを発掘したいの。妾の情熱と、妾の愛とで……」

どうもカオルさんの方が、詩人らしい言葉を沢山知ってるようだ。

「はア」

碌さんは、少なからず、感動したようである。

「でも、柳さん。貴方の純真な、謙遜なお心持、たいへん貴いと思いますわ。妾、蘆《あし》の葉のように弱々しい、優しい貴方の性格に、なによりも心を惹《ひ》かれますわ。妾は風、貴方は蘆の葉――そういう美しい調和が、きっと妾達の間に生まれると思いますわ」

こういう二人を、悦ちゃんは、砂山の上から見下している。

(隣りの別荘のお姉さんとパパがこんなに仲がいいとは、知らなかった。ああやって列んでると、まるでママとパパみたいだ。あのお姉さまは、口喧《くちやか》ましくて、眼鏡をピカピカ光らすところは、気に食わないけれど、ママになってくれるなら、嬉しいな。ママがなくて、困ってるところなンだから――)

悦ちゃんが、そんな事を思ってると知らない二人は、また会話を続けた。

「もう一つ、僕の気になることがあるンです。悦子のことです。悦子は貴女のお気に入りましたか」

「気に入るも、入らないもありませんわ。悦子さんと結婚するンじゃないンですもの」

「でも、正直なところ……」

「正直にいえば、妾あの子あまり好きませんわ。だって、とてもコマシャクれてンですもの。妾、お人形のように無邪気な子供が好きですわ」

「たしかにマセとるです。しかし……貴女に嫌われては、困るですな」

「ちっとも困りはしませんわ。お互いが家庭を持つようになっても、悦子さんを家に置かない方法だってありますわ」

「えッ。里子に出すンですか」

「いいえ、そんな野蛮なことでなしに、寄宿舎へ預ければよろしいわ」

「あんなチビをですか？」

「貴族や金持の子供の多い黎明《れいめい》学園で、理想的な小学寄宿舎をやっていますわ。厳格で、文化的で、衛生的で、家庭で教育するより、よっぽど効果がありますわ。費用はかかっても、そういう処へ、悦子さんを入れたらいいと思いますわ。外国でも、いい家庭では、みなそうするそうですわ」

これを聞いて、悦ちゃんがオサまらなくなった。

六

（ちえッ。そンなのないわよ！）

悦ちゃんは、カオルさんの言葉を、砂山の上で聞いて、ひどく憤慨しちまった。

そんなママが、ありますかてンだ！　一緒にお家で暮して、病気の時には、本を読んで貰って、匙《さじ》でお粥《かゆ》を食べさせて貰って——病気でない時には、ピクニックに連れてってくれたり、服や着物のガラを見立ててくれたり、お土産を買ってきてくれたり、学校のお弁当のおカズを毎日変えてくれたり、保護者会へ出席して先生とお話ししてくれたり——いろんな事がして貰えるから、ママが欲しいんだ。ママらしい事をしてくれるから、ママが欲しいんだ。

なんでえ、子供を寄宿舎に入れちまって、自分だけお家にいるなんて、そんなママがありますかてンだ。一緒に暮せないのなら、ママでもなんでもありゃしない。そばにいて、可愛がってくれればこそママだ。「ママ！　ママ」って、いえればこそ、ママだ。べつべつに暮すママなんて、ママじゃないや。インチキだ。インチキのママだ！　寄宿舎は文化的で、衛生的で、ナニ的だか知らないが、そんな処は、真ッ平御免だ。第一、パパの顔が見れないじゃないか。パパだって、悦ちゃんの顔が見れないじゃないか。それじゃあ、パパが可哀そうだ。あれで碌さんは、ずいぶん悦ちゃんを可愛がってるンだからな。

「妾、あの子をあまり好きませんわ」

なにいってるンだい。コマシャクれるのは性分だ。マセてるってのは、つまり悧巧《りこう》のことなんだ。

「ほんとにこの子は、いやに気が回るから、ウカウカしたことがいえない」って、鶴代伯母さんも褒《ほ》めてくれているんだ。

いい！　好きになって、くれなくてもいい。そっちで好かなければこっちでも嫌いだ。一体、始めから、あの眼鏡が、虫が好かなかったンだ。いやにピカピカ光るから、嫌いだ。それに、鼻が高すぎらア。あの高い鼻の上で、眼鏡が宙乗《ちゅうの》りをしてるから、どうもお復習《さらい》に、身が入らなかったンだ。

もう、あのお姉さまは、嫌いになった。断然、嫌いになった。もうこれから、ツキアワないことにする。お復習の時間に呼びに来たって、行かないことにする。ああやってだが、困った。悦ちゃんはあのお姉さまが嫌いでも、パパは好きらしい。ああやって列んでるところを見ると、よッぽど好きらしい。悦ちゃんの嫌いな人を、パパが好きでは困る。悦ちゃんの好きな人を、好きになってくれなければ、算術のお答えが合わないようなもンだ――

そんなことを考えながら悦ちゃんは砂山の上へ、佇《たたず》んでいた。パパとお姉さまは、相変らず、面白そうに、なにか話している。悦ちゃんは、なんだかツマらなくなってきた。ひとりぼっちみたいで、寂しくなってきた。さっき川の縁でとってきた蟹を、砂の上へ這《は》わして遊んでみたが、ちっとも面白くなかった。

（癪《しゃく》だなア）

悦ちゃんは、急になにもかも、憎らしくなってきた。赤い鋏《はさみ》を可愛らしく動かす蟹まで、憎らしくなった。いきなり悦ちゃんは蟹を掴《つか》んで、遠くへ投げた。

「きゃッ！」

カオルさんが、砂山の下で、悲鳴を揚げた。蟹が襟元へでも、這い込んだらしい。

悦ちゃんはそれを見ると、一目散に、別荘の方へ逃げだした。ワザとしたンじゃないけれど、逃げた方が、悧巧のようだ。

実際、悦ちゃんは居ない方がよかった。蟹の空襲に脅《おび》えたせいか、カオルさんは碌さんの胸につかまって、離れないのである。

七

磙さんはこの頃、朝と夕方ばかりでなく、昼間でも、家にいないことが多い。お隣りの別荘へ、入り浸《びた》りのようになってる。

「だいぶ、お精が出ますのね」

午飯の後で、鶴代さんにヒヤかされて、磙さんは赧《あか》い顔をした。

「だから、妾が保証したでしょう——これならば、申し分のない令嬢だッて」

「参りました」

「で、式はいつお挙げになるの？」

「冗談じゃない。そこまで話が進んでいれば、勿論、姉さんにいいますよ」

磙さんは、真面目になって、弁解した。姉さんに揶揄《からか》われてるのがわからないくらい、磙さんはノボせているらしい。

「ホッホホ。でも、妾《あたし》、とても喜んでいるのよ。あアいう立派な、身分の高い家から、お嫁さんがきてくれれば、どれだけ嬉しいか知らないわ。死んだ秋子のような、生まれの賤《いや》しい人じゃ、妾困るわ。ねえ、磙さん。もし今度の縁談が成立したら、お祝いに、自家《うち》からも一万円ぐらい出してあげようと思ってるのよ。すると、カオルさんの持参金と合わせて、相当の額になるでしょう。そうしたら、もう少し立派な家へ入って、妾の弟として恥かしくない生活をして頂戴よ。今のようじゃ、世間に顔向けがならないわ。月二十八円の貸家に入ってるなンて、親類中で、磙さんのところだけよ」

そういわれると、一言もない。柳家の親類で、貧乏人は磙さん一人である。だから、寄ってタカって、救助の手を差し伸べてくれるかというと、そのワリに行かない。碌さんに玄関払いを食わせる親類もある。

だが、耳寄りな話を聞いた。カオルさんと結婚すれば、大林からも一万円くれるというのだ。いよいよ以て、この結婚は、有望といわなければならない。

「それにね、碌さんが日下部家と縁組みしてくれると、良人にたいへん都合のいい事があるのよ。日下部さん一家は、東邦商事のとても大株主なんですの。あすこの株を手放されたら、良人の会社は立ち行かないくらいなのよ。だから、良人はまだ話がきまらないかって、ヤキモキしてるの」

なアンだ。そんな関係があるのか。道理で、勧めかたが熱心だと思った。

「でも、実際、不思議ね。あの理想の高いお嬢さんが、碌さんにチャームされるなんて……これがほんとに縁ていうものね」

鶴代さんは無意識で、アケスケなことをいってしまった。碌さんも、挨拶に困っている。

「日下部さんの方が、乗気なのはわかッてるし、碌さんに異存のあるわけはないわね」

鶴代さんは、もう話が成立したような顔をする。

「でも、一寸、弱ってるンです……」

「あら、どうして？」

「カオルさんが悦子を、あまり好かないらしいンです」

と、碌さんは額を叩く。

「無理もないわ。悦子はあんまりオシャマすぎるから――うちの子供のように、無邪気だといいけれど」

「で、もし結婚したら、黎明学園の寄宿舎へ、悦子を入れちまうというンですが、それも可哀そうですからな」

「あら、いいじゃないの。ああいう上品な学校へ寄宿させたら、悦子の行儀も直って、万事好都合じゃないの」

伯母さんも、悦ちゃんの味方にはなってくれぬらしい。

八

こういう情勢のなかで、悦ちゃんに、いつも素直で、ニコニコした子供になれというのは、ちと無理かも知れない。

砂山の上で、パパとカオルさんの話を聞いてから、悦ちゃんの様子が、すこし変ってきた。それを碌さんも知らなければ、鶴代さんも、気がつかない。

だが、子供のことは、子供が一番よく知ってる。謹吾と春代は、口を尖《と》ンがらせて、不平をいっている。

「悦ちゃんは、この頃、とても意地わるするから、嫌いさア」

「ほんとよ。じきにフクれるンですもの。いやンなッちゃう」

この不平が、庭で大阪跳《と》びをする時に、爆発する。お八つの時に、爆発する。河で蟹取りをする時に、爆発する。

「意地わる！　もう、遊ンであげないから」

兄と、妹は聯合して、宣戦布告をする。

「いいわよ。遊ンでくれなくたッて！」

悦ちゃんも、負けていない。小さい白眼を剝《む》いて、睨み返す。

こんな風で、来る途中汽車の中で、碌さんが心配したような喧嘩が、二、三度起きた。

（到頭、始めやがった。子供の喧嘩が始まると、そろそろ引揚げの時期なンだが……）

と、碌さんは腹の中で考えるが、今年はそうも行かない。カオルさんは八月の下旬まで、別荘に滞在するというのである。そう聞くと、一日でも永く、勝山に尻を据《す》えたくなる。

で、この日も碌さんは、昼から、お隣りへ遊びに行ってしまった。暑いのに、熱心なことだ。一時涼しかったお天気が、また夏らしくジリジリ照り始めたのである。

「泳ぎに行こう！」

「海へ連れてッて！」

子供達が、騒ぎだした。

だが、監督の碌さんが不在なので、爺《じい》やに連れられて、謹吾と春代と悦ちゃんは、海へでかけた。

子供の喧嘩は、すぐ直る。謹吾も春代も、宣戦布告なぞは、とっくに忘れてる。悦ちゃんだってそうだ。ちっとも二人を、恨んでなんかいやしない。いつもの通り、仲好しになってる。ただ、なんだか、気持がサッパリしないのだ。大人なら（妾、神経衰弱かしら）と、思うところだ。

「悦ちゃん、泳がない？」

と、謹吾がいった。

「あとで」

悦ちゃんはそういって、ビーチ・パラソルの蔭へ入ってしまった。

謹吾と春代は、浮輪《うきわ》を持って、浪打ち際へ駆けて行った。後から爺やが、ノコノコと蹤《つ》いて行った。

悦ちゃんは、ひとりで砂を掘り始めた。熱い砂の下に、冷たい砂がある。冷たい砂からジクジク水が湧いてくる。池ができる。橋をかける。トンネルを作る……工事は着々として進むが、悦ちゃんは、どうも興が乗らない。

（パパは、あのお姉さんの家ばかりへ、行ってる。海岸も、もうつまンなくなッちゃった。早く、東京へ帰りたいな）

そんな事を考えて、手を動かしてる。下ばかり、俯《うつむ》いている。子供だって、苦労はあるのである。

「あら、お嬢さん！」

突然、優しい声が聞えた。悦ちゃんが驚いて、顔をあげると、和服を着た二十位のお姉さんが、懐かしそうに笑っている。

（誰だろう？）

悦ちゃんは、ちょっと見当がつかなかった。

「お忘れになったの？　ホホホ」

九

そうして、その娘さんは悦ちゃんの傍《そば》にシャがんで、海水着に触《さわ》り、

「まア、よくお似合いになること——色も型も、ちっとも変っていませんわね」

「…………」

「ですから、妾、お嬢さまに、あんなにお薦《すす》めしたンですわ」

「あッ、そうか！」

悦ちゃんは、急に、思い出した。

海水着を買った〝大銀座〟デパートの売子さんである。あの時、とても優しくしてくれたお姉さんである。着物を着て、帯を締めて、パラソルなんか差してるから、ちょっと判りゃしない。

「お姉さんも、勝山へ来てンの？」

「いいえ、妾は日帰りで、遊びにきましたの。今日は八の日で、お店がお休みですから、房州《ぼうしゅう》見物にきましたの。勝山で下りて、海岸を歩いてると、お嬢さまがいらっしゃるでしょう、驚きましたわ」

「今日、帰っちゃうの？」

「ええ、夕方の汽車で？」

「つまンないの。じゃア、それまで一緒に泳がない？」

「駄目ですわ。妾、海水着売るだけで、自分では一枚も持っていませんのよ」

「ヘンなんだね」

悦ちゃんは、腑に落ちない顔をした。

「ホホホ。お嬢さまは、妾に構わずに、泳いでいらっしゃいませよ」

「いや！」

「まア、なぜですの」

「お姉さんと、話がしていたいンだ」

実際、そうなのだ。砂遊びをしていても、一向面白くなかったのに、彼女が現われてから、急に気持が直ってしまった。一体、このお姉さんは、海水着を買いに行った時から、気に入ってるんだ。だから、欲しかった舶来《はくらい》の海水着をやめて、このお姉さんの薦めるとおりにしたんだ。今日再び会って、これだけの話をしただけでも、どうも好きなお姉さんだ。顔が優しい。声が優しい。態度が優しい。なにもかも、優しい……。

（第一、眼鏡を掛けていないだけでも、とても気に入っちゃわア）

と、悦ちゃんは思うのである。

「じゃア、お姉さん、ただ見物にきたの？」

「ええ、そうですわ」

「そいじゃア、あたし、見晴台へ案内してあげるわ。浮島や、富士山が見えて、とてもいい景色だわ」

「ええ。でも、あなた一人で、そんな処へ遊びに行っちゃいけないでしょう？　パパさんに訊いていらッしゃいませよ」

「パパなんか、訊かなくてもいいの。碌さんこの頃フヤけてるッて、伯母さんもいってるわ」

「なんですッて」

「なんでもいいから、行きましょうよ。さ！」

悦ちゃんは砂だらけの体で立ち上って、彼女の手を引張った。

二人は浜辺の雑沓《ざっとう》を抜けて、山の方へ歩いた。河へ掛けた一本橋を渡るにも、見晴台へ行く山道をのぼるにも、悦ちゃんは彼女の手を固く握って、放さなかった。

「もう、じきよ」

そういって、悦ちゃんは孫《そん》選手のように、坂道にヘビイをかけた。

やがて、素晴らしいパノラマが、二人の前に展《ひら》けた。富士山は見えなかったけれど、浮島の浮かんだ勝山湾は、絵のようである。

「まア、いい景色！」

と、いって、彼女がベンチに腰をおろすと、悦ちゃんはその隣りへ、ピッタリ坐った。

一〇

「なンだか、嬉しくなっちゃった」

「あら、どうしてですの、お嬢さん」

「お嬢さんなんていわないでよ。悦ちゃんッていってよ。あたし、柳悦子よ」

「じゃア、悦ちゃん、なぜですの」

「だって、嬉しいンだもの——お姉さんとお友達になっちゃったから」

と、悦ちゃんは柄になく、ハニかむのである。

「あら、悦ちゃんは妾が好きなンですの」

「うん。とても」

「そう、妾もよ」

彼女も悦ちゃんに好かれて嬉しいとみえて、言葉使いまで、隔てがなくなった。

今日は見晴台に見物人が少くて、ベンチに列ぶ二人のほかには、蟬時雨《せみしぐれ》の声ばかりである。

「お姉さん、なんて名前？　お家どこ？　教えてよ」

「妾？　池辺《いけべ》鏡子《きょうこ》。小石川よ」

「あたしは中野……。なんかに書いてよ」

鏡子さんは、ハンド・バッグから、小さい手帳を出した。二人は姓名とアドレスを交換した。完全に友情が成立したことになる。

「こないだね、悦ちゃん病気しちゃったの」

「食べ過ぎね」

「ええ、西瓜の種を」

「そンなものをあがるからだわ。なぜ、パパさんはお禁《と》めにならないンでしょう」

「碌さんはお隣りの別荘へ行くンで、忙がしいのよ。シャンがいるもンだから」

「まア、ホホホ」

と、彼女は笑いかけたが、中途で、ふと真顔になった。

「そのシャンがね、とても意地わるなシャンなのよ。いまにママになったら、悦ちゃんを寄宿舎へ入れちゃうッていうのよ。そんなのあって？」

鏡子さんは、悦ちゃんのトンチンカンな話のうちに、朧《おぼ》ろげながら、事情を洞察した。

「では、パパさんは、その方をお貰いになるの？」

「さア。それはまだ決まらないンだけど、今とても仲がいいんだからなア」

「そんなに？」

鏡子さんは、それぎり黙ってしまった。ハンド・バッグの留具を開けたり閉めたりしている。別に嫉妬をするわけではないが、なんとなく寂しかった。悦ちゃんは、お姉さんが話をしてくれないのでツマらない。

「どうしたの、お姉さん。お話ししてよ」

「どうもしないわ。でも、お母さんに死なれると、まったく困るわね」

「困る。それア、まったく困る」

「妾のおッ母さんも、死んでしまったのよ」

「え？　お姉さんもそうなの」

「ええ。妾が八つの時に」

「あらッ。じゃア、あたしとおンなじよ！」

悦ちゃんも、鏡子さんも、両方で眼を丸くしている。

悦ちゃんはこの話を聞いてから好きな鏡子さんが、倍も三倍も好きになった。

「ねえ、お姉さん」

「なアに」

「ちょいと、頼みがあるンだけどな」

「仰有いよ」

「あたしのママになってくれない？」

「まア！」

と、鏡子さんはドギマギした顔を、やがて赤く染めて、

「だって、パパさんは……」

「パパはまちがってるンだよ。パパの頭が悪いンだよ。だって、悦ちゃんに悪いママなら、パパにも悪いお嫁さんだわよ。悦ちゃんのいいママなら、パパのいいお嫁さんだわよ。わかる、お姉さん？」

「ええ。それは……」

鏡子さんは返事に困って、悦ちゃんの手を執《と》った。手首にだんだん力が入ってゆくようである。

横丁の残暑

一

池辺鏡子さんの家は、小石川区日出町七十六番地にある。今は八千代町という美しい名だが、昔は掃除町といった停留場から、横丁また横丁、眼が昏《くら》むほど曲りに曲って、最後の横丁に入る。この横丁は、幅員三尺ほどしかない。早くいえば、露地《ろじ》である。その露地の中に、鏡子さんの家がある。

日出町といっても、あまり日は射さないような区域である。あまり人家が櫛比《しっぴ》しすぎ

るからだ。家根も壁も、あまり接近しすぎて、一つになってる。早くいえば、長屋である。長屋ばかりの区域である。

「ここらに、池辺さんのお宅がありますか」

「さア、知らねえね」

こういう風に訊いては、駄目である。

「指久《さしきゅう》さんの家は、どこでしょう」

「指久さんの家なら、その五軒長屋の奥から二つ目だ。すぐわかるぜ」

こう訊かなければいけない。

指物師久蔵——鏡子さんの父親の名は、近所で、それほど有名だ。評判の変人である。ひどく無口で、人が「今日は」といっても、唇をへの字に曲げるだけである。それが、挨拶のつもりらしい。

酒の方でも、指久の名は響いてる。飲みだすと、朝から夜まで、徳利の前を離れない。騒ぐとか、唄うとかいう方ではない。いつもの渋ッ面をして、チビリチビリ、面白くもなさそうに飲んでいる。お肴《さかな》も、ご飯も一切食べないで、一日中、盃を舐《な》めていることもある。

従って、指久は、怠け者の方でも、ヒケをとらない。酒を飲んだ時は、一切仕事をしない。酒を飲まない時でも、頼み方が気に入らないと、仕事は断る。気が向かないと、請合《うけあ》った仕事にも、手を出さない。

無愛想と、酒と、怠癖《なまけぐせ》と、この三つがなかったら、指物師久蔵は、こんな長屋へ引っ込む職人ではなかったのである。いつまでも、内弟子《うちでし》を三人もおいて、神田で立派な世帯《しょたい》を持っていられたのである。もっとも震災前には、まだ、指久のこういう気質が面白いといって可愛がってくれるお顧客《とくい》が、生きていた。指久の鑿《のみ》や鉋《かんな》の冴えを珍重してくれるお店が、沢山あった。だが、今は駄目である。今や名人気質なんてものを、誰も褒めてくれない。期限は守らず、能率はあがらず、お世辞もいわない職人なんて、誰も対手《あいて》にしない。その上、腕の冴えというものが、モノをいわなくなった。板はモーターへかけて削る世の中になった。職人はオバー・オールを着て、デスクや洋服箪笥《だんす》を組立てるのである。指久のような気質も職業も、完全に世の中から見捨てられてしまった。そこでいよいよ無愛想になって、酒が強くって、仕事も怠けて、近所の評判となるのである。

指久の家が、界隈《かいわい》で異彩を放つのは、それだけの理由ではない。評判娘の鏡子さんがいるからである。これだけの美人は、長屋中はおろか、掃除町停留場以西にいないだろうという評判である。美人の上に、品行がよくて、ブラなくて、親父と反対に、いつもニコニコしている。まさにハキダメの鶴といおうか、おでん鍋のカマボコといおうか――付近の芋やガンモドキのような娘さんは、顔色《がんしょく》がない。

ところが、まだ一つ、評判の種がある。指久の妻のお藤さんが、それなのである。

「ほんとにねえ、なんて感心な女《ひと》でしょう。あンな女は、滅多にいませんよ」

「まったくさ。あの真似ばかりは妾達にゃアできませんよ」

悪口の本場である共同栓の周囲の噂が、まずこうなのだ。

二

「お藤」

「はい」

「いい加減にして、飯を食っちまいねえ」

指物師久蔵は、洗いざらしの浴衣《ゆかた》を着て、団扇《うちわ》をバタバタいわせながら、そういった。

「ええ、でも、区切りですから……」

お藤さんは、針仕事の手を止めない。仕立物の内職をして、生活《くらし》の足しにしているのだから、飯を食う間も忙がしい——という風にも考えられるが、彼女が八時になっても、晩飯を食べないのは、実は鏡子さんがまだ家へ帰って来ないからである。

「お鏡ちゃんは、この暑さに、毎日、お勤めに出るンだから、偶《た》まに保養をしなければいけない」

そういって、今日の定休日に鏡子さんを、無理に海岸へやったのも、彼女である。

お藤さんは、指久のところへ、後妻《ごさい》に入ったのである。といっても、今から十年ほどの前のことだ。鏡子さんは、ちょうど、今の悦ちゃんぐらいの小娘だった。それを今日まで育てあげるのに、ずいぶん苦労をしている。実子と変らずといいたいが、彼女が鏡子さんに対する態度は、久蔵さんとの間にできた実子のお琴に対するより、遥かに行き届いている。近所で評判になるのも、これが与《あずか》って力があるのだ。

お藤さんは、江戸ッ子である。神田の八百屋の娘である。教育は小学校へ行ったきりだが、生粋《きっすい》の江戸ッ子の血を曳《ひ》いてるだけに、義理というものを知ってる。どうやら、知り過ぎるほど、知ってる。こんな義理固い女は、現代に滅多にいまい。指久が時代遅れの職人だとすると、お藤さんも流行外れの婦人だろう。なぜといって、銀座を歩く女性に、

「義理って何だか、知ってますか」

と、訊いて見給え。

「よしてよ。出《で》鱈目《たらめ》な英語なんか使って……」

まず、こんなところだろう。

だが、東京は広いから、本郷に赤門が残ってるように、義理固い女の一人ぐらい、生き残っていてもいいわけだ。ただ、お藤さんは標本としても、すこし念が入り過ぎてる。ちと義理が固すぎる。義理ある仲だとか、生《な》さぬ仲の義理だとかいうことを、考え過ぎる。過ぎたるは及ばざる如しとは、この場合でも、やはり名言である。

時計が、九時を打った。でも、お藤さんは先きに、膳へ向おうとしない。

「おい、もう九時だぜ」

「ええ」

指久はムッツリした顔を、露地の闇へ向けた。あまりいうことに逆らうと、亭主は癇癪を起すし、と云って、今まで待ったのに、娘より先きへ食べたくはないし、早く帰ってくればいいなと、お藤さんが考えてると、いい按配《あんばい》に、

「只今。遅くなりました」

鏡子さんが、急ぎ足で帰ってきた。悦ちゃんと話し込んで、一汽車乗り遅れて、八時十分に両国へ着いたのである。

「暑かったろう？　すぐ着物を着換えて、顔でも拭くといいよ」

お藤さんはイソイソと立ち上って、洗面器に水をとってやる。

「琴ちゃんは？」

「お先きへ御免蒙って、もう寝ました」

鏡子さんは、義妹《いもうと》へ土産《みやげ》の枇杷《びわ》羊羹《ようかん》を、そっと枕許へ置いた。

「さア。では一緒に、ご飯を頂こうかね」

「あら。おッ母さん、まだなんですの？」

鏡子さんはビックリして、義母《はは》の顔を見た。

(これだから困る。おッ母さんはあンまりよくして下さり過ぎるんで困る)

三

眼があくと、もう、すっかり明るくなってる。

（いけない！　また、お義母さんに先きへ起きられちまった！）

鏡子さんは、慌てて寝床を畳んで、台所へきてみると、ご飯はフウフウ吹いてるし、お味噌汁《つけ》はグラグラ煮沸《にた》ってるし、板の間はピカピカ拭いてあるし、土間はサラサラ掃いてあるし――といった按配で、朝の営みは、既に万事Ｏ・Ｋとなっている。

「あら、まだ早いンだよ。もっと寝てればいいのにね」

お藤さんは、セッセとお香物を刻みながら、そういった。

「おッ母さん、起して下さればいいのに」

「お前さんは昨日草臥《くたび》れてるンだから、ゆっくり寝なくちゃいけないよ」

「おッ母さんこそそうですわ。昨夜《ゆうべ》、あんな晩《おそ》くまで、お仕立物してたのに……」

「なアに、妾は慣れてるから、関《かま》やしないよ。お前さんは毎日のお勤めがあるじゃないか」

こんな会話のやりとりは、なにも今朝に限ったことではない。この五、六年来、毎朝のように繰り返してるのである。勿論、鏡子さんがいつも寝坊するとはきまらない。時には、彼女の方がトップを切ることもある。すると、今日鏡子さんのいったような言葉を、おッ母さんがいうだけの話である。要するに、二人の毎朝の会話は変らないのである。

鏡子さんが顔を洗ってる間に、台所側の二畳に、もうお膳が出てる。

「お姉ちゃん、お早よう」

義妹の琴子が、眠《ね》むそうな顔で、蚊帳《かや》から出てくる。父親の久蔵さんだけは、まだグウグウ眠っている。

「さア、ご飯にしようかね」

やがて、三人は膳を囲む。お藤さんは亭主の久蔵さんより先きに、ご飯を食べるのは、平気である。だが、昨夜の様子でもわかる通り、鏡子さんより先きに食べることは断じてしない。何事でも、鏡子さんファーストである。鏡子さん中心である。彼女は、それが継母の最大の義務だ、と思っている。そこが生《な》さぬ仲の義理だと、心得ている。それを欠いては、人間ではないと、考えている。

(こんないいお義母《つか》さんて、世の中にあるだろうか)

だから、鏡子さんは、いつも感謝している。最大の感謝を献げている。しかし、それでいながら、なんだか、どこかの隅に、不満みたいなものがある。その不満とは何で、どういう理由なのか、彼女は考えたこともない。こんないいおッ母さんに不満なんて、考えるだけでも、バチが当るではないか。

「その白瓜《しろうり》を食べてご覧。おいしいよ」

お藤さんは、まず鏡子さんに薦《すす》める。鏡子さんは、お辞儀をして、これを食べる。静かな朝飯である。誰も口を利かない。

だが、鏡子さんは、ふとおッ母さんの鬢《びん》に、メッキリ白髪《しらが》の殖《ふ》えたのに気がついた。まだ三十八なのに、おッ母さんは大変老けてる。皺も多い。顔も窶《やつ》れてる。考えてみると、おッ母さんの笑った顔というのを、まだ見たことがない。

（おッ母さんは、苦労があり過ぎるンだわ。お父ッつぁんはあの通りだし、家は貧乏だし、一人で家中の犠牲になってるンだわ。でも、ほんとは、おッ母さんを一番犠牲にしてるのは、妾じゃないか知ら）

ふと、鏡子さんは、そんなことを考えた。

「お琴。お姉ちゃんからお土産を頂いて、お礼いわないのかい」

お藤さんは、昨夜の枇杷羊羹のことを、いい出した。

「あらおッ母さん、お礼なンて……」

鏡子さんはそういって、味気ない顔をした。だが、愚図愚図してはいられない。もう出勤の時間である。

四

百貨店の女売子さんは、各入口の鉄扉《てっぴ》がガラガラと捲きあげられる少し前に、店へきて、ユニフォームを引っ掛けて、鼻の頭をパフで二、三度叩いて、売場へ立ちさえすれば、すぐ仕事に掛かれるだろうと思うと、たいへん違う。かりに九時三十分開店だとすれば、八時五分に、出勤第一鈴が鳴る。それに遅れりゃ、重営倉というほどでもないが、タイム・カードに遅刻の印が捺《お》されて、すぐ賞与にひびいてくる。だから、少くともその三十分前に店にきてないと、着物を着かえる暇もないことになる。

第二鈴で点呼——大食堂へズラリとならんだ麗人部隊が、順に名を呼ばれて、服装検査に、顔の検査だ。顔の検査というのは、鼻が曲ってるとか、眼がチンバとか、注意するためではない。偽首《にせくび》の実検のためだ。デパート・ガールも大学生みたいに、友達のブンを〝はい〟と答えることがあるそうだ。

それから、事故報告、新商品紹介——いろいろあって、やがて百貨店の儀式が始まる。

「礼！」

凛々《りり》しい号令と共に、一同丁寧に頭を下げて、商業の神様に、朝礼を行う。

すると、例の「お迷子様が三階休憩室へ……」の拡声機から、突然勇ましいブラス・バンドの音が流れだす。そうして全員の可愛い唇が綻《ほころ》びて、三千人の大合唱だ。

「わが誉《ほまれ》ある日の本の大銀座……」

店歌が朗々と、全店に鳴り響く。

これは一寸、レヴィユウの真似みたいで、売子さん達もマンザラでないのだが、一番苦手なのは、その次ぎの黙想だ。

黙想五分間——精神修養のために、食堂の床と睨《にら》めッこをする。どうも、長い五分間だ。

(昨日帰りに食べたフルーツ・ミツマメは、とてもおいしかったわ)

(今度の公休まで、ターキーは新宿へ出てるか知ら。大阪興行へ行かれると、悲観だ

わ）
（さっきバスの中で見たハンサム・ボーイは、たしかこの間ネクタイを売ったお客だけれど、学生だろうか、サラリー・マンだろうか。もう一度買いにきてくれると、嬉しいわ）

若き血に燃ゆる乙女達は、まずこんな工合に、精神修養を行うのである。

池辺鏡子さんは、いつも黙想の時に、何も考えないで、静かに心を落ちつかせることにしている。気のせいか知らぬが、そうするとイキイキした気分で、売場に立てる。今日もその積りで、無念無想に入ろうとすると、不思議にどうも気が乱れていけない。
（ほんとに、お義母《つか》さんはよくして下さる。勿体ないほど、よくして下さる。それだのに妾は、どうしてもの足りない気持がするのだろうか。妾の我儘なのだろうか。おッ母さんが妾をお琴のように、叱ったり打ったりして下されば、どれだけ嬉しいか知れないのに。おッ母さんはあンまり義理ということを、お考えになりすぎる。でもこれは、血縁のない親子の運命だろうか。いやいや、そんなことはない。継母と継子の関係を、冷たく暗く考えるのは、昔の習慣だ。今の世の中には、明るい温かい継母と継子というものが、あっていい筈だ。おッ母さんは昔の人だから、それを望むのは無理かも知れないけれど、かりに、妾が継子のある家に、お嫁に行ったら……）
と、そこまで彼女が考えた時に、ふと悦ちゃんのことを思い出した。

五

鏡子さんは、海水着の売場がなくなったので、いま、ワイシャツ部の方にいる。ほんとは、彼女は玩具部か、文房具部に行きたかった。なぜといって、悦ちゃんがワイシャツを買いにくるわけがないではないか。

「お姉さま、ママになってくれない」――

勝山の見晴台で、悦ちゃんから突拍子もない依頼を受けた時には驚きもしたが、おかしくもあった。でも、今は、それを子供の気紛れとばかり思えなくなった。自分も八つの時に実母を亡くして、アリアリとその寂しさを覚えている。あのお嬢さんは、本気でそういったにちがいない。どうかして、薄情そうな第二のママさんの手に掛からないように、してあげたいと思う。

でも、自分だって、未婚の処女だ。結婚するなら、初婚の青年がいいにきまってる。悦ちゃんのパパは、ほんとにいい方らしくて、決して嫌いではないけれど、恋愛のなんという気持は、ちっともないと思う。年齢もちがいすぎる。第一、自分は、貧しい家の生活を扶《たす》けるために、こうして毎日働いてるのだ。あのお嬢さんには、済まないけれど他人様のお家のことまで心配するのは、余計なお世話なのではあるまいか――

そう、考える側から、やはり、悦ちゃんのことが、気になる。入口から子供連れのお客様が入ってくると、自然に、眼がそっちへ行く。

（あのお嬢さんが来なければ、せめて、パパさんが、シャツでも買いに入らッしゃればいい。その後の様子を伺ってみるンだけれど……）

彼女はそう思って、毎日、売場へ立ってるのだけれど、碌さんはまだ東京へ帰らないのか、それともシャツは沢山もっているのか、一向姿を見せないのである。

待人来たらず――そのかわり、待たないお客が、今日も熱心に通《かよ》ってくる。

「来たわよ、池辺さん！」

隣りで靴下を売ってるC子が、早くも敵影発見の信号を送って、クスリと笑う。鏡子さんは人知れず溜息ついたが、どうも仕方がない。〝接客は慇懃《いんぎん》丁寧、愛嬌ある態度を以《もっ》てすべし〟と、店員心得第一カ条にある。

「いらっしゃいまし」

鏡子さんは、お客の前へ頭を下げた。

「まだ、相当暑いですな。つまり、残暑ですな」

お客は愚にもつかないことを、鏡子さんに話しかける。いつも、こんな調子で、買物の前から、ネバリたがる青年である。

鏡子さんは、ただ「はあ」と答えただけである。

「新しいワイシャツの荷は、まだ入らンですか」

この青年は、毎日同じことをいってる。冗談ではない、そう毎日新しいワイシャツの荷が、着くものではない。

「では、仕方がない。古いのでもいいから、見せてくれ給え」

これも、彼の極《きま》り文句である。そういって、昨日も一昨日も一昨々日も見たワイシャツを、もう一度、隅から隅まで、見直すのである。もっとも、シャツを見る振りをして、鏡子さんの顔を見てるのだけれど。

「それでは、これを貰っておきます」

最後に彼はそういって、今日もまた、一枚のワイシャツを買ってゆく。毎日一枚宛だから、この男の家の箪笥はワイシャツで満員だろう。

彼は、鏡子さんがワイシャツ部に変った日から、毎日、店へ姿を現わすのである。鏡子さんが交替で、売場に出ていない時には、階段の喫煙椅子に頑張って、ミミズクのように、眼を光らせている。やがて鏡子さんが売場へ現われると、ノコノコ出かけて、

「新しいワイシャツの荷は入らンですか」

六

花屋の店へ地震と颱風が一時に襲って、ありとあらゆる花を滅茶苦茶にひっくり返したら、あるいは、デパートの女店員更衣室の朝の風景に、似ているかも知れない。

長襦袢の赤、シュミーズの桃色、伊達巻《だてまき》の緑、ストッキングの茶――まこと百花撩《りよう》乱《らん》だ。そこへもってきて、ナニナニ白粉やカニカニ香水の匂いが、青春の体臭とやらいうものと合併して、部屋一杯にコモるから、およそ眼の眩《くら》むような風景だ。

なにしろ短い時間に、大勢が私服を脱いで店服《ユニフォーム》に着変えるのだから、混雑は推して知るべしである。スカートのお尻と、鼻の頭と衝突するなんてことは、一向珍らしくない。男子絶対禁制の部屋だから、いいようなものの、姫御前のアラレも、センベイも、あったものではない。しかも、その忙がしい中で、彼女達の囀《さえず》りは、いよいよ冴えるのである。花屋の店に譬《たと》えたのは、取消しだ。花が饒舌《しゃべ》るなんて、聞いたことがない。

「ちょいと、Aちゃん。例のモミアゲ氏の正体、遂にあらわれたわよ」

「モミアゲ氏って、誰よ」

「あら、知らないの？　ワイシャツ売場の池辺さんをハリにくるお客《ゴブキニー》よ。ゲーリイ・クウパーが途中で曲っちまッたような顔だけど、相当、スマート・ボーイだわ。彫刻のある大きな宝石《いし》の指輪をはめているわよ、男の癖に。でも、あれ、西洋で流行《はや》ってるンだってね」

「そンなことより、肝腎の話はどうしたのよ」

「いま話すわよ。妾はきっとどこかのドラ息子か、ことによったら、不良かも知れないとにらんでたのよ。ところがね、昨日、また例によって、ワイシャツを一枚買って、家へ届けて下さいッて、名刺をおいてったの。それを見ると、細野夢月《ほそのむげつ》じゃないの！」

「細野夢月って――あア、スイート・レコードの専属作曲家ね」

「そうよ。〝もっと泣くわよ〟の作曲者よ。いいわねえ、あのメロディ！」

「もっと、もっと、泣アくわンよ――いいわねえ。発禁にならないうちに、一枚買っとこうかしら。レコード部の人に頼めば、三割引きだから」

「音楽家ッて、いいわね。ことに、作曲家は素晴らしいわ。細野夢月が買いにくるなら、妾、もっとワイシャツ部にガンばっていればよかったわ」

「妾の売場へ、ツクダ煮でも、買いに来ないかなア」

「あら、彼氏、食品売場なんかへ、行きゃアしないわよ。妾は靴下だから、有望よ」

「でも、駄目よ。池辺鏡子さん以外の女性に、興味なンてありゃしないわよ」

「シャクね」

「羨《うらや》ましいわ。あの女《ひと》、いったいにお客様の気受けがいいのね」

「組長さんや監督さんにも、評判がいいわ。査定も一、二等をよくもらうし、模範店員だわ。でも、今度はどうだか怪しいわ。対手はなにしろ、細野夢月でしょう？　いくら池辺さんが堅くても、遂にはフラフラとなっちまやしないかと思うの」

「夢月ッて人、その方はとてもスゴイんでしょう！」

「だから、そういうのよ。池辺さんが誘惑されれば、お店はイヤに規則がやかましいから、きっと馘首《くび》よ。どっちにしても、面白いわね。ホホホ」

　そこへ、組長さんが、歩いてきた。

「あなた方は、まだ店服を着ないンですか。もうすぐ第一鈴ですよ！」

はなかった。

七

だが、作曲家の細野夢月が鏡子さんに与えた名刺は、住所姓名が書いてあるばかりではなかった。

「七時まで服部《はつとり》の角で待っています」

名刺の裏に、鉛筆の走り書きで、そんな文句があったことを、誰も知らない。鏡子さんは配達伝票に、名前と番地を書き取って、名刺はすぐに破り捨てた。勿論、彼女はそんなランデ・ヴウに、応ずるつもりはない。第一彼女は、ほかの女店員のように、〃もっと泣くわよ〃の作曲家なぞに、憧《あこが》れを感じていないのである。あのお客が細野夢月であろうが、なかろうが、始めから虫が好かないのである。悦ちゃんが眼鏡女史を好かないと、同じ程度に、好かないのである。

名刺をくれた日の夕方、鏡子さんが四丁目で電車を待ってると、服部時計店の角でキョロキョロしてた彼氏が、眼慧《めざと》くも見つけて、線路を渡ってきた。

「まちがえたですか、向側でしたよ」

と、ニヤニヤと笑いかける。どっちが間違えてるのか、わからない。こちらは小石川へ帰るのに、日比谷乗替えが便利だから、ここで電車を待ってるのである。

「どうです、お茶でも喫《の》みませんか」

近頃の青年は、なんかというと、お茶を喫みたがる。昔のお婆さんのおカブを取った形だ。

鏡子さんは、知らん顔をして、向側のパンジューの看板を眺める。店に出てる時こそ、お客様である。サービスは義務である。だが一旦、店服を脱いだら、アカの他人ではないか。尤も〝大銀座〟百貨店の内規に、店の包紙の品物を持ってる方には、電車の中でも、席を譲ってあげろという、項目がある。店員は勤務後のサービスまで要求されてるのだから、叶わない。でも、幸いにして、お客のランデ・ヴウに応ずべしとは、書いてない。鏡子さんも安ンじて、空を向いていられるのである。

「ねえ、君、とにかく歩きましょう」

夢月氏もそろそろジレてくる。依然として、鏡子さんは啞を続ける。安全地帯で電車を待つ人達が不審《ふしん》そうに夢月氏の顔を眺める。なかにはニヤリと、冷笑を浮かべるものもある。

「ちえッ」

夢月氏も、遂に匙《さじ》を投げて、踵《かかと》を回らせた――同じ〝ちえッ〟でも、悦ちゃんがやると、もう少し可愛いんだが。

それで懲りたろうと、鏡子さんも安心していると、翌日もまた、店へ買物にくる。帰りがけには、ちゃんと待ち伏せしている。その翌日も、翌々日もそうである。作曲家は小さなオタマジャクシを、丹念に列べる商売だから、なかなか根気がいいらしい。

だが、鏡子さんの身になると、ウルサイやら、気味が悪いやら。

（妾、困っちまうわ。組長さんや監督さんにいっても、対手になってくれないし、お父ッつぁんにこんなことを話しても、ムッツリ屋だから、返事もしてくれないにきまってる。こういうことを、平気で一々、おッ母さんにいいつけられたら、どれだけ嬉しいだろう。それア、妾がそういえば、おッ母さんは心配して下さるわ。でも、妾はどんなことでも、おッ母さんに心配かけたくないンだわ。妾も、やっぱり他人行儀なのだろうか。妾の気持が、悪いのだろうか。ああ、いつの間に、こんな壁みたいなものが、おッ母さんとの間に、できてしまったンだろう……）

鏡子さんはそういうことを考えてるので、小石川の露地奥へ帰って行く足も、自然重かった。

八

「ただいま」

と、鏡子さんが、格子《こうし》を開けると、

「お帰ンなさい」

お琴が両手をついて、お辞儀をした。

「おッ母さんは？」

「お店《たな》へ、お仕事持ってゆきました」

「そう。じゃア、妾がすぐお台所するわ」

鏡子さんは着物も着変えないで、勇んでエプロンを引ッ掛けた。彼女は台所仕事が大好きである。いつも母親の手助けを、させてもらいたくて耐《たま》らないのだが、母親は一向許してくれない。お芋の皮を剝《む》くことも、許してくれないのである。その癖、齢のいかないお琴には、共同栓へ水を汲みにやる。お使いにやる。お芋の皮などは、しょっちゅう、剝かせている。だが、腹異いの、鏡子さんに、そういう業《わざ》をさせては、義理が立たないとか、先妻に申訳がないとか、思い込んでいる。長屋の令嬢が、お芋の皮を剝けないようでは、嫁に行くなり、婿をとるなりしても、大いに困りはしないか——と、そこまでは、お藤さんは考えないらしい。ただもう、義理の娘を労わることしか考えない。で、好きな台所仕事に手の出せなかった鏡子さんは、時こそ到《いた》れりと、父親や義妹にご馳走を食べさせるために、勝手へ立つと、

「あの、いンです」

「あら、どうして」

「もう、できてるンです」

お琴は、二畳へ出てるチャブ台の蠅除けを、とった。

おサツの煮たのと、鰺《あじ》の塩焼きが、チャンと並んでる。お藤さんが、五時頃から用意したのだ。

鏡子さんは、下を俯いて溜息を洩らした。

やがて、父親がムッツリした顔で膳に坐ると、食事が始まった。

「お鏡。おめえ、なぜ飯を食わねえンだ」

指久が珍らしく口をきいた。

「おッ母さんが、帰ってからにします」

鏡子さんは、この間のことを思い出すと、どうも先きへ食べる気がしないのである。

「べら棒めえ。両方で、つまらねえ義理を立ててやがる。そンなこたア、嫌《き》れえだぞ、俺ア」

久蔵さんの盃を含む口に、怒気がある。

「お姉ちゃんが食べなければ、わたチも食べません」

義理固いお藤さんの実子だけあって、八つになるお琴まで、ナマなことをいう。

「じゃア、頂くわ」

鏡子さんは仕方なしに、箸をとった。

こんな成行きで飯を食ったって、あまり旨《うま》いものではない。父親はまた旧《もと》のムッツリに帰って、への字に曲げた唇へ、盃を運んでいる。お琴はジロジロと上眼を使って、おサツを頬張ってる。鏡子さんはまるでお客に行ったように、ご飯を少し宛、箸へ乗せている。露地の溝板《どぶいた》の下あたりで、蟋蟀《こおろぎ》が鳴きだした。

食後に、鏡子さんは、ひどく滅入った気持になって出窓に凭《もた》れて、外を見ていた。すると、

「お姉ちゃんとこへ、郵便がきてます」

お琴が、手紙をもってきた。鏡子さんは友達が少いので、郵便がくることは、滅多にない。ことによったら、例の夢月が、イヤらしい手紙でも寄越したのではないかと、オズオズ読んでみると、

お姉さん、なぜ手紙くれないの。私はもう三日も前に、東京へかえってるのよ。私お姉さんに会いたいの。お家へ遊びにきてちょうだいよ。来ないとおこるわよ。

柳　悦子

これを読むと、鏡子さんの心に電燈がついたように、明るくなった。

秋風は斜めに

一

学校が始まるのを、嫌がる子供は、たいてい幸福な家庭に育ってる。例えば、大林の謹吾や春代は、その組だ。暑中休暇が一年もあればいいと、希《ねが》ってる。

だが、悦ちゃんなぞは、八月三十一日になると、もの凄くハリキルのである。

「明日から学校！　嬉しいな。村岡先生と、小林サンと、中村サンと、鈴木サンと、加

藤サンと、高橋サンの顔が見れて……」

悦ちゃんはこの通りだが、碌さんは碌さんで、べつの意味のハリキリを、余儀なくされている。なにしろ、勝山で一月間を、カオルさんと夢遊状態で過ごしたので、作詞の仕事を、スッかり怠けてしまった。お蔭で、八月は完全に無収入だった。帰りがけに姉さんから、少しセシめてきたから、今月の払いはどうやら済むけれど、新秋を迎えて小《こ》遣銭《づかいせん》がないのは、心細い。早速、仕事にかからねばならぬ。カオルさんは、流行唄なんか書いてはいけないというけれど、これをやらんと顎が乾《ひ》上《あが》るのだ。

（まさか、持参金の前借りを頼むわけにも行かず……）

碌さんは、こういう心境で、少くともカオルさんと結婚するまでは、レコード会社の仕事を続けるらしい。

そこで、今日はどうあっても、会社へ顔出しをして置こうと、

「おい、ちょいと出掛けてくるぜ」

と、玄関へ立つと、悦ちゃんが、

「パパ、あたしも連れてッて」

「でも会社へ行くンだぜ」

「かまわない。どうせ序《ついで》だもの」

「なにが、序だ」

「銀ブラのさ」

「誰が」

「あたしよ。だって、銀座一月振りよ。それに、新学期の買物もあンのよ」

子供まで、銀座の風を恋しがる世の中だ。

「その代り、会社へ先きに行くンだぜ」

碌さんは念を押して、悦ちゃんを連れてくことにした。考えてみると、カオルさんとの散歩が忙がしかったので、悦ちゃんの手を曳《ひ》いて歩くのも、久し振りである。

中野から築地行きのバスに乗って、二人は数寄屋橋《すきやばし》で降りた。その近所に、スイート・レコードの本社がある。新築の、白堊に金具を用いた、立派なビルディングである。

「あら、暫らくでしたね」

エレヴェーター・ガールも、碌さんとは、顔馴染《なじ》みである。それほど、碌さんはこのビルをよく訪れる。スイート・レコードの専属とまでは、まだ出世していないが、この会社の仕事を一番多くするので、まあ準専属といったような関係になっている。

それに、会社の一室に、スイート芸術倶楽部というものがある。ヘタな社交倶楽部の談話室に負けないほど、立派な部屋である。そこに、初太郎姐さんも現われれば、片鍋アマ子さんも現われる。歌手も、作曲家も、楽手も、作詞者も、スイート・レコードの専属芸術家も、みなこの部屋へ現われる。

碌さんは、ここを職場にしてるのである。ここで、文芸部の人に会ったり、作曲家と相談したりしているうちに、きっと新しい仕事の一つや二つは見つかるのである。

ドアを開けて、倶楽部へ入ると、まだ人達は海や山から帰っていないのか、ガランとして寂しかった。碌さんは、これは困ったと思っていると、

「おい、碌さん。来たのか」

と、隅のソファから、細野夢月がムックリ起き上った。

二

「碌さん。この夏はどこへ行った？」

「勝山の姉のところで、暮しましたよ」

細野夢月と碌さんは、椅子を引張ってきて、向い合った。

二人は今までに、度々組んで、レコードに作曲と作詞の名を列べたことがある。尤も、夢月の方は、会社の専属だし、世間に名も響いているが、碌さんはこの倶楽部の人達に、存在を認められてるだけである。作詞者と作曲者を夫婦とすれば、西条八十《やそ》と中山晋平なぞは似合いの夫婦、碌さんの場合なぞは、たいてい蚤《のみ》の夫婦みたいなことになって、女房に頭が上らない。でも、会社に作詞を売り込む時には、羽振りのいい作曲者を通じて頼むのが、一番能率があがるので、碌さんは、それほど好きでもない細野夢月を、大切にしてるのである。

「早速だけれど、二つ三つ、こしらえて貰いたいンですがね」

「あア、いいとも。歌詞《ウァーズ》を寄越《よこ》し給え。すぐ会社へ話すから」

と、夢月がこともなく引請けたのは〝もっと泣くわよ〟がヒットして、近頃気をよくしてるせいだろう。

「だが碌さん、そンなことよりも、その後、なんか面白い話はないかい。避暑地でバラ色のお話はなかったかい？」

彼氏、いつもその方の話が、好きである。

「そうですね。ないこともなかったですね」

碌さんはニヤニヤして、顎《あご》のあたりを撫《な》ぜた。とたんにカオルさんの美しい顔が、碌さんの頭に浮かんだのは、いうまでもない。

「対手《あいて》は何物だい」

夢月が乗り出すので、碌さんも得意になって、

「勿論、令嬢《マドモアゼル》ですよ。顔も素晴らしいが、教養がとても高くてね」

と、自慢話を始めようとして、ふと、悦ちゃんを連れてきたことに、気がついた。だが、碌さんが振り返った時には、ツマらない大人の話に退屈したのか、悦ちゃんの姿は部屋の中に見当らなかった。

そこで大人達は、チェリイの煙と共に、モクモクと、不良なる談話を吐き出すのである。

「なるほどね。それア、素晴らしいのをホリだしたね」

と、夢月は碌さんの話をひと通り聞いてから、

「実は、僕も一人デキたんだ」

「ほう、君もですか」

「どうも虫が知らせたか、今年は避暑へ行かずに、東京にいたら、近来稀《ま》れなるシャンを発見したよ。東活の白百合姫子ソックリの処女型でね。但し、令嬢ではない、デパート・ガールだ」

「なるほど」

「最初、何気なくワイシャツを買いに行って、驚いたね。その後、二、三度買物に行くうちに、すっかりアミになっちゃッてね。店が退《ひ》けると、服部時計店の前で待ち合わせて、お茶を飲んだり、シネマへ行ったりしてるわけさ。お互いにこの夏は恵まれたもンだね。ハッハッハ」

と、大したご機嫌である。だが、鏡子さんのこととすると、話がどうやら、すこし違うようだ。

「時に君、カラのサイズはいくつだい？」

夢月がヘンなことを訊きだした。

「15ですが……」

碌さんは、呑気なせいか、首が太い。

「じゃア、駄目だな」

「なぜです」

「僕は13・½なんだ」

「で?」

「いや、ワイシャツを沢山貰って、弱ッてるから、君に進呈しようと思ったのさ」と、いい紛らせて、

「さて、僕はこれから銀座へ出かけなけれアならん」

「銀座なら、僕等もそこまで一緒に行きましょう……おい、悦ちゃん」

と、碌さんは声をあげて呼んだ。

三

大人共が下らぬ話に夢中になってる間に、悦ちゃんはそッと廊下へ忍び出た。

(まるで、水族館みたいだなア)

外景の見えない中廊下を、悦ちゃんは、探検家のように緊張して、奥へ進んだ。廊下がつき当った。右にも、左にも行ける。左の方で、人声がする。悦ちゃんはそっちへ歩いてくと、ドアを開放した部屋で、オジさんたちが二人で、ラジオをやってる。

(おかしいなア。いやにお怖《つかな》い顔して、ラジオ聴いてら。おまけに、時計と睨めッこして……)

悦ちゃんは、入口に首だけ出して覗きながら、不審に思った。だが、これは悦ちゃんの誤解である。会社へ勤めてるオジさんが、ラジオを聴いて遊んでるわけがない。この

部屋は監督室といって、吹込室でテストをしてる肉声を、精密なスピイカーで、聴きとる仕組みになってる。オジさん達は、拍子や速度を査《しら》べるために、一所懸命に、タイム・ウォッチを睨めているのだ。

「ふむ。どうやら良いね」

「そうですね」

そう話し合って、一人のオジさんは、急いで悦ちゃんの前を通って、隣りの大きな部屋へ入って行った。ドアが一尺ばかり、閉め残してある。悦ちゃんはその隙から、スルリと中へ這入《はい》ってしまった。

（スゴイ部屋だなア！）

悦ちゃんは、眼を丸くして、驚いた。学校の教室ぐらい広い部屋だのに、窓が一つもない。昼間だのに、電燈がカンカンと灯《つ》いて、壁という壁は、残らず厚い天鵞絨《ビロード》の幕が垂れてる。正面の台の上にエラそうなオジさんが、箸みたいなものを持って、立ってる。その下に、楽隊のオジさんが大勢列《なら》んでる。

それよりも、悦ちゃんを喜ばせたのは、マイクロホンの前に、お行儀よく佇《たたず》んでいる一人の少女だ。悦ちゃんより、一つ二つ年上かも知れない。袖の長い綺麗な着物をきて、お人形さんのようにお河童《かっぱ》の髪を垂らしている。このお嬢さんが、唄をうたうのであろう。

「さア。今度は、吹込原盤《ワックス》に入れるからね」

エラそうなオジさんはそういって、箸をカチカチ鳴らした。すると、ヴァイオリンやセロを持つ人達が、姿勢を直した。やがて、音楽が始まった。そうして音楽がある所へ進むと、箸を持ったオジさんが、可愛いお嬢さんの方へ向いて、手を高く揚げた。お嬢さんが、唄いだした。

チュン・チュク山のチュン・チュク雀
今日も朝から……

例によって、例の如き、童謡少女の声だ。ラジオでも、蓄音機でも、童謡といえば、きまって同じ声を出す。甘いような、冷たいような、固いような――アイス・キャンディみたいな声を出す。子供らしい溌剌《はつらつ》さや天真さは、ちっともない。あれはつまり、大人から観た、可愛らしさだ。大人の仕込んだ子供の芸だ。唄わして頂戴嬢を、去ること遠からざる声と芸だ。

悦ちゃんには、そんな理窟はわからないが、なんだかヘンだとは、感じるのである。

(ちえッ。あたしなら、あんな風に唄わないや)

そう思って聴いてるうちに、キンキンとした声はいよいよ高くなり、また最初の反覆句《レフレイン》のところへきた。悦ちゃんは耐りかねて、自分も大きな声で唄い出した。

チュン・チュク山のチュン・チュク雀……


「誰だ！」

「とんでもない奴だ！」

吹込室じゅうが、大騒ぎになった。

四

「おい碌さん、これア、君ンとこの娘さんかい？」

「そうだ」

「いや、どうも呆《あき》れた子供だね。いつの間にか吹込室へ這入り込ンで、吹込み中に、唄をうたいだすンだ。おかげで、ワックスを一枚無駄にしちまったよ」

録音係りの男が、碌さんを摑《つか》まえて、コボすことコボすこと。

「済まン、済まン。ちょっと眼を放してる間に、いなくなったと思ったら……おい、悦ちゃん、駄目じゃないか、そンな悪戯《いたずら》しちゃア！」

と、碌さんも、強い声で叱った。自分がしたことが意外な騒ぎを起した上に、滅多に叱言をいわないパパから叱られて、さすがの悦ちゃんも、ベソを搔きだした。

「いいよ、いいよ、泣かなくたって。ワックスの一枚ぐらい損したっていいンだ。この会社はとても儲《もう》かってるンだから。ハッハハ」

そういって、悦ちゃんの頭を撫ぜてくれたのは、さっき箸を振ってたえらいオジさん
――つまり、スイート専属楽団の指揮者である。碌さんとは、顔馴染みの仲だ。

「しかし、碌さん。この子供は不思議な声を出すねえ。子供とは思われない、シブい唄い方をしたぜ。君、ジャズでも仕込んだのかい？」

「冗談いっちゃいけない。子供にそンなものは教えないよ」

「とにかく、これア、面白い声だよ。ジャズ・シンガーには、もってこいだ。とても個性があるからね。将来有望だぜ」と、いって、傍の企画部主任に、「どうです、Tさん。この子に童謡を唄わせて、会社で売出して見ませんか。変ったレコードができますぜ」

だが、企画部主任は、手を振って、

「駄目、駄目。こないなドラ声の童謡が、売物になりますかいな。童謡ちゅうたら、もっと可愛い、子供らしい声やないと、どむならん」

主任氏、上方出身とみえて、商売が堅実である。

そこで、悦ちゃんのレコード界進出は、オジャンになってしまったが、楽団指揮者はまだ名残り惜しそうに、悦ちゃんの肩を叩いて、

「ねえ、お嬢さん。唄が習いたくなったら、いつでも、オジさんのところへ入らッしゃい。オジさんがうまく教えてあげるからね」

と、いってから、

「さア、もう一度やり直しだ」

と、元気よく、吹込室へ入って行った。

これで騒ぎは鎮《しず》まって、人達はみな部署へ帰ったので、廊下には悦ちゃんと碌さんが残された。碌さんが時計を見ると、もう六時である。

「おや、こんなに晩《おそ》くなっちゃった。早く帰ろう。婆やが待ってるぞ」

「ズルいや、パパ！」

「なにが、狡い？」

「銀ブラはどうしたのさ」

「こいつ、チャッカリしとるね。さっき泣いたから、もう忘れたと思ったら……」

「いくら泣いたって、約束は約束さ」

「マケた」

碌さんは銀ブラをすることにきめたが、さっき細野夢月と一緒に行く約束したことを思いだして、もう一度、芸術家倶楽部へ引っ返してみた。

だが、待ち草臥《くたび》れたのか、彼の姿はもうそこになかった。

「じゃア、悦ちゃん、出掛けよう」

碌さんは悦ちゃんの手を引張って、エレヴェーターへ、飛び込んだ。

五

夕方の六時から七時というと、銀座の汐時だ。銀座へくる人と、銀座から帰る人の潮流が、四丁目の交叉点あたりで、渦をまいてる。

「やッぱり、銀座はいいねえ」

「ナマいうンじゃない。人が笑うぞ」

碌さんは悦ちゃんの手を、グイと引張った。尤も、悦ちゃんにとって銀座の魅力は、ウインドの西洋菓子と、I屋の玩具と文房具ぐらいなものである。今も、そこへ寄って、ノートや鉛筆を買ってもらったので、吹込室で泣いたカラスが、もうニコニコと笑ってるのだ。

「ご飯、食べて帰るの？」

「うんニャ」

碌さんは妙な返事をした。いつもなら、オリムピアードあたりで、ランチでも食べて帰るのだが、今日は碌さんのポケットが、甚だ心細い。といって、子供にそんな事情を知らせたくないから、曖昧な返事をしたのだが、以心伝心というのか、悦ちゃんも、

「そう」

と、いったきり、〃ちえッ〃とも、〃つまンないの〃とも、決していわないのである。

二人は、雑沓《ざっとう》に揉まれながら、東側の横断路を渡った。渡るとすぐに、ビア・ホールがあるけれど、碌さんは眼を瞑《つぶ》って、中野行きのバス停留場の方へ急いだ。時間が時間だから、黒山のように、人が待ってる。バスの客ばかりではない。安全地帯を見ると、電車を待つ人も、大勢溜っている。

（おや、細野夢月がいる！）

碌さんは、気取り屋の夢月が、タクシーにも乗らず、銀座で電車を待つなんて、珍らしいことだと思った。だが、よく見ると、夢月は電車を待っているのではないらしい。やはり安全地帯にいる一人の若い女性に、しきりにペコペコ頭を下げて、なにか話しかけているのだ。しかも、若い女は知らん顔をして、会釈もしてやらないのだから、これは余程体裁の悪い風景だ。

（これア、驚いた。天下の細野夢月も、カタなしじゃね）

と、碌さんが思ってると、もっと驚くべき事件が起きた。

「あらッ、お姉さん！」

悦ちゃんがそう叫んだと思うと、いきなり安全地帯へ駆け出して、その若い女性の腰に、カジリついてしまったのだ。

「まア、悦ちゃん！」

彼女は、細野夢月に対するのと、こうまで人間が変るかと思われるように、嬉しさを満面に浮かべて、悦ちゃんの背中に手を回した。二人はまるで十年の旧知がめぐり逢ったように、ツナがって、歓《よろこ》んでる。

碌さんは、ハテどこの娘さんだろうと、考えて、

（あッ、そうだ。〝大銀座〟の、あの親切な売子さんだった）

と、やっと思い出したのはいいが、その売子さんと悦ちゃんが、こんな仲好しになっ

てる事情は、サッパリわからない。悦ちゃんは、パパがカオルさんに夢中になってるのが癪《しゃく》だったから、鏡子さんに勝山で逢ったことを、一切話さなかったのである。

それよりも驚いたのは、細野夢月である。想う鏡子さんに、例の如く喫茶店行きを懇願してると、いきなり碌さんの子供が飛び出してきて、カジリついた。見れば、碌さんも鋪道に立ってる。そうして、いまや、往来を渡って、安全地帯へやってきた……。

「やア、今日は」

碌さんが、帽子を脱ぐと、

「あら」

といって、顔を赤らめた鏡子さんが、お辞儀をした。

夢月は、ただ眼をパチクリするばかりである。そうして、碌さんが夢月に、「やア」と会釈《えしやく》をすると、今度は鏡子さんが、眼を丸くした。

六

悦ちゃんは、銀座で鏡子さんに「さよなら」をいうのが、どれだけ嫌だったか、知れない。できるなら、そのまま鏡子さんを、家へ引張ってゆきたかったのである。

でも、鏡子さんはたいへん遠慮深かったし、パパはパパでよく知らない女の人には、ひどくモジモジするから、望みは叶わなかった。その代り、鏡子さんが、パパのいる前で、

「では、今度の公休日に、きっと中野のお家に遊びに上りますわ」

と、指切りまでして、約束してくれたので、やっとフクレ顔をやめたのである。

だが、碌さんは、この銀座の邂逅《かいこう》のおかげで、細野夢月から、ウルさく攻め立てられて困ってる。夢月は、毎日のように、碌さんの家を訪ねてくるのである。

「碌さん。なんとかしてくれよ。君は彼女と知己《ちき》らしいじゃないか。少くとも、僕に紹介の労ぐらいとってくれよ」

「だって、細野さんは彼女とたいへん親密だって話でしたぜ。帰りに、いつもお茶を喫《の》んだり、映画へ行くンだって……」

人の好い碌さんも、これくらいの皮肉なら、いえるのである。

「それは、その希望と事実が、ちょっと混線したンだよ。そうジラさないで、紹介だけでいいから、してくれよ。なにしろ、彼女は僕がいくら話しかけても、口を利かンのだから、弱るよ。つまり、これは適当な紹介者がなかったせいだろう」

夢月氏も、なかなか自惚《うぬぼ》れが強い。

「でも、実をいうと、僕もあまりよく彼女を識らないンですよ。ただ、海水着を買いに行っただけなんで――彼女はうちの子供の親友なんです」

「では、オヤジの君から、悦ちゃんに、ひとつ頼んでくれ給え。時に、悦ちゃんの好きなものは何だい。お菓子？　お人形？」

その後、夢月氏は来る度に、モロゾフのチョコレートや、フランス人形まで持ってくる熱心振りである。

碌さんも、困った。

今はカオルさんのことで、心臓が一ぱいだが、もともと鏡子さんを、嫌いではなかった。親切で、聡明そうで、純潔な彼女には、いまだに好感をもっている。その上、悦ちゃんを可愛がってくれるのが、なにより嬉しい。その彼女を、色魔というほどでないにしろ、その方にダラシのない夢月と交際させるのは、どうも気が進まない。できるなら、その役目はご免蒙りたい。だが、考えてみると、細野夢月は生活上の恩人である。今までも、彼のおかげで仕事を沢山回して貰ったが、将来も羽振りのいい彼の援助を俟《ま》つことが多い。どうも、迂闊《うかつ》に夢月を怒らせるわけに行かない。碌さんは、気が弱いから、一体にテキパキしたことはできないが、今度は特に決心がつかなくて、弱っている。

「おい碌さん、まだかい、まだかい？」

夢月は待ちきれないとみえて、顔を見ると、催促をする。

「ただ、紹介するだけでいいですか」

碌さんの態度が、怪しくなってくる。

「勿論、結構。僕は普通の交際をしてもらえば、いいンだ。純潔な処女から、作曲上のインスピレーションを得たいんでね」

どうだか、あまり信用はできない。

「実は」と、碌さんは到頭、負けてしまった。「明日、彼女が家へ遊びにくることになってるんです。子供と約束があるもんですからね」

「ほほウ。そいつは吉報だね。僕も遊びに行くよ。いいかい、碌さん」

夢月はひとりで、きめてしまった。

七

九月の十日までは、小学校も、お昼きりである。

悦ちゃんは、学校から帰ると、ランドセルも脱がないうちから、

「婆や、お客様まだ来ない？」

「ええ、まだお見えになりませんよ」

「ご馳走、なにこしらえたの」

「べつに、何にも拵《こしら》えてありません」

「だめよ、婆や。今日は、あたしの一等好きなお客様がくるんじゃないの。おスシと、鰻と、天プラをとって、お家では、洋食をこしらえるといいわ」

「ホホホ。お嬢さん、今日はまるで、奥様みたいですね」

婆やは笑って、台所へ引っ込んだ。

悦ちゃんは、それから、客間兼パパの書斎の八畳へ行くと、碌さんは昨夜晩《おそ》くまで仕事をしたとみえて、大きな口を開けて、昼寝をしている。

「起きなさい、パパ！　昼寝なんかしてちゃ、お客様に笑われてよ」

碌さんは、シブシブ起き上って、

「なんでえ、まだお正午《ひる》じゃないか。こんなに早くから来るもンか」

「それが、悪い癖よ。あたしがお寝坊してグズると、いつもパパ、そういうじゃないの、悪い癖だッて」

一本パパを参らせて置いて、悦ちゃんはパパの机の上をかたづけたり、座布団を列べたりする。一体、母親のいないせいか、悦ちゃんは小型の主婦みたいなところがあるが、今日は特別である。碌さんも呆気にとられて、見ている。というのも、よくよく今日のお客様が嬉しいからだ。碌さんも鏡子さんに聞かせたら、喜ぶだろう。

一時——二時と、時計の針は進むが、鏡子さんは、なかなかやって来ない。悦ちゃんの顔が、そろそろ夕立模様になりかけた時分に、玄関で、

「ご免下さい」

真っ先きに飛び出したのは、無論、悦ちゃんである。

「しどいわ、しどいわ、お姉さん」

小型マダムは、俄然、十歳の甘ッたれ娘に変化した。

鏡子さんは省線の中野駅で降りたので、遠い道を歩かねばならなかったのである。その上、碌さんの家とくると、至って大邸宅に縁が遠いから、探すのに骨が折れる。

「勘弁して頂戴ね。そのかわり、いい物もってきたわ」

西洋の台所一式の玩具である。鏡子さんは乏しい蟇口を、ハタいたのであろう。

そこで、悦ちゃんが、また鏡子さんの膝へ、カジリつく。

「どうも、済まんですな」

碌さんは礼をいった。今日は珍らしくアグラを掻かないで、銘仙の単衣《ひとえ》の膝を揃えている。男の友達は始終遊びにくるけれど、女のお客様は滅多にない家である。碌さんは、すこし固くなってるようだ。

「いいえ。妾《あたし》こそ、お邪魔に上りまして……」

鏡子さんも、男性の友達なぞ、訪問したことがないとみえて、碌さんに話しかけられると、急にモジモジしだした。

「お茶を、どうぞ」

碌さんがマズい手付きで、茶托《ちゃたく》を持って出した。

「はア」

鏡子さんは、下ばかり俯《む》いてる。

「お菓子を、どうぞ」

碌さんは一々ことわるから、おかしい。

鏡子さんはお茶にも、お菓子にも手を出さず、いかにも窮屈そうに坐ってる。

沈黙が続いた。

「二人とも、もっと仲よくしてくれないと、困るな」

悦ちゃんが、とんでもないことをいい出した。

八

悦ちゃんが、ヘンなことをいい出すものだから、碌さんは眼で叱ったものの、虚を衝《つ》かれたかたちで、

「フッフフ」

と、笑いだしてしまった。

鏡子さんは、その前から、袂《たもと》で口を抑え、クスクス笑いを、真ッ赤になって、堪《こら》えてる。

だが、二人が一緒に笑ったら、不思議なもので、今までの固苦しい空気が、どこかへフッ飛んでしまった。

「ほんとに、こいつは見境がありませんから、時々、僕は恥を掻くのです」

碌さんの口が解けた。

「でも、悦ちゃんは、とても頭がいいと思いますわ。妾、勝山でお目にかかった時、あんまりお悧巧なんで、驚いてしまいましたわ。それで、ちッともヒネくれていらっしゃらないンですもの。妾、とてもすきですわ」

「悦子も、貴女が日本中で一番すきだと、いってますぜ」

「あら、そうですの？」

と、鏡子さんもシンから嬉しそうに笑った。

（カオルさんがこの女のように、悦ちゃんがすきだったら、それこそ、万事O・Kなんだがなア）

碌さんは、腹の中で思った。

「時に、妙なことを伺いますが、悦子の話によると、貴女もお母さんを亡くなされたんだそうですな」

碌さんは、何を思いついたか、突然、そんなことを訊きだした。

「はア。ただ今のは、継母《ままはは》でございます」

「で、その……失敬ですが、工合はどうですか」

「工合と申しますと」

「貴女とお母さんと、円満に行くんですか。かりに貴女のお義母《かあ》さんが、貴女を嫌いだったら、どんなことになりますかな」

「そんな事存じませんわ。妾の義母は、とてもいい人ですわ。ただ……」

ただ、漠然たる不満があるのだが、鏡子さんはそれを碌さんに喋るような、ハシタない女ではなかった。

「ふウむ」

碌さんは腕組みをして、なにか考えた。

だが、鏡子さんは、勝山で悦ちゃんから聞いてることがあるので、碌さんの腹の中はよくわかった。そうして、呑気そうな顔に浮いてる、碌さんの親心を見逃さなかった。

（この方も、やっぱり善い方なンだわ。うちのお父さんが、世間で悪くいわれるけれど、ほんとは善い人なように……）

そう思って、鏡子さんは、

「悦ちゃんに、いいお義母さんがきて下さるように、妾、ほんとにお祈りしますわ」

「だが、一寸待って下さい。一体、どんなのがいいんですか。教養があるのですか。賢母型ですか。僕には、なんだかわからなくなってきたです」

「妾にもわかりませんわ。でも、妾、継母《ままはは》だとか、継子だとか、そういうことを考えるのが、一番いけないと思いますの。それに縛られるのが、いけないと思いますわ。姉と妹の関係でもいいと思いますわ。友達になってやってもいいと思いますわ。人間同志の愛情があれば、実母と実子以上の関係だって、生まれないことはないと思いますわ」

「なるほどね……」

碌さんは、二十か二十一の鏡子さんが、こんなシッカリした考えをもっていようとは、意外だった。だが、その時、

「ちえッ。二人でばかり話してンだもの、ツマんないや」

と、悦ちゃんが、今度は不平をいった。

九

「へい、お嬢さん。お誂《あつら》えがまいりましたよ」

婆やが、お鮨の皿を運んできた。

「鰻と天プラは？」

「そんなに、お客様召上れやしません。その代り、お食後に新栗をとっておいたから、よろしいでしょう。ホッホホ」

婆やも、もっとご馳走がしてあげたいのだが、柳家の大蔵大臣の立場も、ホンモノに負けず苦しいのである。

「お姉さん、遠慮しないでね」と、悦ちゃんが薦める。

「ホホホ、沢山頂きますわ」

三人は、チャブ台を囲んで、箸をとった。婆やは番茶を注ぐと、悦ちゃんがそれを鏡子さんの前へ、取り次ぐ。

「ほんとに今日は、お嬢さんが奥さんみたいで、おかしくて仕様がありません」

と、婆やが笑うと、悦ちゃんは海苔巻をモグモグ食べながら、

「奥さんには、このお姉さんがいいンだよ」

「あら」

鏡子さんは、耳の根まで、赤くした。すると、婆やが、

「ほんとにね。こうして拝見してると、まるで親子三人みたいでござンすよ。少し奥さんがお若いけれど」

「こら、二人共、失礼なことというンじゃない」

碌さんは、婆やと悦ちゃんの差出口を叱ったけれど、いつも子供と二人切りで向う食膳とひきかえ、和気靄々《あいあい》たる気分を感じないわけに行かない。まるで、先妻の秋子さんが生きてた当時のような気持がするのである。

「しかし、大勢でものを食うと、旨《うま》いですな」

と、碌さんは、明るい顔をした。

鏡子さんだって、やはり、同じことである。自分の家で、父親はムッツリと顔を顰《しか》め、義母もお琴も、黙り返って箸を運ぶ食事よりも、始めて来たこの家の食卓の方が、ノンビリと気が落ちつくのである。そうして、

(妾、悦ちゃんと一緒に暮せたら、きっと幸福だわ)

と、考えずにいられなかった。

お鮨を食べ終ると、婆やがお盆に栗を入れて持ってきた。

「悦ちゃん、妾が剝《む》いてあげるわね」

鏡子さんは栗の皮を剝いて、悦ちゃんに食べさせた。母と子といっては、齢《とし》が近すぎるが、たしかに仲のいい、姉と妹の風景である。

碌さんはそれを眺めて、

(ほんとに、優しい、感じのいい娘さんだ。夢月が夢中になるのも、無理はない)

と、思った途端に、その細野夢月が、今日、鏡子さんの来訪を狙って、自分も遊びにくるといっていながら、まだ姿を現わさないことに、気がついた。あれほど熱心に頼ん

でいたのだから、鏡子さんより早く来るかも知れないと思ったのに、どうしてこんなに遅いのだろうか。いや、夢月のくるのは、なるべく遅い方がいい。いっそ、来なければ、最もいい。鏡子さんのような娘さんを、夢月に紹介するのは勿体なくなった。なぜ、約束なんかしたんだろう——と、碌さんが後悔を始めた時に、

「ご免下さい」

と、玄関で男の声がした。

(到頭、来ちまやがった)

碌さんは舌打ちをして、仕方なしに玄関へ迎えに出ると、夢月ではなくて、運転手風の男が立ってる。

「柳さんはこちらですか」

「そうです」

男はそのまま、出て行った。

やがて、青竹色のアフタヌーンを、颯爽《さっそう》と着こなして、

「まア、ずいぶん探したのよ」

と、カオルさんの姿が現われた。

一〇

カオルさんは、碌さん達より四、五日遅れて、勝山から東京へ帰ったのだが、熱烈な

手紙のやりとりはしても、まだ一度も顔を合わせていなかった。碌さんは帰京匆々《そうそう》、恋愛よりもパンを索《さが》す方が忙がしくて、心ならずも、ご無沙汰をしたのである。だが、カオルさんは待ち切れなかったとみえて、新宿にティー・パーティーのあったのを幸い、中野までタクシーを飛ばせてきたのである。

「まア、こんなトコに住ンでらっしゃるの」

カオルさんは靴を脱ぐ前に、眉をシカメた。日下部《くさかべ》家の目黒三田台の邸宅から見れば、実際、碌さんの家なぞは、〝こんなトコ〟に相違ない。しかし、この家で驚いてた日には、鏡子さんの住む露地なぞへ行くと、気絶するより外あるまい。

でも、久し振りに碌さんの顔を見て、カオルさんの機嫌は、麗《うら》らかである。

「お手紙だけじゃ、なんだか物足りなくなったの。不意に上って、驚かしてあげようと思って……」

「いや、まったく驚きましたよ」

碌さんも、悪い気持のしよう筈がない。

「さア、こっちへ」

と、案内したのは、鏡子さん達のいる八畳である。応接間があって、客間もあるという家ではないのである。

だが、カオルさんは、座敷へ入るやいなや、

「あらッ」

と、口の中でいって、麗らかな顔を、見る間に硬《こわ》ばらせた。勿論、先客の美しい娘さんを認めたからである。

碌さんは、そんなことには気がつかないから、朗らかなもので、

「おい、悦ちゃん。勝山にいたお姉さんだぜ。今日《こんにち》はしないのかい？」

「コンチは」

悦ちゃんは、恐ろしく不愛想である。なにしろ、勝山で復習の時に、うんと苛められた恨みがあるし、おまけに自分を寄宿へ追っ払っちまおうなんて考えてる人に、いい顔はできないではないか。

「悦子さん、宿題はすっかりできましたか。新学期が始まったのだから、暑中休暇の怠け癖を続けちゃ駄目よ」

そら、またお叱言《こごと》が始まった。どうしてこのお姉さんは、先生の真似をするのが好きなんだろう。

「今日は急いだから、お土産をなんにも、持って来なかったわ。今度、悦子さんの好きなものを持ってきてあげるから、なんでも仰有《おっしゃ》い」

悦ちゃんがあまりフクれてるものだから、カオルさんも少しご機嫌をとりかけた。すると、悦ちゃんは、

「いいの、もう貰ったの」

と、いって、

「ね」

と、鏡子さんの顔を、覗き込む。カオルさんの眼が、眼鏡越しに光った。

「あア、そうそう、忘れてた」と、碌さんは今頃になって、「こちらは池辺鏡子さん……日下部カオルさんです」

と、呑気な紹介をする。

鏡子さんは、サテは例の令嬢だなと、早くも気づいたが、座布団を外して、ニコやかに、

「どうぞよろしく」

「はア」

と、カオルさんは軽く頭を下げただけだ。そうして、碌さんに、

「どういう方なんざンすの？」

「いや、悦ちゃんの仲よしでね〝大銀座〟に勤めていられるンです」

「あら、そう」

なアんだ、デパート・ガールかといった顔付きで、カオルさんは改めて、先客の服装なぞを、ジロジロ眺めた。

――

「デパートって、面白いンでしょう？」

「いいえ、面白いなンてことは……」

「でも、女店員たちは、いつもニコニコして、嬉しそうに働いてるじゃないンですの」

カオルさんは、冷たい微笑を浮かべて、そう訊いた。鏡子さんは、黙ってる。店員服務規定第一条――愛嬌と丁寧を旨とすべし――を、カオルさんは知らないから、そんなことをいうのだ。

「貴女がた、時には、本でもお読みになるの？」

「いいえ、とてもそンな暇はございませんわ」

「暇がないンじゃなくて、興味がおありにならないンでしょう？」

なんて、無遠慮な口をきく女だろう。まるで頭から見下したような態度だ。まったく悦ちゃんのいったとおりの女だ。こんな温情《あたたかみ》のない女が悦ちゃんのお母さんになるのだろうか。それでは、悦ちゃんがあんまり可哀そうだ――と、鏡子さんは、まず悦ちゃんのことを考えるのである。

「つまり、頭脳や、教養を必要としない職業だから、それでいいのね」

と、カオルさんは、今度は碌さんに向って、同意を求めた。

「さアね」

碌さんは、曖昧に答えておく。だが、カオルさんは、まだもの足りないと見えて、

「でも、さすがに、お化粧はお上手ね。妾、感心しちまうわ。よほどお化粧を研究してるのね。デパートの女店員だの、キャフェの女給だのッていうのは」

これを聞いて、温和《おとな》しい鏡子さんも、思わずムッとした。いくら職業婦人だって、自分達と、キャフェの女給さんと一緒にするのはひどい。この女はわざと妾を、侮辱しようとしてるのだ。それでなければ、さっきからこんな残酷なことばかり、いう筈がない。

「妾、もうお暇《いとま》しますわ」

「まアいいじゃありませんか」

碌さんはあわてて止めたが、彼女は堅く口を結んで、一礼したまま、座敷を出て行った。

「お姉さん！」

悦ちゃんが、すぐその後を追った。

「悦子さん、どこへ行くの？」

カオルさんが、窘《たしな》めるようにいうと、

「知らないわよ」と、ツンとしたが、碌さんには、「あたし、お姉さんを送ってくるわよ」

碌さんが鏡子さんを送りだして、座敷へ帰ってくると、

「柳さん！」

「はア？」

「駄目じゃありませんか、あんな女を家庭に出入りさして」

カオルさんの機嫌がよくない。

「御覧なさい。悦子さんの言葉使いが、とても野卑《ワイルド》になりましたわ。デパート・ガールなんかと、遊ばせるからですわ」

「はア」

「それに、今のデパート・ガール、とても高慢ですわ、すこし容貌《きりよう》がいいもンだから」

なるほど、カオルさんの態度が、これで読めた。どうも不必要な意地悪ばかりすると思ったら、鏡子さんが美人だから気に入らないのだ。美人が碌さんのところへ来るから、気に入らないのだ。教養のない語でいうと、つまりヤキモチだ。

だが、幸いにして、碌さんはこれ以上、ヤカれずに済んだ。玄関で物音がして、細野夢月が、飛び込んで来たのである。

「おい碌さん。えらい目に逢った。〝もっと泣くわよ〟が発禁になってね。僕と片鍋アマ子が、呼び出されたンだよ。おかげで、すっかり遅れちゃった。で、彼女はどうしたい」

と、いって、カオルさんの顔をみて、

「やッ、これは失礼……」

婚　約

一

　麻布笄町《こうがいちょう》の大林家の二階の広い客間に、大きな食卓が出てる。白いテーブル・クロスの上に、西瓜の種だの、ピータンだの、その他いろいろの支那料理の点心《てんしん》が列べてある。

「バカにご馳走するンですな」

　碌さんは座敷へ入ってきて、キョロキョロ四辺《あたり》を見回した。いつもは、下の茶の間で、お惣菜を食べさせられる。この客間なぞは、正月以外に、通されたこともない。それだのに、今日はどういう風の吹き回しか、晩翠《ばんすい》から支那料理をとって、このお座敷で、ご馳走しようというのである。

「なんだっていいじゃないの。義兄《にい》さんがご馳走するっていうんだから、させておけばいいでしょう」

　鶴代さんは、席につきながら、そういった。

「ほウ。義兄さんのご馳走ですか」

　いよいよ以て、これは珍らしい。主人の大林信吾は、平素から、碌さんを甲斐性のない男と軽蔑して、あまり口も利かないくらいである。彼はテキパキ仕事ができて、朝は七時から会社へ出勤して、髪はキチンと分けて……というような青年が好きだのに、碌さんはおよそ反対なのだから、仕方がない。その信吾が、今日は碌さんを主賓《しゅひん》にして、碌飯を食おうという。第一、毎晩ほとんど家にいたことのない信吾が、自宅の晩餐に姿を現わすことから、既に不思議の一つなのだ。

「あら、今日は支那料理？」

「嬉しいな。勝山から帰って、まだ一度も食べないンだ」

春代と謹吾が、悦ちゃんと共に、二階へ上ってきた。

「子供達は、そこへ、列んでお坐りなさい」

三人は、まだ海の日焼けの剝《は》げない顔で、元気よく、テーブルに着いた。

「謹吾ちゃん、西瓜の種があるわよ」

「これなら、大丈夫だよ」

と、謹吾が大真面目で弁解したので、皆が大笑いをした——西瓜の種では、勝山でひどい目にあったからである。

「悦子のお家へ、この間、日下部のお姉さまが、遊びに入らっしただろう？　その時、とてもお行儀が悪かったんだってね。あのお姉さまともっと仲よしにならなきゃ駄目よ」

と、鶴代さんがいうと、悦ちゃんは首をかしげて、

「だってエ……」

「だって、なんなの」

「あのお姉さん、とても意地わるなンですもの」

「そンなことないわ。悦子の悪いところを直して下さるつもりで、なんか仰有るのよ」

「あたしはいいンだけど、鏡子お姉さんを、とてもイジめるんですもの」

悦ちゃんは余憤《よふん》未だ去りやらぬ様子だ。あの日も、鏡子さんをバスまで送りながら、道々、悦ちゃんは大いに同情したのである。そのために鏡子さんの泣き出しそうな顔が、笑い顔になり、やがて、嬉し涙に変ったのだったが――

でも、鶴代さんは、悦ちゃんの言葉を聞き捨てにしないで、碌さんに訊いた。

「誰？　その鏡子さんて女《ひと》？」

「いや、一寸した知合いなンです。悦子を可愛がってくれる娘さんです」

「なんだか知らないけれど、碌さんも今、縁談を控えて大切な身体なンだから、あまり軽挙《かるはずみ》をしないで頂戴ね」

と、一本釘を打たれて、碌さんは首をちぢめて、恐縮した。その時、

「やア、失敬した。湯に入っとったもンだから……」

信吾が浴衣《ゆかた》着で、テラテラした顔を現わした。

二

信吾の姿を見て、誰よりも歓んだのは、謹吾と春代である。

「パパ、一緒にご飯食べるの？」

「お正月みたいだわ」

可哀そうに、二人の子供は、日曜の朝飯以外に、父親の顔をみることがないのである。重役稼業とは、一面、外で飯を食う商売を意味するらしい。そこへゆくと、碌さんなんかは、たまに酔っ払って晩飯をスッぽかすことはあるが、たいがい家で、悦ちゃんと食べる。この点だけは、大林の子供より、悦ちゃんの方が幸福である。

「どうかね、その後？」

信吾はそういって、まず碌さんのコップへ、ナミナミと、ビールを酌《つ》いだ。これも、いつも義兄のすることではない。

「はア」

「だいぶレコード界は、景気がいいようじゃないか。君もいそがしかろう。その上、持参金付きの美人に想いつかれるし、碌さんも追々、運が向いてきたな。ハッハハ」

「やア、どうも」

「何もないが、大いに食《や》ってくれ給え」

信吾はそういって、燕巣《えんそう》の鉢を碌さんの方へ回した。

子供達は、ワイワイ騒ぎながら、食べてる。鶴代さんも、久し振りで良人が晩飯に帰ったので、やはりうれしそうである。

「もっとお飲みにならないの？」

なんて、亭主や碌さんに、老酒《ラオチユウ》のお酌をしたりする。

やがて、楽しい晩餐が済んで、子供達は階下の子供部屋へ引上げてしまうと、信吾は

改まったように、

「時に、碌さん。日下部《くさかべ》との縁談だがね」

「はア」

「早く確答を与えてやったら、どうだ。もう九月だから、年内に式をあげるとしたら、すぐ取りきめなければならん。先方は富豪だから、支度も大変なのだ。君はカオル嬢に、文句はないのだろう？」

「文句がないどころじゃありませんわ」

側から鶴代さんが、ヒヤかすような、とりなすようなことをいった。

「じゃア、決心はついとる筈じゃアないか」

「はア。大部分……」

「すると、一部分まだ決まらんのかね」

「はア」

「それア、意外だ。どういう理由か、いって見給え」

碌さんは、カオルさんの望むように、自分が本格詩人になれるかどうか自信のないこと、それから彼女がどうも悦ちゃんを好いてくれないことなぞを、話した。

「ハッハハ」と、信吾は腹を揺《ゆす》って、「なんのことだ。問題にならんよ。僕のような素人が詩人になるのはむずかしいが、君が詩人になるのは餅屋が汁粉屋になるようなもンだ。それから、彼女が悦子を好かんというのも、気にすることはない。継母《ままはは》は昔から継子を好かんものだ。どうせ女なンて奴は利己的な動物だからな」

と、いって、鶴代さんにチラと睨まれたが、

「それに、この縁談を早く成立させてもらわンと、わしに都合の悪いことがあるのだ。日下部一門はわしの方の会社の大株主だが、最近、会社が少し」

と、いいかけて信吾は急に、暗い顔をして、だまった。

「会社が、イケないんですか」

「なに、なに。何でもないのだ。経済雑誌の悪宣伝にすぎンのだが、まアそういう世の中だから、日下部家と一層親密な関係を保ちたいのだ。君が気に入らん女をもらえというのじゃない。ほれてる娘と結婚してくれと頼むのだ。ウンといえないことはなかろう」

「はア」

どうやら碌さんは、〝ウン〟という顔色になった。

三

その翌日、鶴代さんは紫のついた羽織を着て、目黒の日下部邸をおとずれた。

カオルさんの父親、つまり日下部銀行前頭取がまだ生きていた頃、金にあかせて建てた邸宅だから、大林の笄《こうがい》町の家なぞより、数段立派である。その宏壮な家に主人が死んでからも、生活をちぢめないで、引続いて住んでいるのである。カオルさんと、母堂

と、まだ大学予科生の当主と、三人きりの家族にしては、どう考えても大きすぎる屋敷だ。もっとも、召使い達は、家族の三倍もいる。とにかく、日下部家の財産は、世評どおり、相当のものらしい。

応接間は、古風な装飾だが、家具《ファーニチュア》でも、絨毯《マット》でも、金目のものばかりだった。

「改めて申上げるのもなんでございますけれど、こういうことはやはり折り目立ちませんと……ホホホ」

と、鶴代さんは愛想笑いをしてから、弟の礫太郎に、カオルさんを頂きたいということを、丁寧に申し入れた。

「弟も二度目ではござアますし、子供もおりますし、こちら様のお嬢様なぞ、ほんとに厚顔《あつか》ましくお願いできるわけのものではないンでござアますけれど、ご存じのとおり当人同志がたいへん進んでおりますので……ホホホ」

と、また笑う。

すると、日下部の母堂も、

「へへへ。正直なところ申上げますと、なにもそんな、後妻なぞに嫁《ゆ》かなくても、いいじゃないかとカオルに申したのですが、妾の結婚は妾の意志でするとか、いいましてね。ふだんから我儘者《わがままもの》で、親のいうことなぞ聴く娘ではござンせんから、まアいいようにさせてるンでございますよ。それほど嫁きたければ嫁くがよし、いやになったら、サッサと帰ってくればよいので……へへへ」

たいへんな母親があったものだが、金を持ち過ぎてる人間の心理は、われわれの常識ではわからない。

「ですがね、奥さん。カオルもまだ若いンですから、継子の世話までは、させたくないんでございますよ。で、条件といっては失礼ですが、悦子さんという子供に家庭教師でもつけるとか、さもなければ、寄宿舎のある学校へ入れるとかして頂きたいンでございますがね。カオルはなんでも、寄宿へ入れたい方針のようでございましたよ」

「ええもう、結構《けっこう》でござアますとも。たしかに、承知いたしました。子供のことをなんでも母親が世話をやくのは、あれは下流社会のすることでござアますわ。黒門子爵様のお宅でも金倉家のご一門でも、子供さんはみな小学校時代から学習園の寄宿へお入れ遊ばします。実子でさえそうなんでござアますもの、悦子なぞ当然でござアますわ」

鶴代さんは、苦もなく日下部母堂の条件をいれてしまった。もともと悦ちゃんにとって、あまり情愛のある伯母さんではなかったのだが、今度は特に、悦ちゃんの存在を無視しても、縁談の成立を急ぐ事情があるらしい。

「それさえご承知なら、こちらはいつでもご結納《ゆいのう》を頂きたいンでございますよ。式はいつ頃がよろしゅうございますかね。いくら急いでも、十一月の末でないと、支度が間に合いません」

「では、十一月二十一日はいかがでございましょう。大安で、ひのと未《ひつじ》でござアます。未《ひつじ》は睦《むつ》むと申しまして、ご婚礼にはいいそうでござアますのよ。それに土曜で、御来賓の都合もよろしゅうございますわ」

　鶴代さんは、万事スッカリ調べあげている。

「そうですか。では、そうきめて頂きましょうかね」

　これで、碌さんの縁談が、正式にきまった。同時に、悦ちゃんの別居も確定しちまったのだけれど――

四

　碌さんも、人がいい。

　なぜ、義兄や姉が、日下部家との結婚を、それほど望むのか、そんなことは、あまり考えない。自分の愛してるカオルさんと、自分とが夫婦になって、それが義兄にも好都合だというなら、甚だ結構ではないか。自分の好きなことをして、人を喜ばせるなんて、ウマク出来てる――なぞと、呑気に構えているのである。

　で、正式に婚約が成立してから、碌さんがカオルさんと顔を合わす日は、今までに輪をかけて、多くなった。この間、鏡子さんが遊びにきて、悦ちゃんと三人で食卓をかこんだ時の団欒《だんらん》気分なぞは、忽ち、どこかへ忘れてしまった。鏡子さんを自然の花の匂いにたとえるなら、カオルさんは巴里《パリ》の香水みたいなものである。碌さんの鼻が刺戟の強い方へ傾くのは、無理がないともいえる。

　それに、カオルさんは、こういうことをいう。

「柳さん。あなた、家庭的な女というものを、尊重なさる？」

「さア、家庭的にヨリケリですが……」

「では、髪をボウボウ乱して、汚点《しみ》だらけのエプロンをかけて、糠味噌《ぬかみそ》臭い手をして、子供の世話に夢中になって、良人《おっと》を顧みないような奥さんと、そういう末梢的な事務に能力はなくても、良人と共に読み、共に談じ、共にダンスやゴルフをし、寝室に毎晩新しい花を飾り、美しいパジャマを着て眠るというような奥さんと、どっちがお好き？」

「糠味噌臭いのは、すこし弱るのですが、しかし……」

「妾は、いわゆる家庭的な女を、軽蔑しますわ。雛《ひな》を育てることや、巣をつくることなら、動物にだってできますわ。家庭的だの、母性愛だのといえば、たいへん立派に聞えるけれど、要するに、智性や趣味性の欠乏した女のことですわ。鍋や釜のような、実用的な女のことですわ。柳さん。あなたは詩をおつくりになるくらいだから、台所道具と絵と彫刻との価値判断に、お迷いになることはないわね？」

「勿論……そ、それア、美術品の方が価値からいっても、高いにきまってますが、美術的で同時に実用的というものがあれば、願ったりかなったりみたいですな」

「まア、慾の深い！　そういうことは単に、慾が深いばかりでなく、女性に対する認識不足ですわ。美しい、気高い女性に、靴下の穴をツガせたり、家計簿をつけさせたりするのは、つまり、その女性の価値を知らないからですわ。やがて、その女性を醜く、いやしくさせて、後悔するのですわ」

「そういうもンですかな」

「そうですとも。一身で二つの特徴を兼ねるなんて、できませんわ。良き妻と良き母だって、必ずしも一致しませんもの」

「えッ。だって、良妻賢母といいますぜ」

「それは人間生活が単純だった、封建時代の思想ですわ。現代では、賢い母は良い妻でない場合が多いンですわ。第一、今頃、良妻賢母なんて仰有ると、人に笑われてよ」

「おやおや」

碌さんは頭をかいて、そういうものかと思った。自分にとって良い妻と、悦ちゃんにとって良い母を一どきに探すのは、虫がよすぎるのかと思った。

だが、悦ちゃんの説は、そうでない。悦ちゃんは勝山で、鏡子さんにこういった。

「だって、悦ちゃんに悪いママなら、パパにも悪いお嫁さんだわよ。悦ちゃんのいいママなら、パパのいいお嫁さんだわよ。わかる、お姉さん?」

どちらが真理なのだろうか。

五

「婆や、パパは?」

「お出掛けになりましたよ」

「どこへ?」

「さア。きっと、あの眼鏡のお嬢さんのところでしょう」

「また！」

学校から帰ってきた悦ちゃんは、眉間に八の字を寄せて、舌打ちをした。

実際、この頃の碌さんときたら、毎日、外出ばかりしている。朝出て晩に帰ってくることも、珍らしくない。パパがいないで食事をするなら、悦ちゃんは婆やのお給仕で、一人きりでご飯を食べることがある。ママがいるから、まだいい――まるで大林の子供みたいだ。いや、謹吾や春代はママがいるから、まだいい――

「お嬢さん、お三時《やつ》を召上れ」

婆やは甘ショクをのせたお皿と、麦湯のコップを運んできた。

「婆やも、一緒に食べない？」

「あたしは、いいンですよ」

「いや。食べてくれなくちゃ」

「ホホホ。じゃア、お相伴《しょうばん》しましょう」

茶の間の開放した窓から、三坪ばかりの庭が見える。塀の側に、葉鶏頭《はげいとう》が二本生えてる。ちっとも手入れをしてやらないから、栄養不良でヒョロヒョロしてるが、やはり葉末は紅《くれない》に燃えかけている。

秋である。

「こうやって、お嬢さんとお菓子を頂くのもあと二月ですね」

婆やは、笑いながらも、シミジミとしていった。

「あら、どうして？」

「だって、パパさんから、十一月でお暇が出ましたもの」

「そいで、婆や、帰っちゃうの？」

「ええ。その代り、立派なママさんが、女中を二人も連れて、入らっしゃいますよ」

「誰さ、立派なママって？」

「あの眼鏡のお嬢様ですわ」

「ちえッ。そンなのねえや。あたしに黙ってきめちゃうなンて――あたしのママじゃないの？」

悦ちゃんは非常に憤慨した。

「でも、パパさんのお嫁さんですもの。お嬢さんは、あの女《かた》お嫌いなンですか」

「モチ！」

悦ちゃんは横を向いて、フクれている。

「困りましたね」と、婆やは気の毒そうに悦ちゃんを見ていたが、「ほんとをいうと、婆やもあの眼鏡さんは好きません」

「あら、婆やも？」

悦ちゃんは忽ち向き直った。

「ええ。お立派な女《かた》ですけれど、このお宅には不向きなお嫁さんですね。やはり、もっとジミな、苦労した女でないと……」

「不向きさ。とても、あたしに不向きだわよ……あンなお姉さんより、もっと、ずッといい人があるンだけどな」

「おや、お嬢さんが目星をつけてる女があるンですか。驚きましたね。誰でしょう」

「あててご覧」

「さア、誰でしょうね……わかりました！」

「誰さ」

「村岡先生！」

婆やはシタリ顔だが、悦ちゃんはアテが外れて、不平満面だ。

「村岡先生のようなシッカリして、質素な女《かた》が、このお宅には一番ですね。体は丈夫そうだし、パパさんとお齢恰好《としかっこう》も悪くないし、あアいう女《かた》がきて下されば、いいんですがね」

婆やは、さかんに自説を、主張する。

誰も悦ちゃんの気持を、理解してくれない。

悦ちゃんは黙って庭へ出た。

かりそめのくちべに

一

鏡子さんは、悦ちゃんの家へ遊びに行って、二つのお土産《みやげ》をもらって来た。もっとも、眼に見えないお土産で、鏡子さんの小さな心臓のなかに、ソックリ納《しま》い込んであるから、誰も気がつかない。いや彼女自身気づいているかどうか、それさえ疑問なのである。

鏡子さんは、悦ちゃんがいよいよ好きになった。これはなにも、新しい驚きではない。二人が好いて好かれて、という仲であることは、読者が先刻ご承知である。でも、

「碌さんて、とてもいい方だわ」

と、彼女がたびたび、心の中でいって、あのノンビリした碌さんの顔を、なつかしく空に描くとしたら、新しい現象といっていいだろう。

これが一つのお土産、もう一つの方は、あまりうれしくないお土産だ。

「日下部カオルさんて、とてもいやな女だわ」

これが、彼女の心にコビリついて、離れない。鏡子さんは生まれつき、人を憎んだり、怨《うら》んだりした覚えのない女だ。すこしぐらい、人から不愉快を与えられても、ジッと忍んでいると、じきに忘れちまう性質《たち》なのである。それが今度は、毒矢が肉に刺さったように、いつまでも痛みが残るのである。あれ以上の悪口を、意地の悪い上役やお客から、何度も浴せられたことがあるのに、どうも今度は忘れられない。不思議なくらいだ。

不思議といえば、

「あの令嬢は、とてもいやな女だわ」

と、思えば思うほど、

「碌さんて、とてもいい方だわ」

と、思えてくるのが、妙だ。お汁粉が嫌いになったから、ワンタンが好きになるという理窟はない。二者の間に、なんの関係はない。カオルさん、碌さんは碌さんだ。それだのに、どうも両方別々に考えられない。天秤《てんびん》の皿みたいに、一方が下れば、一方が上る。まったく不思議だ。もっとも、〝宇宙における最大の神秘は、妙齢の女子の心なり〟という諺《ことわざ》がある。鏡子さんも乙女だから、いくら穿鑿《せんさく》しても、これは解けないなぞかも知れない。

でも、鏡子さんは相変らず、小石川の露地の奥から、コツコツ〝大銀座〟へ通っている。少しぐらい心境の変化を来したからといって、店務をおろそかにするような鏡子さんではない。

「入らっしゃいませ……畏《かしこ》まりました……毎度ありがとう存じます」

ハキハキとして、朗らかなサービスは、いよいよ秋と共に、冴えてくる。ワイシャツ部の売上げは、上昇線をたどる一方である。

ただ困るのは、細野夢月だ。

彼氏、二百二十日が過ぎても、お彼岸の入りになっても、一向くたびれないで、通ってくる。さすがに、ワイシャツはもう買わなくなった。この頃では、毎日カラ一つ宛買いにくる。これなら、置き場所からいっても、金額からいっても、カサばらなくていい。

夢月氏も大いに考えて、持久戦を始めたのかも知れない。

で、今日も鏡子さんが店の帰りに、銀座四丁目へ行くと、

「やア」

と、寄ってきた、夢月氏。

鏡子さんもまた根気がよくて、これでもう一月間、いくら話しかけられても、あすの天気いかにと空を向いてる。

だが、今日はそうは行かなかった。細野夢月は、丁寧に帽子をとりながら、

「あの、柳君と悦ちゃんから、言伝《ことづて》を頼まれたのですが、いまそこの喫茶店で待ってるから、すぐ入らっしてくれということで……」

「あら、そうですの」

鏡子さんは、思わず口を利いてしまった。

二

千丈の堤も、アリの一穴から崩れる。鏡子さんは細野夢月に、たった一言返事をしたばかりに、以後幾度となく、舌を運動させねばならなくなった。

「悦ちゃんあなたの顔を見たがって、ヤイヤイいってますぜ」

「まあ、そうでございますか」

「可愛いですな、悦ちゃんは」

「ええ。ほんとに」

「あんな子は、滅多にいませんよ。僕は大好きです。まるで、花のような、蝶のような小さい天使のような……」

さかんに、超特の形容句を並べる。悦ちゃんを褒められるのは、鏡子さんにとって、なによりうれしい。従って、自然に顔の筋肉がゆるんで、頰がニコニコする。この笑顔は、夢月が一カ月の努力をもって、今漸く獲得したものだから、陽の目を見た亀の子のような恐悦振りである。

「いや、じつに、まったく、とても、絶対に、可愛いです」

なんだ、まだやってる。本音を吐けば、悦ちゃんよりも、鏡子さんのことを、いってるのだろう。

「で、悦ちゃん達、どこにいますの？」

鏡子さんは、早く悦ちゃんの顔を見たくなって、そういった。

「すぐ、そこです。でも、ちょっとわかりにくいかも知れないから、僕がご案内しましょう。さあ、どうぞ」

と、夢月は先きへ立って、歩きだした。鏡子さんは、場所だけ教えてもらって、夢月は先きに帰ってほしいのだが、それをいいだすわけにも行かない。仕方なしに一緒に歩き始めると、夢月は肩を列《なら》べて寄り添ってくる。

「銀座の裏町はいいですな。ネオンの色も、表通りよりは、シンミリとかがやいてるじゃありませんか」

「え」

「一月も前には、この横丁あたりは、僕の作曲した〝もっと泣くわよ〟のメロディで、氾濫するばかりでしたね。官憲が無理解のために今はピッタリ止まりましたが」

「そうですか」

「僕はいま、ある大家の作詞を作曲中です。月始めにスイート・レコードから出ますが、発売前にあなたに一枚差し上げましょう。僕のサインを入れて」

「いいえ、結構ですわ」

「どうしてです」

「妾《あたし》、蓄音機なんか、持っていませんから」

「じゃア、蓄音機を一台つけて、進呈しましょう」

「それも要《い》りませんわ」

「なぜです」

「妾、音楽はわかりませんから」

　これでは、話にならない。夢月は鏡子さんが、話題が悦ちゃんに関係がなくなると、とたんに口数をきかなくなったので、すっかり弱ってる。だが、考えてみれば、きのうまでは会釈もしなかった彼女が、こうして一緒に歩いてくれるのだから、けだし長足の進歩である。文句はいえないわけだ。急いでは事を仕損じるから、ソロリソロリと参ろうと、例の根気を長くしたのは、やはりこういう経験を積んでいるからであろう。

だが、鏡子さんは、そろそろジレったくなってきた。

「一体、どこなんですの、その家は？」

と、往来へ立ち止まった。

「そ、そこです。もうすぐです。ほら、あの角の喫茶店です」

と、夢月が指したところに、密閉式の店扉《てんぴ》から、わずかな灯影《ほかげ》がもれていた。

三

「さア、どうぞ」

と、夢月が案内する後から、鏡子さんは恐る恐る足を踏み入れると、まるで船室《キャビン》のような狭い店内は、いやに薄暗い間接照明の光りの中に、シーンとしている。誰も人がいないかと思ったら、隅のボックスの中で、華手《はで》な洋装の女と青年が、額をつき合わすようにして、ボソボソ話していた。

「二階、いいね」

夢月がそっとマダムに聞くと、彼女は半分眼を閉じて、うなずいてみせた。

二階は下より、もっと暗くて、もっと人気《ひとけ》がなかった。ボックスの背板が、禁園の塀のように高くて、泥溝《どぶ》のように間隔がせまかった。こんな窮屈なところへ這《は》い込むことの好きなお客ばかり、来る店に相違ない。

「どうぞお掛け下さい」

と、夢月にいわれて、鏡子さんは仕方なしに腰をおろしたものの、どうも薄気味が悪くて困る。〝ミヨシノ〟みたいな店なら入ったことがあるが、こんな家は始めてである。

「あの、悦ちゃん達は、どこにいますの？」

彼女は、真っ先きに、それをきいた。

「悦ちゃん達ですか……いや、じきにここへきます。待ち草臥《くたび》れて、買物にでも行ったンでしょう……まア、いいじゃありませんか。ユックリお話ししましょう」

夢月はすっかり落ちつき払って、うかがいにきた女給に、飲物を註文した。

「鏡子さん……いや失礼、僕はお名前もアドレスも、もう知ってるンですよ、ハッハハ」と、夢月は勝ち誇ったように笑って、チェリイの煙を吐いてから、「ねえ鏡子さん。僕も根気よく通ったが、あなたもずいぶん意志の強《かた》い女でしたね。一カ月余も、口をきいてくれないのだから、驚きましたよ。しかし、こうやって、ユックリお目に掛かれて、僕は愉快です。やっと、本望を達したのですからな」

夢月はニヤニヤと、猫が笑うような顔をして、鏡子さんをのぞき込んだ。

(早く、悦ちゃん達きてくれないかな)

鏡子さんは身を縮めて、そう祈った。彼女は正直に、夢月のいったことを信じているらしい。

「鏡子さん。あなたも、いい加減に、僕の気持を察して下さってもいいと思います。一カ月余の僕の努力が何のためだか、おわかりにならん筈はないでしょう……ねえ鏡子さん、こんな気持でいる僕です。忘れないで下さい」

さすがレコードの作曲家だけあって、求愛の文句も、流行唄臭い。

鏡子さんはだまって、スンとも返事をしない。こんな事こそ、問答無用だ。夢月と人《にん》参《じん》は、生まれつき嫌いなのだから、仕方がない——

だが、彼女が返事をしないのを考慮中とでも、勘ちがいしたか、夢月はここゾと馬力をかけて、

「僕は決して、一時の気まぐれでいってるのじゃないです。僕の一生、僕の芸術、僕の名声のすべてをかけて、あなたにお願いしてるのですぞ。僕はあなたのような永遠の女性を探すために、きょうまで生きてきたようなものです。あなたがイエスといって下されば、このまま死んでも惜しくありません」

夢月はグッと体を乗り出して、狭いボックスを半分以上、占領しちまった。声をふるわし、胸をはずませ、気の毒になるような深刻な顔をした。こんな顔つきをされたら、若い娘さんは、たいがいコロリと参ってしまうだろう。

「結婚して下さい、鏡子さん……僕と結婚して下さい！」

夢月はイキナリ、鏡子さんの手をつかんだ。

四

結婚は、人生の一大事だ。かりそめに、口に出すべきことではない。ことに、女の身となれば、この大目的のために、世の中へ生まれてきたようなものであるから、結婚という字を見てさえ、ハッとする。言葉を聞けば、ドキンとする。申込み《プロポーズ》でもされようもんなら、気が遠くなる――そこをツケこんで、世の多くの色魔氏達は、機関銃のように、「結婚して下さい」を撒きちらすのである。なかなか、命中率が高いという話だ。

鏡子さんも、夢月がまさかそれほど真剣だとは思わなかったところへ、生まれて始めての結婚申込みを受けて、多少、頭がクラクラしたのは事実である。勿論、いくらクラクラしても、とたんに夢月が好きになるなんて鏡子さんではないが、紳士みたいな男がこうまでも膝をかがめるのが、どうも気の毒でならないのだ。

「………」

そこで、返事をしないで下を俯《む》いてる。握られた手も、つい、そのままにしてる――夢月は脂手《あぶらで》だとみえて、いやにヌラヌラして、気持が悪いのだけれど。

「鏡子さん。わかってくれましたか。僕は明日にでも、あなたと結婚しますぞ。僕は係《けい》累《るい》がないから、いつでも、僕の意志で結婚できるです。姑《しゅうと》も、小姑もいないから、あなたはラクですぞ。結婚して下されば、勿論、あなたをデパートなぞへ働かしておきません。反対に、毎月デパートから、あなたのすきな物を買ってあげます。あなたの給料の五倍ぐらい買ってあげます。あなたは和服もいいが、洋装もきっと似合いますぞ。僕が作曲にあきたら、二人で軽快なスポーツ服を着て、湘南コースをドライヴするなんか、いいですぞ。ね、鏡子さん。早く二人で、新家庭をもちましょう。イエスといって下さい。ね、ね、ね！」

と、夢月は、口へ泡をためて、一心に口説きたてる。それもいいが、なにかいう度に、鏡子さんの手を握った掌《たなごころ》が、モゾモゾと動いてくる。手首から、腕へ這い上ってくる。このぶんでは、どこまで侵入してくるか、知れたものではない。

「あの、妾……」

鏡子さんも、我慢ができなくなって、思わず、夢月の手を払いのけて、立ち上った。

「どうなすったンです」

と、夢月も立ち上ったが、抜からずに、ピッタリ鏡子さんに、寄り添う。

「いえ、妾……駄目なンです」

「なにが、駄目です」

「あなたと結婚できないンです」

「なぜです。どうして結婚できないのです。理由をいって下さい」

夢月は眼を釣り上げて、つめ寄った。

「あの、妾……」

実はあなたがキライで――とは、まさか、いえなかったので、

「あのもう約束した方があるンです」

「えッ?」と、眼をむいた夢月は、

「誰です、誰です！　男店員ですか、それとも、お客のサラリー・マンですか……フム、けしからん」

自分の方が、よほどけしからんのだが、夢月は威丈高《いたけだか》に詰問《きつもん》した。

さて、困った。夢月を婉曲《えんきょく》にあきらめさせようと思って、そんな嘘をついたのだが、誰だと聞かれては、返事に困る。

「さ、誰です。おいいなさい！」

「あの、それは……」

「それは……誰です」

「それは、あの……柳さんです」

と、いってしまって、鏡子さんはハッとした。

五

「なンですって？　あなたが約束した男ッていうのは、柳ですか？　碌さんのことですか？」

夢月は、開いた口がふさがらないという顔で、鏡子さんを眺めた。

それはそうだろう——夢月から見れば、呑気で、意気地なしで、愚図で、つねづね自分の庇護《ひご》をこうむってる碌さんなんか、物の数とも思っていない。男振りだって、自惚《うぬぼれ》鏡《かがみ》の判定をまつまでもなく、自分の方がよほど上だ。おまけに、碌さんは貧乏で、子持ちときている。その碌さんに、あのカオルさんという令嬢が思いつくことからして、どうかしているのに、鏡子さんまでが未来をいいかわす仲だとは、あきれたものだ。六十年振りの残暑で、日本中の女性の頭が、狂ってしまったのか知らん——

「ほんとですか、それア?」

「は、はい」

鏡子さんも、今更、取消すわけに行かない。

「うむ」

夢月は、唸った。

さては、柳の奴に、一パイ食わされた! 何食わぬ顔をして、鏡子さんを手に入れていやがッたのだ。道理で、この女を自分に紹介したがらない様子が見えた。そうとも知らず、一月余も、ワイシャツやカラを買いに通った自分を、二人は蔭で舌を出して、笑っていたろう。ウむ、腹が立つ……ヌケヌケと自分をだました柳の奴が憎いが、ここにいるこの女も、可愛さあまってすこぶる憎い。二人とも平均して、めちゃくちゃに憎い!

「わかりました。あなたは柳と共謀して、僕を侮辱したのですね」

夢月の顔に、青い炎がメラメラ燃えた。

「あら、いいえ、そンな……」

「そうです。それにきまッてます……。よろしい。僕をこういう目に逢わしたことを忘れないで下さいよ。このままじゃア、済まんですぜ。僕も男だ！」

妙なところへ、男をもちだしたが、実際、彼の様子は、蛇か豹の牝《めす》のような凄味が、確かにあった。鏡子さんは思わず、ブルブル震えて、二、三歩後ろへ退《さが》った。

「帰りたいかね。早く帰って、柳の奴と、僕の悪口でもいって、笑うがいいでしょう。だが、二人共そのうち泣ッ面をしないようにしてもらいたいね。じゃア、これで失礼……」

そういって夢月は、早く帰れというように階段の方をさした。

鏡子さんは、テーブルの上の風呂敷包みをとると、転ぶようにし、階段を駆け降りた。往来へ出ても、まだ夢中で、電車通りの明るい灯の中へきて、やっとホッとした。

（まア、よかッたわ……）

彼女は無事に危難を免れたのを、胸を撫ぜおろして、喜んだ。だが、次ぎの瞬間に、

（私は、とんでもないことを、いってしまったわ）

と、後悔しないわけに行かなかった。

いかに、セッパつまった場合とはいえ、碌さんを自分の婚約者だなぞと、ありもしない嘘をいって、とりかえしのつかぬことをした。なぜ碌さんの名を、咄嗟《とっさ》にいってしま

ったのか、自分ながら訳がわからない。身に危難を感じたら、不思議に碌さんのことが頭に浮かんで、ついウカウカと口に出してしまったのだ。考えると、恥かしくてたまらない。いや、恥かしいぐらいならいいが、カオルさんという女がいるのに、そんなことをいっては、たいへん済まないではないか――

そう考えた時、鏡子さんは、なんだか急に自分が寂しくなった。初秋の街の灯が、悲しく眼に映った。足が重くて、小石川の露地奥へ帰る時間は、一層遅れてしまった。

「おや、ずいぶん晩《おそ》かったね。心配していたンだよ」

お義母《つか》さんは、またしても、ご飯を食べていなかった。

六

それから、二、三日過ぎた。

あの晩、鏡子さんの夢はさびしかったけれど、朝になれば陽がさす。雀が鳴く。生活戦線に出てゆく者は、宵越《よいご》しの感傷なぞに、浸《ひた》っていられない。男性対女性の問題は、むしろ、朝の満員電車の中にある。なぜといって、横暴なる男性は、出勤時間に遅れては一大事と、女性を搔きのけ、つき飛ばしても、車内へ割り込む。女性だって、負けている場合でないから、下駄やハイ・ヒールで、男性の向脛《むこうずね》を蹴飛ばしても、一本の吊革にありつかなければならない。まことに深刻な、両性の争闘だ。男女の葛藤だ。

鏡子さんは、お弁当をもって、深刻な電車に乗って、いつものように〝大銀座〟へ勤めに出る。点呼、朝礼、開店ベル――やがて、お客が入ってくるが、彼女の勤務振りに、すこしの変りがない。十一時に交替で、店員食堂へ行って、昼飯を食べる。鏡子さんは、持参のアルミの弁当箱をあける。ほかの女店員達は、たいがい、十五銭の店食を食べる。お客食堂でサンザンもうけてるから、店員食堂の方は、実費主義である。もっとも、実費の上前をハネて、争議を起したデパートもあったが、〝大銀座〟なぞは、ご馳走を食べさせる方である。魚と肉と野菜がついて、ご飯は何杯食べても、十五銭というのは、とにかく安い。その代り、食器はお客食堂のお古だから、チョロチョロはげたり、欠けたりしてる。

で、その日の午飯《ひるめし》の時だったが、靴下売子のC子や、ネクタイのH子達は、食堂へ来るとすぐ、

「あら、きょうはサバの塩焼に、おトーナス？」

「近頃、食堂氏ボル傾向があるわ。ハン・ストでもやってやろうかしら」

なぞと、贅沢をいっている側で、鏡子さんは慎ましく、弁当箱へ箸を入れている。彼女だって、ご馳走は食べたいのだが、一カ月四円五十銭の差引きが辛いから、我慢してるのである。

「ちょいと、ちょいと、池辺さんッ」

デパート・ガールは、食べながらも、おしゃべりを止めない。

「なんですの」

「なんですのじゃないわ。細野夢月氏、一体どうしたの？　俄然、一昨日《おととい》から姿を現わさないじゃないの」

「そうのようですわね」

「落ち着いてちゃ、困るわよ。屋根にアド・バルーンの上らない日はあっても、夢月さんが姿を見せない日はないッて、いわれたくらいじゃないの。彼氏が、急に来なくなッちゃったんで、洋品部の妾達、とてもさびしいわ。どうなすッたの？　ご病気？」

「さア、知りませんわ」

「あんたが知らないとは、アヤしいわ。そんなに隠すもンじゃなくてよ。あんたによく似た女《ひと》と、夢月さんによく似た男が、退出時頃、銀座裏を歩いてたって、情報が入ってるくらいよ」

「あら……」

「そーら、顔が赤くなった。サテは真実《ほんと》なのね。わかったわ。あなたが彼氏にO・Kを与えたから、もう買物にくる必要がなくなったのね。そうにきまッてるわ」

「さすがにCちゃんは、慧眼《けいがん》ね。モチ、そうよ。池辺さん、ご結婚いつ？　だまってて、スッと店を退《ひ》く積りなんでしょう？　容貌《きりょう》のいい女は羨ましいわ」

「あら、嘘ですわ。そンなこと、絶対にありませんわ。見ててごらんになると、わかるわ。妾、決して店なンか退きませんから」

と、鏡子さんがムキになって弁解してるところへ、ほかの女店員が入ってきて、

「池辺さん。監督さんが、人事課の控室へ、すぐ来て下さいッて……」

七

控室は、人事課の事務室の隣りにある、薄暗い部屋だ。ニスのはげたテーブルと、ガタガタ椅子がおいてあるだけで、壁に貼った秋の特売のポスターが、たった一つの装飾品である。

「お掛けなさい」

と、女店員監督の木村さんは、顎でシャくったが、鏡子さんは、勿論、椅子には腰掛けなかった。木村さんも、女店員から仕上げた人で、三十五、六の頬骨の出た女である。地味な、眼立たない和服を着ている。この服装で、お客のなかに混って女店員の勤務振りを、ジロジロ睨むのが、彼女の役目である。

「池辺さん。古いことを訊きますがね、七月二十日に、子供連れの男のお客様に、海水着を売ったことを覚えていますか」

「はア。半毛のB・K型を、一枚売りました」

「そのお客様と、その後お会いしましたか」

「はア。翌日、ミシンの綻《ほころ》びがあったので、お取換えにお出でになりまして……」

「それきりですか。勤務時間外に、お会いしたことはありませんか」

「は、あの……その方のお嬢様と、偶然ご懇意になりまして、そのお嬢様が是非遊びに来いとおっしゃるモンですから、お宅へ……」

「いけませんね、そういうことをしちゃ。でも、事実はそれだけじゃないでしょう。もっと、その男との間に、深い事情があるのでしょう。隠さずに、お云いなさい。実はお店へ、あなたの秘密を残らず書いた、投書がきているのですよ」

と、女監督はジロリと、鏡子さんの眼を覗いた。

「でも、妾、秘密なんてことは……」

そういいかけて、鏡子さんは、ふと顔を赤くした。自分には少しも疚《やま》しいことはない。碌さんとの間柄は、天地に恥じず公明正大だ。それにも拘らず、秘密という語を使うと、顔が赤くなった。やはり、心のどこかに、秘密があるらしい。ただ、それは罪になる秘密だろうか、それとも美しい秘密なのだろうか。

「あなたは、その男《ひと》に、婚約者があるのに、恋愛関係を結んだンじゃないのですか」

「まア……」

それは、あンまりひどい！　まるで、彼女が碌さんを誘惑した悪性女《あくしょうおんな》のように、聞える。鏡子さんは口惜しくて、口が利けなかった。大きく開いた眼に、涙の満潮がみなぎったと思うと、頰へポロリ——後は止め度がなかった。

女監督は、その様子を眺めて、さすが永年の経験上、投書に書いてあるほどの事実はないと認めたのか、

「それはね、池辺さん。あなたは模範店員といわれて、今まで、一等の査定を度々とっ

た女だから、妾達も決して一概に、投書を信じたりしません。けれども、火のないところに、煙は立たないというから、あなたもよくよく注意してもらいたいですね。その柳さんとかいう人も、是非あなたと夫婦になりたかったら、人事課へ来て堂々と申込むがいいンですよ。そうすれば、こちらも、世間へ吹聴《ふいちょう》して、店の宣伝にしますからね——百貨店に咲いた、清く正しい恋という風に」

と、女監督はあくまで、店務を忘れない。

鏡子さんは、なんとも返事をしないで、まだ眼を抑えている。

「風紀の厳しいのは〝大銀座〟の誇りなンですからね。本来なら、これだけの事実で、あなたを解雇するのが当然ですけど、過去のあなたの行状に免じて、今度は大眼に見ておきます。その代り、二度とこんなことがあったら、すぐ馘首《くび》ですよ。その男の人とも、すぐ絶交にするようにね……。それから今度のことは、一応、家庭通信へ書いておきますから、その積りで……」

八

店へそんな卑劣な投書をした人間は誰であるか、鏡子さんは考えるまでもなく、すぐ覚った。

「このままじゃア、済まんですぜ」

あの怪しげな喫茶店の二階で聞いた、気味の悪い夢月の言葉が、もう一度、耳へ返ってきた。あの男の復讐にきまってる。なんという陋劣《ろうれつ》な男だろう。考えると、くやしくなって、また涙が出そうである。だが、あんな男のことだから、この上、どんな悪辣な手段をとらないとも限らない。まったく恐ろしくてたまらない。

（でも、妾はいいわ。妾は、あんな口をすべらしたのだから、どんな目に逢っても仕方がないけれど、柳さんにあの男が復讐をするようなことがあったら、妾は済まないわ。申訳がないわ）

彼女は、それが心配でならなかった。そうして、碌さんの名を、かりそめに唇に上せたことを、今更のように後悔した。

監督に叱られた翌日のことだった。鏡子さんはいつものように、銀座から電車に乗って、家へ帰った。あの日以来、夢月はもう四丁目で待ち伏せをしなくなったから、これだけは有難い。だが追々日脚が短くなって、露地奥の家へ帰った時は、もうすっかり暗くなっていた。

「お鏡か」

父親は珍らしく、今日は仕事場に坐っていた。

「はい、ただ今」

鏡子さんがお辞儀をしに行くと、

「待ちねえ。お前《めえ》にちょっと話がある」

指久《さしきゅう》は持前の八の字を、一層深く額へ寄せて、膝のかんな屑を払った。

「なんですか」

「なんですかじゃねえ。これを、見ろ」

と、ポンと投げ出したのは、学校の成績表のような、二つ折りの紙片だ。表紙に、家庭通信という活字、ペン字で鏡子さんの住所姓名が書いてある。この頃の百貨店では、もうけるばかりが能でないというのか、店員の品性、素行の向上をはかるために、家庭と聯絡《れんらく》をとって、出勤、帰宅の時刻の明記やら、不審事項の申告やら、まるでミッション・スクールのような真似をしている。風紀のきびしいのを、店の宣伝に用いてる〝大銀座〟なぞは、とくにこれをやかましくいって、女店員は毎日、この〝家庭通信〟を携帯して、店と自宅の認印を捺してもらうことになってる。それが、どうしたことか、きょうは郵便で父親のもとに送られたらしい。なるほど、あけて読んでみると、鏡子さんには見せたくないことが、ズラリと書いてある――

「お鏡！　おめえ、覚えがあるだろう。どうだ」

指久は、昔気質《むかしかたぎ》だ。娘の素行について、店から注意がきたので、カンカンに怒っている。勿論、店に怒ってるのではない。鏡子さんに怒ってるのだ。

「どうも、この間うちから、おれもアヤしいとにらんでいたンだ。三日にあげず、おめえのところへ手紙がくる。それを、おめえはサモ嬉しそうに読んでやがる。あれア情夫《おとこ》からきた恋文《ふみ》にちげえねえ。さア、あれを持ってきねえ。どこのどいつだか、おれが査《しら》べてやる」

「だって、お父さん、あれは……」

「しらばッくれるねえ。サッサと持って来い。あれが動かねえ証拠だぞ」

仕方なしに、鏡子さんは押入れをあけて、手紙の束をもってきた。だいぶラヴ・レターがたまったものだ。十数通ある。但し、指久が片ッ端しから読んでみると、硬筆お習字のような筆蹟で、差出人の名はどれもこれも柳悦子――

九

だが、指物師久蔵は、江戸ッ子だ。負け惜しみが強い。

「なアんだ、子供の手紙か」と、いったけれど「だが、まだ油断はならねえ。この手紙は俺の眼違いにしても、おめえの様子が、論より証拠だ。どうも近頃、ソワソワして、フラフラして、デレデレしてやがる」

「お父さん、そんな無理なこといって……」

「うんニャ。ちっとも無理じゃねえ。第一、おればかりじゃねえ、お店の監督さんが、チャアンとそう睨んだから、こういう差紙《さしがみ》をつけて寄越したンだ」

「だって、それは、そんな投書があったから、注意をするという意味よ。そう書いてあるわ」

「その投書が立派な証人だ。このいそがしい世の中に、誰が酔狂にそんな手紙を書いて、三銭の切手を買って、郵便函まで持ってく奴があるものか。おめえのすることが眼にあまるから、ワザワザ知らせて下すッたンだ。よっぽど親切な人にちげえねえ」
「いいえ、とてもいやらしい、卑怯《ひきょう》な人がこんな投書したンだわ。誰がこんなことした
か、よくわかっていますわ」
鏡子さんは、概略《あらまし》、夢月のことを、父親に説明した。指久はそれで納得すると思いの
外、
「こいつ、いやにいい抜けがうまくなりやアがったぞ。夢月が悪人だろうが、胡月が料
理屋だろうが、おれの知ったこっちゃねえ。てめえがそンな淫《みだ》らなうわさを立てられた
のが、おれに気に食わねえンだ。昔からいうじゃねえか、火のねえ処に煙は立たねえと
……」
父親も、監督の木村さんと、同じことをいう。どうも不都合な諺《ことわざ》があったものだ。な
るほど昔は煙ある処必ず火があったかも知れないが、近頃は水の中へドライ・アイスを
入れても、もうもうと白い煙が出る。あんな諺は、もう通用しなくなってるわけだが、
しかし、もう一歩進めて考えてみると、果して鏡子さんの胸の中に、ちっとも火の気は
ないのであろうか。かりに、自分でも知らない心の隅に、碌さんに対する思慕がきざし
てるとすれば、これは煙のないところに火があることになって、なにがなにやら、面倒
臭いことになってしまうのである。
鏡子さんは、いくら父親にものをいっても、無駄だと思ったか、うつむいて、黙って
しまった。すると、父親は、

「おい、お鏡！　おれア今こそ貧乏してるが、昔はレッキとした神田の指久だ。たとえこんな裏長屋へ引っ込ンだって、人に後指《うしろゆび》をさされるような真似は、一度だってしたことはねえンだぞ。なにが嫌《きれ》えだって、おらア、曲ったことと淫《みだ》らなことほど、嫌えなものはねえ。近頃の若え者はなんかというと、二人は若けえの、忘れちゃいやよと、胸糞の悪いことばかり吐《ぬ》かしやがるが、うちの娘だけはそんなことねえと、おれア安心してたンだ。てめえだけは、平常《ふだん》やかましく躾《しつ》けたるから、大丈夫と思ってたンだ。だのに、店からこんな尻を持ち込まれちゃ、おれの面はまる潰れだ。恥かしくって、往来が歩けねえじゃねえか。この、親不孝め」

鏡子さんは、父親の気性《きしょう》を知ってるから、理の曲直はおいて、済まないことに思った。

「済みません。妾が悪うございました」

「ただ謝罪《あやま》っただけじゃ、済まねえ。第一、それじゃア、お店に対して、申訳が立たねえ。二度とこんなことのねえように、骨身にこたえさしてやるから、こっちへ来い！」

どこまでも一徹な指久は、グッと手をのばして、鏡子さんの襟首をつかんだ。

「まア、あなた、何をなさるンですよ！」

いい按配《あんばい》に、その時、お藤さんが、ネギの包みを抱えて、帰って来たのである。

一〇

お藤さんが、八百屋の包みをほうりだして――部屋じゅうネギだらけにして、指久の脚にカジリついたからよかったものの、さもないと、鏡子さんの頭に、瘤《こぶ》の一つや二つできたかも知れないのである。

指久はスパルタ主義である。鉄拳で鍛えれば、曲った精神も真ッ直ぐになると思っている。しかし、曲っていない精神にとっては、いい災難である。

その場はそれで収まって、晩飯も無事に済んだ。やがてお琴が寝てしまい、鏡子さんも、あまり面白い日ではないから、今日は早寝にしてしまった。

お藤さんは、子供達の寝息を聞いてから、指久に寝物語を始めた。彼女は亭主のことを、子供と同じように、お父ッつぁんと呼ぶ。

「ほんとに、お父ッつぁんは、気が荒くて困りますね。手を上げるのだけは、止して下さいよ。若い娘の顔へ疵《きず》でもつけたら、どうするンですよ」

お藤さんは、自分も時々、実子のお琴の頰を、ピシリとやることもある癖に、鏡子さんに父親が折檻《せっかん》を加えると、躍起となって怒る。

「べら棒めえ。鼻の恰好ぐれえちっと曲ったって、料簡《りょうけん》の曲ってるより、よっぽどいいやい」

「冗談いっちゃ困りますよ。妾の鼻なンかと違って、お鏡ちゃんのは、チャーンと筋が通っているンですからね。それに、第一、あンなことは、噂だけじゃありませんか。投書だけで、そンなことを云ってくるなんて、お店もどうかしてますよ」

「うんニャ、そうでねえ。噂を立てられる奴が、よくねえんだ。料簡さえシッカリしてれア、噂なんて滅多に立つもンじゃねえ」

「そンな無理なことをいって……人の口に戸は立てられないッて、いうじゃありませんか。お鏡ちゃんも妙齢《としごろ》ですよ。噂の一つぐらい飛び出すのは、当り前じゃありませんか」

「妙齢だから、どうしたってンでえ。色気なンかつきゃがったら、水ブッかけてやれ」

「あんたも、わからない人ですね。お鏡ちゃんは二十一ですよ。来年は二十二で、ナラビだから年が悪いし、翌来年《さらいねん》は二十三で老《ふ》け過ぎるし……」

「てめえ、なにをいってやがンでえ」

「いいえ、お婿《むこ》さんをもらうなら、今年のうちがいいと思ってるンです」

「お婿さん？」

「ええ。お鏡ちゃんは家付きの娘ですから、どうしても養子をもらって、ここの家の跡を継いでくれなければ困ります。男の子でもあれば別ですけれど、それがないとすれば、お鏡ちゃんに相続者《あととり》になってもらって、お琴は嫁に出します」

お藤さんが、また義理固いことを、いい出した。普通なら、老後の世話は、実子の手でしてもらいたいというのだが、お藤さんのは反対である。義理の固過ぎる妻と、頑固一徹の亭主と——やはり二人は似たもの夫婦なのであろう。

だが指久は、女房の言葉をきいて、俄かに噴出《ふきだ》した。

「ハッハッハ」

「なにを笑うんですよ」

「あたりめえよ。シッカリしてるようで、やっぱり、てめえも女だな。昔の指久なら知らねえこと、この九尺二間の裏長屋へ、誰が養子にくる奴があるもんか。大笑いだ。ハッハッハ」

「ところが、あるから不思議でしょう」

「誰でえ、その唐変木《とうへんぼく》は」

「通りの米屋の次作さんです」

お藤さんは、自信ありげにいった。

――

「米屋の次作さんッて、三丁目の越後屋の倅《せがれ》か」

「そうですよ。越後屋さんの次男で、それア働き者ですよ」

「あんな立派な家の息子が、どうしてまた、俺ンところなんかへ、養子に来たがるンだ」

「それア、こんな貧乏世帯《じょたい》へ、誰も来たかアないでしょうけれど、お鏡ちゃんッて娘がいますからね、家には」

「いるとも、確かにいらア。それがどうしたンだ」

「あんたも、察しが悪すぎますね。次作さんはお鏡ちゃんを、見染めたンですよ」

「あきれたね。一体いつの話だ」

「それがね、すこしキマリが悪いンですけど……いつか、三度ばかり、お勘定を溜めちまッて、その催促に次作さんが来ましてね。どうも、その時のことらしいンです」

「なアんでえ。掛け取りにきて、惚れやがったのか。そそッかしい男があったもンだ」

と、指久はお藤さんの話を聞いて、鼻で笑ったものの、まんざら不快《いや》な気持でもないらしかった。零落《おちぶ》れた自分の家へ、養子に来ようという男があるのが、なんといっても嬉しかったのだろう。

越後屋は、日出町三丁目の表通りにある相当の米屋である。近所では、越後屋と呼ぶが、看板には長谷川米穀店と書いてある。電話もひいてあるし、電動精米機も二台おいてある。この界隈《かいわい》にしては店構えも立派な方だ。越後屋といえば誰でも知ってる。

次作君は、越後屋の次男で、神田の乙種商業学校を出て、兵隊に行って、それからズッと店の手助けをしている。年は二十七、実直な青年である。刺し子の前垂れをかけて、腰に革表紙の帳面をブラ下げて、肩に米袋を担《かつ》いで、雇人と一緒に真ッ黒になって——いや真ッ白になって働いてる。米屋さんだから。

町内でも次作君の評判は、頗《すこぶ》るよろしい。若いくせに、腰が低くて、よく働いて、それでキャフェへも、喫茶へも行かないといって、感心の的になってる。道楽といえば、カーキー服を着て、青年会の仕事に飛び歩くぐらいのものだ。父親は町内の有力者だし、自分は在郷軍人だし、支部の溜りへ行くと、なかなか幅が利く。防空演習の時なぞは、消火班長という華手な役を引受けて、街頭で眼ざましい働きを見せた。男振りだって、決して悪い方ではないから、見物の近所の娘達の間に、それ以来、数人の次作ファンができてしまったほどである。

だから、細君を貰うにしても、婿に行くにしても、口はいくらでもあるわけだが、今まで、話を持ち込まれても、一向首を縦に振らなかった。そういう堅い男が、指久の家へ行って、鏡子さんを一眼見てから、属魂《ぞっこん》好きになってしまったのである。といって、細野夢月のように、図々しい男でないから、直接の意思表示なんて、思いもよらない。ひそかに長屋の洗濯婆さんの手を介して、恋人の義母さんの心を、それとなしに探《さぐ》らせてみると、長女だから嫁にはやらないが、養子なら貰うつもりだという話である。

そこで、次作君は、三晩ばかり寝床の中で、大いに考えた。そうして、

「よし。断然、養子になる」

と、決心がついたというのだが――

お藤さんは長屋の婆さんから、その話を聞いたのを、今日の機会に思い出したのだ。

「ねえ、お父ッつぁん、いい縁談じゃありませんか」

「提燈《ちょうちん》に釣鐘みてえな話だが、大丈夫かな」

「そンなこといってたら、キリがありませんよ」

お藤さんは、すッかり乗気のようだ。

二

長屋の洗濯婆さんが、指久の家へ上りこんで、押入れの前へ坐っている。床の間なんかない家だから、そこが上座のつもりだろう。台所に近い方に、指久がかしこまって膝をそろえ、二寸ばかり下って、お藤さんがタスキを外して、畳に片手をついている。

朝の十時頃である。鏡子さんもお琴も、家にいる時刻ではない。

「でね、妾が次作さんに、こちらのお話をしますとね、喜んだのなんのッて――ポンポンと手をたたいて妾を拝むじゃありませんか。その嬉しそうな顔を、お藤さん、ちょっとあんたに見せたいくらいなもンでしたよ」

と、洗濯婆さんは身振りを混えて、声に力を入れる。どうやら、この婆さんは、話が大きいらしい。

「ホホホ。でも、そうまで仰有って下さるなんて、ほんとにお鏡ちゃんも、娘冥利《みょうり》ですよ。ねえ、お前さん？」

と、お藤さんは、指久の方をふりかえる。

「うム。それにちげえねえが、次作さんてえ人も、よっぽど酔狂《すいきょう》にできてるね。ほんとにこの家へ養子に来てえと、いってるンですかい」

「ええもう、それア本心でそう仰有ってるンですよ。そこが久さん、惚れた男の一心ていうもんで……」

「そうですかい。当人さえ確かな男なら、なアに、養子もヘチャクレも、ありゃアしません。嫁にやったっていいンですがね」

指久も、すこし感激したようだ。すると、お藤さんが、

「あら、お前さん、それじゃア話がちがいますよ。誰がなんといっても、お鏡ちゃんに養子をもらって、家を継がせるンでなけりゃ、妾が承知できません」

「なにョいやアがる。よく考えてみろ。仕事場を入れて、たった三間のこの家へ、養子なンてものが飛び込んできてみねえ、俺達の寝場所もありゃアしねえじゃねえか」

「それくらいな辛抱には替えられませんよ。寝場所なんて、どうにでもなります。お前さんと妾は、台所へ寝ればよござんすよ」

「ふざけるねえ、猫じゃあるめえし。第一、俺達は養子を貰うなんて身分じゃねえンだ。嫁に貰い手があれア、オンの字と思え」

「いいえ、いけません。なんといっても、養子でなければいけません。それでなければ、妾の義理が立ちません」

と、二人がしきりに争ってるのを見て、婆さんはすこぶる大袈裟《おおげさ》に感心して、

「えらいッ！　お藤さんもお藤さんなら、久蔵さんも久蔵さんだ。義理ある仲ってものは、そう来なくちゃいけませんよ。さすが江戸ッ子だね。妾だってこう見えて、板橋の生まれだから、まア江戸ッ子のうちさ」と婆さんはつまらぬ自慢をしてから、

「だがね、お二人とも、喧嘩なさることはありませんよ。越後屋の旦那の話では、どう

せ次作は養子にやる積りだから、名義はそれでいいが、店を一軒持たせて、同じ商売をやらせたいって、仰有るンですよ。どうです。これも、わかった話じゃありませんか。表向きは養子にやるのだが、実は嫁取りのつもりなンです。これならお藤さんの言分も立ち、久蔵さんも文句はないわけでしょう。だからキッパリといい返事を聞かしておくンなさいよ。話さえきまれば、本式の立派な仲人をよこしますから」と、婆さんは盛ンにまくし立てる。

「どうです、お前さん？」

と、お藤さんは、暗に賛成の返事を求める。指久はしばらく腕をくんで考えていたが、

「じゃア、ひとつ、きめて頂くかな」

これで、鏡子さんの縁談の下話が、目出度く成立した。但し、彼女自身はこんなことを、卯《う》の毛《け》ほども知らないのである。

音楽会

一

今年の秋の楽壇は、春に劣らず賑やかである。シャリアピンのような大物こそ現われないが、内外人ともに、粒のそろった演奏会が、ズラリと轡《くつわ》をならべている。なかでも、

帝国交響楽団の秋期演奏会なぞは、注目すべきものの一つであろう。

　碌さんは、友人の帝響団員から、切符を二枚手に入れた。一枚しか呉れなかったのを、無理に頼んで、もう一枚もらったのである。なぜといって、碌さんは相変らずカオルさんと、よく出て歩くが、お茶を喫んでも、映画を見ても、とかく気になることが一つある。つまり、いつもカオルさんが、勘定を払ってしまうからである。碌さんも、払いたいことは山々だが、ポケットへ手をつッ込むと、ギザ一枚きりだったりするので、つい失礼しちまうのである。どうもこれは、男子の本懐といわれない。お嬢さんのお供をする玄関氏のような気持がして困る。そこで、せめて一度ぐらいは、こちらでもオゴリ返したいと、今日の音楽会へカオルさんを招待したのである。だが、その切符も実はロハだとなると、とたんに秋風が身にしみる思いがする。

「ハクショイ！　あア、金がほしいな」

　クシャミを一つして、碌さんは頬を撫ぜた。ちょうどジレットで顔を剃りあげたところである。鏡にうつる姿を見ると薄いコンビネーション一枚だ。寒いのも、道理である。日脚が短くなったと思ったら、夕方の空気がメッキリ冷えてきた。

「婆や、黒い合服を出してくれ」

　親父が生きてる頃、贅沢《ぜいたく》ができたから、碌さんは洋服を沢山こしらえた。型は古いが、行先きが音楽会だから、黒い上着に縞《しま》ズボンの略礼装を選んだのである。これなら、口やかましいカオルさんに、叱られずに済むだろう。

「じゃア、行ってくるぜ」

と、碌さんが玄関へ立つと、

「どうぞ、お早くお帰りになって下さい。お嬢さんがさびしがって、お可哀そうですから」

主人の外出が頻繁なので、婆やもあまりいい顔はしない。

「うん、わかッてるよ」

すこしコソコソの気味で、碌さんは我家を飛びだした。

もう夕靄《ゆうもや》が深く降りて、空に幽《かす》かな残照があるが、街頭の光りがキラキラしてる。こんな晩《おそ》くまで、悦ちゃんは外で遊んでるとみえる。この頃は、学校から帰ると、すぐ表へ遊びに出てしまう。遊ぶ場所は、たいがい、角の明地《あきち》だ。そこで近所の友達と、縄跳びをしたり、自転車に乗ったりしてる。

碌さんは、なるべく、その明地の側へ寄らないようにして、道を急いだ。なんだか悦ちゃんに、キマリの悪い気持がしたからである。だが、悪いことは出来ない。

「パパ！」

靄《もや》の中から、悦ちゃんが跳びだしてきた。

「また、出掛けるンだね」

悦ちゃんは父親の外出姿を見て、そういった。もう悦ちゃんは、「どこ行くの」とは、聞かなくなった。聞かなくても、わかってるからだろう。

「うん、じき帰ってくるぜ」

「嘘いってらア」

「お土産買ってくるからね」

「いらないわよ」

そういって、悦ちゃんは、クルリと向うをむいたと思うと、宵闇《よいやみ》の中へ、駆けて行ってしまった。

碌さんは、一層キマリの悪い思いをした。

(だが、待てよ、悦ちゃん。もうじき新しいママがきて、家の中が賑やかになるからな)

申訳のように、心の中でそういって、バスの停留所へ急いだ。

二

碌さんは、トップリ日の暮れた日比谷公園を通り抜けて、公会堂の前へくると、秋の灯が噴き溢れるほどの明るさである。

六時半開演まで、もう十分あまりだから、車寄せに駐《と》まる自動車と人影は、後から後からと、絶間がない。帝響楽団も指揮者にポーランド人のP氏を迎えてから、更に人気を高めたようである。それに今夜の演目は、新聞の予報どおり、秋の豪華版に相違ないからであろう。

碌さんは、入口階段の上に立って、着く自動車に眼をそそいでいた。カオルさんは、テクで音楽会へくる女でない。また、待ち合わせの場所へ、碌さんより先きに来る女でもない。もっとも、この頃の女は、皆そうのようだ。

美しい高級車が着く度に美しく着飾った人の姿が現われる。音楽保護者の富豪、O男爵一家の姿が現われる。F国大使夫妻と令嬢の姿が現われる。和洋とりどりに流行を競った婦人達は、まるで百貨店の色刷りカタログを展《ひろ》げたようだが、なんといっても洋装は、外交団のアチラの人達が、群を抜いてる。新宿あたりでハバを利かしているオチャッピイ・ガール達は、さすがに、廊下の隅で、小さくなってる。

だが、この時、一台の自動車が、石段の下へ横着けになった。車は古いパッカードだが、中からスラリと降り立った女性の姿は、藤色のイヴニングと白のファーが、抜けるようにあざやかである。断髪の波の打ち方といい、長いスカートの足捌《あしさば》きといい、どう見たって眼の碧《あお》い人だが、近くで眺めれば、まぎれのない国産優秀品！

「シャンだね」

「映画女優だろうか」

なぞと、付近の男達のささやきを聞いて、ふと碌さんがその方を見たと思うと、

「あッ、カオルさんだ！」

と、叫んで、石段を駆け降りた。とたんに、先刻の悦ちゃんのさびしそうな顔が、碌さんの頭からスッ飛んでしまったのは、是非もない。

「お待ちになって？」

「いや、なに」

磔さんはひどく上気しちまって、声も震えるほどである。なぜといって、今夜みたいに、カオルさんが素晴らしい美人に見えたことは曾《かつ》てないのだ。日本婦人に似合わないというイヴニング・ドレスを、どの衣裳よりも似合うように着こなして、気品溢るるばかりの端正さだ。生来《もちまえ》の冷たい美しさが、欠点どころか、非常な魅力となって、蘭の如く匂うのである。いくら鏡子さんが可憐でも、こういう場所で、こういう衣裳を着て、こういう美は発揮できまい。彼女は茶の間で、銘仙を着てる時に、最も美しくなる女だろう。女も魚みたいに、場所や料理で、ムキが違うらしい。

磔さんは、カオルさんの今夜の美しさに、すっかり参ってしまった。今までだって、美人だとは思っていたが、今夜は実に劃期的な驚異である。磔さんの恋愛が、ここで再飛躍をした――俗にいって、惚れ直したということになる。

二人が列んで、階下の左側の席につくまで、四辺《あたり》の視線がうるさく集中した。磔さんのテレること一通りではない。でも、恥かしいことは恥かしいが、嬉しいことも大いに嬉しい。

カオルさんは、そんなことは一向平気で、

「柳さん、どうなすッたの。いやに、黙ってらっしゃるのね」

「いえ、なに」

碌さんは、また同じことを云った。まさか、あなたに惚れ直しましたとも、云えないので。

三

碌さんは、幸福だった。

恐らく今夜の聴衆中のNO・1と思われる美人が、自分の隣りへ坐って、自分だけに囁《ささや》きを送ってくれる。その度に、プンといい匂いがして、露《あら》わな肩や腕が、珠のように輝く。この美人たるや、あと二月未満のうちに、自分の生涯の妻となるべき女性なのだ。しかも、金五万円のお土産を持って……。

「どうです、諸君。こんなに一人で幸運を掴《つか》んでは、ちと済まんみたいですな。テヘヘ」

と、舞台に上って、演説してやりたいような気持がするのだ。

その舞台から、演目第一の〝シェーラザアド〟の演奏が、今や最高潮に達して、指揮棒を振るP氏は、さながら、操《あやつり》人形のように踊ってる。アラビアン・ナイトの夢と色彩を、絢爛《けんらん》に盛り込んだこの音楽は、酒のように、碌さんの腸《はらわた》に沁みわたる。

「むウ。いいですな」

と、思わず歎声を洩らすと、

「見ッともない。だまってらッしゃい」

カオルさんに叱られた。

曲が終ると、碌さんは馬力をかけて、大拍手を送った。もっとも、演奏を賞めるのか、自分の運命を祝福するのか、その点はハッキリしない。カオルさんは上品に、二つ三つ手をたたいただけだった。聴衆の礼儀のつもりであろう。

「廊下へ出てみましょうか」

「そうね」

二人は、三十分の休憩時間を消すために、席を立った。

廊下は、煙草の渦がまいている。だが、芝居の廊下とちがって、人の往来《ゆきき》も、サザメキも、それほど激しくない。その代り、誰も彼も、いま済んだ演奏の批評や感想を、話し合ってる。音楽会の聴衆は一言居士《いちげんこじ》や一言女史が多いらしい。

だが、カオルさんの姿が廊下に現われると、パッタリ話を止めて見返る女もあり、急に高声で喋《しゃべ》り出す男もある。彼女は女王のように、側目《わきめ》もふらずに歩いてゆくが、碌さんは自分の婚約者《フィアンセ》が、それだけ衆目をあつめるのを、嬉しくて仕様がない。楽壇関係に知人の多い碌さんのことだから、群衆の中から、時々、声が掛かる。

「おい、碌さん」

「やア」

平素《ふだん》なら、すぐ話の仲間へ飛び込んでゆくのに、今日の碌さんは、すこし胸をそらせて、挨拶するだけである。

「いやに、済ましとるぜ。まるで、いつもの碌さんのようじゃないぞ」

「シャンのお供で、ノボせて、頭にきたンだろう」

こんな蔭口は、幸い、碌さんの耳へ入らない。

だが、玄関側の喫煙台から、スイート・レコードの楽長に声をかけられた時、碌さんも、ただ「やア」では、済まなかった。

「碌さん、君に会ったら、話そうと思っていたンだがね」

と、彼は側へ寄ってきて、

「君ンとこのお嬢さんを、是非、声楽の稽古に寄越さないか。うちの細君に話したら、ひどく教えたがっているンだ。ダンスも、よかったら、近所にいい先生がいるのだがね」

と、しきりに薦める。碌さんは、将来のママを差しおいて、勝手に悦ちゃんのことを決めてはよくないと思って、そッとカオルさんに相談した。

「いいでしょう、そういうお稽古なら」

彼女は、事芸術に関するならば、不賛成ではなかった。

そこへ、また声が掛った。

「おい、碌さん」

リュウとしたタキシイド姿で、細野夢月が歩み寄ってきたのである。

四

「しばらくだったね。元気かい？」

細野夢月は、機嫌よく、碌さんに話しかけた。喫茶店の二階で鏡子さんに「二人とも、今に見てろ」といったのに、もう碌さんには旧怨《きゅうえん》を忘れたのであろうか。

「おや、これは日下部さんのお嬢様でいらっしゃいますな。先日は、大変失礼いたしました」

と、夢月は、急にカオルさんの存在に気付いたような顔をして、恭《うやうや》しくお辞儀をした。いつか碌さんの家で、鏡子さんと入れ違いになった時、彼はカオルさんに紹介されたことがあるからである。

「いかがです、ただ今の演奏は？　ご感想を承《うけたまわ》りたいですな」

と、夢月は自分も専門家のくせに、わざとカオルさんの下手に出る。

「そうですね。かなり、不満がありましたわ」

「ほう。どういう点についてですか、是非、お聞かせ下さい」

「テクニカルな難点は、比較的少なかったようですけれど、解釈に大きな誤りがあったようですわ。官能的な表現が、ほとんど顧《かえり》みられなかったのじゃありませんの」

と、カオルさんは、思うことを、遠慮なしにいってのける。すると、夢月は団子でものみ込むような大業《おおぎょう》なコックリをして、

「な、なアるほど。大いに、そうです。その通りです。同感ですな。実は、僕もその不満を、ヒシヒシと感じていたのです」

「一体、それが帝響楽団のいつもの欠点ですわ。或いは、日本の音楽界の通弊《つうへい》かも知れませんわね」

と、カオルさんのいう事は、だんだん大きくなる。

「そうかなア、僕には、今の演奏はずいぶん面白かったですよ」

碌さんは、正直なところをいう。

「いや、碌さん。それは、君の耳が、日下部さんほど鋭くない証拠だよ。実際、お嬢さんの仰有るとおりなンだ。音楽というやつは、演奏ばかりでなく、鑑賞にも、天才を要するンだからね」

と、軽く碌さんをコナしておいて、

「日下部さんは、よほど音楽の教養の高い方だと思いますが、きっと、ご自身でも何かおやりになるンじゃありませんか」

「ええ。ピアノを少しやっていますの」

「いや、少しどころじゃありますまい。よほど、お稽古なさってるにちがいない」

「あら、お買いかぶりになっては困りますわ」

と、いったものの、カオルさんの顔には、アリアリと、得意と満足の色が浮いてる。

夢月は、それに付け入るように、

「一度、是非、僕に聞かせて頂けませんか。お宅へでも、どこへでも、伺いますから」

「ええ。よろしかったら、どうぞ。でも、貴方みたいな専門家に聞かせるの、妾、怖いわ。ホホホ」

「いや、隠れたる天才を発見するのも、音楽家の義務の一つですからな。ハッハハ」

と、二人の会話は、面白そうに進行してゆく。

碌さんは、夢月のような男が、カオルさんに接近するのは、もとより嬉しくはないが、彼女が人から賞め上げられるのは、聞いていて悪い気持がしないのである。そこで、ニヤニヤしながら、煙草ばかり喫《す》ってる。

やがて、第二部演奏の開始を告げるベルが、ジリジリ鳴りだした。夢月はそれを聞くと、眉をしかめて、

「折角お話をうかがって、このまま、お別れするのは残念ですな。といって、終りまで聴けば、晩《おそ》くなってしまうし……どうです、これから三人で銀座へ出ませんか。後の演目はあまり面白くないですよ」

五

日比谷から、数寄屋橋公園の横通りまで、自動車は三分もかからなかった。

「おい、ストップ！　ここでいい」

夢月は手早く五十銭渡して、車を止めさせた。そうして、自分が真っ先きに飛び降り

て、カオルさんのために、手を差し出した。西洋映画で、よくこんな場面があるが、日本では珍らしい。碌さんは夢月もなかなかハイカラなことをやると感心したが、後から一人でノコノコ降りる図は、気が利いたものではなかった。

「小さなレストランですが、静かな家です。お嫌《いや》でなかったら、ちょっと休んでいきませんか」

夢月は〝ヴィエンナ〟と半月型に書いた、洒落《しやれ》たネーム・プレートを指した。

「あア、この家ですの、ウイン風料理を食べさせるというのは」

「そうです。よくご存じですな。最近、アチラから帰った男が始めました」

夢月は、銀座界隈のガイドみたいな男で、何でもよく知ってる。鏡子さんを誘惑するためには、あんな薄暗い喫茶、カオルさんのお気に入るためには、こんなシックな小料理店――まことに銀座学のウンチクが深い。

果して、階上のダイニング・ルームへ入ると、壁紙や家具はもとより、枝付燭台のシエードに至るまで、渋く、典雅な室内装飾である。

「入らっしゃいまし」

と、頭を下げたのも、女給さんではなくて、近頃珍らしいボーイさんだ。

だが、そのボーイさん、三人のお客の様子を見て、ちと早合点をして、夢月とカオルさんを導いて隣り合わせに坐らせてしまった。というのも、カオルさんは堂々たるイヴニング姿、夢月も仕立ておろしのタキシイドを着てるから、夫婦かアヴェックと見立てたのであろう。ただ、古びた略礼服の碌さんが、お供かタカリのような恰好で、二人の向側に坐らせられたのは、すこし気の毒であった。

「ご註文は？」

と、ボーイが聞くのも、勿論、夢月に対してである。

「シャンパンをもらおう。それから、ヴィエンナ・アッシェットを三つ……」

おやおや、夢月はたいした散財をやる積りらしい。

「とても感じのいい家ね」

カオルさんは、一目で、この店が気に入ってしまった。西洋流の贅沢のすきな彼女は、音楽会の帰りにこういう家に寄って、ウイン映画に出てくるような小夜食《ズッペ》を試みるなんて、すこぶる趣味にかなうのである。

「そうですか。それは結構ですな。さア、どうぞ、シャンパンがきました。この家の洋酒なら、あなたのような方にも、お薦めができます」

夢月はそういって、気取った手付きで、シャンパン・グラスの長い脚を握ると、

「碌さん。ひとつ、ミス・日下部のために乾杯しようじゃないか……プロージット！」

と、外国語で、景気をつけた。すると、カオルさんも、鮮かな発音で、

「ありがとう！《ダンケ・シェーン》」

と、答えながら、泡立つ金色の酒を、一息で飲みほしてしまった。カオルさんはタバコも酒も、西洋のなら、やるのである。

碌さんは、一緒に乾杯したものの、どうもこういう芝居じみた真似は、不向きである。それに、シャンパンという奴が苦手だ。あんな、高いばかりで、まずい酒はありアしない。サイダーに毛の生えたような子供だましの酒で、酔えますかてンだ。ああ、おでん屋の熱燗《あつかん》が恋しい——と、そんなことばかり考えてるので、一向、気分が出て来ない。

六

自然、碌さんは口少なになってゆくが、反対に、夢月とカオルさんは、いよいよ話が弾《はず》んでくる。

「ねえ、日下部さん。音楽ほど世の中で、美しい、高貴なものはありませんね。その音楽を通じて、貴女のような美しい、ノーブルな方とご交際できるのは、僕にとってほんとにうれしい事です」

自分のことを美人だの、才媛《さいえん》だのと、面と向って褒《ほ》め立てられて、人をバカにしてると憤慨する女と、サモありなんと自慢する女と二通りある。カオルさんなぞは、実際、美人で才媛に相違ないのだから、褒められたって、決して腹は立てない。少くとも夢月を、軽薄な追従家《ついしょうか》だとは思わない。

「妾《あたし》も、貴方のような友人を得たのは、幸福ですわ。作曲家のお知合いは、一人もなかったンですもの」

「恐縮です。僕は今は、レコード歌謡の作曲なんかやっていますが、もうじき、あんな仕事は止めようと思っています。そうして、純芸術的な作曲生活に入るつもりで、いまある交響楽の主題を練っているところです。これが出来上ったら、帝響で発表する筈ですが、その時は第一に招待状を、貴女にお送りします。なアに、多少貧乏するぐらい、芸術の尊さに代えられません。飯を一度や二度食べなくったって、それがなアんですか」

と、大見得を切ったが、早速、美味《うま》そうにグラスをほしたところを見ると、飯を食わなくても、シャンパンだけは飲む気かも知れない。

だが、カオルさんは、すこぶる感動して、

「そこですわ。そこが、すべての芸術家の尊さですわ。詩はパンよりも高価なンですからね」と、彼女はこの頃パンが一斤二十銭に値上げされたことを知らないものだから、そういったが、「ね、柳さん、いまの細野さんのお言葉を聞いて？　貴方も発奮してくれなけれア駄目よ」

飛んだトバッチリを受けて、碌さんは、

「え？　なンです？　詩とパンだって？　なるほどね。だが、僕みたいに、流行唄を書いても、パンに不自由するのは、やりきれンですね」

と、支離滅裂《しりめつれつ》な返事をする。

カオルさんは、すこし情けなさそうな顔をしたが、

「細野さん。是非、その作品を完成なすって下さいね。失礼ですが、妾もできるだけご

援助しますし、家の親戚に、芸術のわかる有力者もいますわ。脇野男爵は、妾の伯父なンですよ」

「おやッ。脇野さんがですか？　それは、それは……。日本の富豪で、あの方ぐらい趣味の高い方はないでしょう。ご人格といい、ご風采《ふうさい》といい、実に見上げた紳士ですな。僕もある音楽会で、一度、お目に掛って、その後ご懇意に願っています」

「あら、そう。では、なお都合がいいわ。妾、きっと伯父に話しておきますわ」

「どうぞ。是非、お願いします。あア、愉快ですな、今晩は。どうです、もっと飲みましょう……プロージット！」

夢月は、カオルさんにはいい印象を与えたし、パトロンの話も出掛ったし、たしかに愉快でたまらないらしく、また乾杯を始めた。だが、今度はカオルさんとグラスを合わせただけで、碌さんはヌキである。

やがて、シャンパンの壜も、軽くなった。だが夢月は、いよいよ調子づいて、

「日下部さん。貴方は、無論、ダンスをなさいますでしょうね」

「ええ。いたしますわ」

「どうです。これから、一時間ばかり、アリゾナへ行って、踊ろうじゃありませんか。まだ、それくらいの時間はありますよ」

と、いって、プラチナの腕時計をひらめかせた。

七

（さて、困ったことになった）

と、碌さんは、アリゾナ・ダンスホールへ入った時、そう思った。

碌さんは、ファッショというわけでないから、べつにダンス・ホールを憎むのではないが、ただ一つ、好きになれない理由がある。つまり、自分がダンスができないからだ。スイート・レコードの仲間は、皆ダンスをやる。碌さんも一度誘われて、ダンス・スタジオへ通ったが、易《やさ》しいワン・ステップも、ものにならなかった。生まれつき不器用のせいもあるが、ダンサーに触《さわ》られると、擽《くすぐ》ッたくてやりきれないせいもあった。どうもダンスなんてものは、女の寝巻を借りても平気で眠れる人間でないと、駄目なようだ。

だが、今どきの青年が、ダンスができないようでは、恥みたいなものだから、

「まア、君さきへ踊り給え。僕はしばらく休んでるから」

と、碌さんは夢月にいって、なるべくホールの隅の椅子へ、腰をおろした。

こうなると、頼みとするのは、カオルさんである。どうしても踊らなければならぬ破目になったら、彼女にパアトナーになってもらえばいい。そこは二人の仲だから、自分がダンスができないとわかっても、よろしくリードしてくれるだろう――

カオルさんは、さっきのシャンパンの酔いが、まだ残ってるのか、浮々した声で、

「ご覧なさい。夢月さんは、よく踊るわね。貴方、あれ位踊れる？」

「僕ですか、僕は……」

「もっとうまい？　夢月さんと踊ってるダンサーは、そんなに上手じゃないわね。この次ぎ、二人で踊って、驚かしてやらない？」

「いや、僕は……」

碌さんは、到頭、自分がダンスができないと、いいソビれてしまった。

やがて、夢月が席へ帰ってきた。

「貴方がたは、ちッともお踊りにならないンですね」

「今度は踊りますわ」

と、カオルさんは、自信ありげにいった。

再び、音楽が始まった。

夢月はさっきのダンサーと連れ立って、二人の前へきたから、また一緒に踊るのだろうと思うと、カオルさんに、頭を下げて、

「どうぞ、お対手を」

「じゃア、柳さん、この次ぎね」

と、カオルさんは夢月の腕に抱かれて、そのまま、踊りの群像の中へ、消えて行ってしまった。

ポカンとして、それを見送ってる碌さんに、今のダンサーが、目礼した。

「どうぞ」

夢月に頼まれて、碌さんと踊ろうというつもりらしい。

碌さんは、観念の眼を閉じて立ち上った。だが、案ずるより生むがやすく、リズムに合わせて歩いてるだけで、無事にフロアの半分まで進んだ。夢月と、カオルさんの姿が、遠くに見える。夢月がカオルさんの頰に、顔をつけるようにして踊ってる。なにか夢月は囁《ささや》いた。カオルさんがニッコリ笑った。何をいったのだろう――

「痛いッ」

碌さんのダンサーが、突然、声をあげた。碌さんが、したたか靴を踏ンづけたらしい。狼狽《あわ》て足を持ち上げた拍子《ひょうし》に、碌さんはズデンと、床に尻餅をついた。

「まア、醜態ね。貴方と踊らなくてよかったわ」

踊りの後でカオルさんは、プリプリしながら、いった。

その後で夢月が、クスクス笑っている。

赤とんぼ

一

悦ちゃんは、この頃、歌と踊りの稽古に通ってる。一週一回、土曜日の午後に、阿佐ケ谷のGさんの家へ行く。Gさんは、あのスイート・レコードの楽団長で、奥さんが声楽家なので、家で童謡を教えているのだ。奥さんのお友達の舞踊の先生が、近所にいて、希望者にはその方も教えに、出張してくる。

この頃悦ちゃんの娯《たの》しい時間といったら、まずそれぐらいのものだ。学校の唱歌の先生は、悦ちゃんの声の出しかたが良くないというけれど、Gさんの奥さんは、かえって賞めて下さる。その上、奥さんは日本の童謡ばかりでなく、西洋の唄も教えて下さる。〝マルブルウ〟という唄なんか、とても面白かった。西洋の子供がうたう唄だそうだが、

マルブルウ・サンバタン・ゲール・ミロトン・ミロトン・ミロテーヌ

という、お経みたいな文句だ。舌がよく回らないくらいだが、うまく謡《うた》えると、とても面白い。だが一体、どういう意味なのだろうか。

「先生。ミロトン・ミロトンって、なんのことですか」

と、訊いたら、

「そうですねえ。東京音頭のヨイ・ヨイ・ヨイみたいなもンですわ」

と、仰有った。なアんだ。西洋のヨイ・ヨイ・ヨイか。あンまりオドかさないでよ。

だが、悦ちゃんの娯しい時間は、前にもいったとおり、ただその間だけである。家へ帰ると、急に世の中がつまんなくなる。この頃の家の中ときたら、まるでガランドウみたいだ。パパという一番大きなお道具が、よそへ持って行かれたようなものだからだ。

碌さんは、この頃、仕事もなんにもしないで、カオルさんのところへばかり、遊びに行ってる。前より、よっぽど、度数がはげしくなった。晩ご飯なぞは、婆やと二人で食べるのが、あたりまえのようになってしまった。

その婆やも、もう四十日たつと、お暇が出ると知ったせいか、なんとなくソワソワして、前ほど親切に、悦ちゃんの面倒を見てくれない。

「さア、そろそろおやすみなさいましよ」

と、夜の七時が鳴ると、もう寝る催促をする。パパがいれば、子供の時間のラジオを聞いて、花岡ムラ子さんが「では、サヨーナラ」と、優しいような、クスぐったいような声を出したって、なかなか寝るもんではない。それからパパと、一時間も二時間も、一緒に遊ぶんだのに。

でも、仕方がないから、寝巻に着換えて、八畳の寝床へもぐり込む。パパの布団と、二つ列べて敷いてあるけれど、カラッポの寝床なんて、キャラメルの空箱より、もっとつまらないものだ。

早く眠ろうと思うが、ちっとも睡くならない。大人は子供に不眠なんてないと思ってるが、大間違いである。大人はズルいから、カルモチンなんてものを服《の》むが、子供はいつまでも暗闇の中で、パッチリ眼を開いていなければならない。

ガタ、ガタ、ガターン……

ヘンな音がした。悦ちゃんは、慌《あわ》てて掻巻《かいまき》をかぶる。鼠かしら。ドロボーかしら。それとも、お化けかしら。

もう音はしなくなった。婆やが茶の間で、「アーア」と欠伸《あくび》をした。まだ夜半ではないらしい。

（アーア）

と、悦ちゃんも、溜息をつく。

（十一月の二十一日になると、ほんとにあのいやなお姉さんが、ママになるのかなア。ヤンなっちゃうな。どうしてもそうなるなら、死ンじまった方が、よっぽどいや……）

二

お姉さん。

どうしてこのごろ、遊びにきてくれないの。

それからどうしてこのごろ、お手紙もくれないの。

悦ちゃんは、ゆうべ、鼠がガタガタさわいだので、とてもこわかった。パパったら、ゆうべもおそく帰ってくるんですもの。朝、悦ちゃんが学校へゆくとき、まだグウグウ寝ているの。お話ししようとおもっても、できないの。それから、学校から帰ってくると、もう居ないの。だから、パパはまるで家に居ないのとおんなじだわ。

ほんとに、とても悪いパパになっちゃったのよ。オシャレして、夜おそくまで遊んでるのは、不良でしょ。パパは、不良になっちゃったのよ。いまに、オマワリさんにつかまるわ。あたし心配だわ。

でも、パパは、けっして、悪い人じゃないのよ。ことしの夏までは、とてもいい人だったのよ。どうして、きゅうに不良になったか、悦ちゃんはチャンと知ってるわ。悪いお友だちと遊んだからよ。そのお友だちが、すっかりパパを悪くしちゃったのよ。シュにまじわれば赤くなるって、村岡先生がおっしゃったわよ。

そのお友だちって、誰だか、お姉さんにわかる？　いつかお家でお姉さんをいじめた人よ。メガネかけた女の人よ。あの人がだんだんパパを悪くして、それから、とうとうパパのおよめさんになっちゃうらしいの。

お姉さん。

あたし、婆やにすっかり聞いちゃったの。十一月二十一日になると、あの人がパパのおよめさんになるんですって。パパのおよめさんなら、あたしのママのことじゃないの。帽子だって、オクツだって買うときは、みんなあたしの寸法にあわせて買うのに、ママだけあたしにかまわずもらっちまって、大きすぎたり、小さすぎたり、穴があいていたりしたら、どうするの。悦ちゃんは、あのメガネのお姉さんが、だんぜん、きらいなのよ。始めから、きらいだったのに、このごろ、スゴクきらいになっちゃったのよ。それをパパにいってあげようと思うんだけれど、いつもお家にいないから、とても困っちゃうの。でも、婆やにきくと、

「子供の出るマクじゃありません」

と、いうから、いっても駄目らしいわ。

お姉さん。

十一月二十一日までに、もう四十一日しかないわよ。だから、毎日、あたしはとてもつまらないの。もうじき遠足があるのだけど、ちっとも面白くないわ。

お姉さん。

あたしのお願いきいてよ。いつか勝山で、お姉さんにママになって下さいって、たのんだでしょう。あれほんとなのよ。お姉さんがママになってくれれば、あたしは何でもいう事をきくわ。朝もひとりで起きて、おべん当のおカズの叱言《こごと》なんかいわないわ。学校もべんきょうするわ。かくれて、紙芝居なんか見ないわ。お使いもするし、どんなご用もするわ。だから、お姉さんも悦ちゃんのお願いきいてよ。

お姉さん。

お願いだから、早くお家へきて、パパにたのんでよ。お姉さんが、あたしのママになりますっていえば、パパはきっときくわよ。お姉さんがだまっているから、パパにわからないのよ。ね、お願いだから、早くパパにたのんでね。早くしないと、間にあわないわよ。

悦子より

大好きな
　鏡子お姉さんへ

三

「婆や、あたしンとこへ、郵便きてない？」

「いいえ、パパさんに、ハガキ一枚きてるだけですよ」

「そう」

悦ちゃんは、ツマらなそうな顔をして、また原ッパへ、遊びに行ってしまった。角の明地《あきち》で遊んでいて郵便屋さんの姿が見えると、悦ちゃんは家へ飛んで帰ってきて、きっと、婆やにきいてみるのだったが――

鏡子さんのところへ、あんなに一所懸命になって、手紙を書いたのに、まだ返事が来ないのである。返事は来なくてもいいから、悦ちゃんの頼んだとおり、パパに会いにきてくれれば、一番ありがたいのだけれど、ちっとも姿を現わしてくれない。

（どうしたンだろう？　あのお姉さんは？　ご病気かしら？　それとも、お店がいそがしいのかしら？　いや、いくらいそがしくても、あのお姉さんは、お手紙くらいきっと下さるのに……ほんとに、どうしたンだろう。しばらく会わないから、悦ちゃんのことを忘れちまったのかしら……）

それを考えると、悦ちゃんは、たまらなく心細くなってくる。大林の伯母さんは、ふだんから可愛がってくれないし、パパはこの頃まるで問題にならないし、婆やはそのうち帰ってしまうし、悦ちゃんが話しかけることのできる対手は、広い世界に、鏡子さんただ一人である。その大切な対手が、いくら呼んでも、返事をしてくれない。聞えたのか、聞えないのか、それすらわからないように、ただ黙っている。大人だって、こういう時はさびしい。悦ちゃんが、すっかり元気を失くしたのは、当然のことである。

「悦ちゃん。どうしたのよウ。シッカリ持ってなきゃ。駄目じゃないの」

お隣りのキク子さんが、悦ちゃんに文句をいった。

ゴム輪を、鎖のようにつなぎ合わせて、一間ぐらいの長さにして、両端を二人がもつ。ほかの一人がハイジャンプの要領で、それを飛び越す。その度に、持手がゴムを高くあげて、飛べなくなったらお代り——そんな遊びである。なかでも、大阪飛びなどといえば、横モンドリを打って、女の子にあるまじき姿勢を示さなければならぬのだから、洋服普及以前には、なかった遊戯である。

悦ちゃんは、いつもになく、ボンやりしてるもんだから、持ってるゴムがお留守になって、お友達に叱られちまった。

「ごめんなさい」

「悦ちゃん、くたびれたンでしょ。あたし、代ったげるわ」

と、タミ子ちゃんが、跳ぶのをやめて、そういった。

「いいわよ。あんた、跳びなさいよ。あたし、跳びたくないの」

「あアら、跳びなさいよ」

「いいの。あんた跳びなさいよ」

「うウン、あんた跳びなさいよ」

男の子なら、こんなことをいわない。蛇《じゃ》は寸《すん》にしてというのか、女の子はヘンに拘泥《こだわ》るのが好きである。

「いいわよ、ヒトがせっかくいってるのに……意地わる！」

「自分こそ、意地わる」

「もう、遊んだげないから」

「あたしこそ、遊ばないから」

悦ちゃんは、クルリと後ろを向いて、自分の家の方へ、歩きだした。それでなくても、世の中が面白くないのに、お友達と喧嘩《けんか》して、もう泣きたいほど、つまらない。

だが、悦ちゃんは、急に元気になって、駆けだした。お家の門から、郵便屋さんが出てゆくところである。

「婆や、郵便がきたでしょう」

「ええ。でも今のは、集金郵便」

四

読方のお時間である。

教壇に、村岡先生が立って、国語読本の〝彼岸《ひがん》〟という課を、読んでいる。

「第二十四……彼岸ハ春ト秋トニアリテ、此ノ頃ハ昼夜ノ長サホトンド相等シク、春ノ彼岸ヲ過グレバ昼ヨウヤク長ク、秋ノ彼岸ヲ過グレバ夜ヨウヤク長シ……」

そこで、先生は、ご本をテーブルの上におく。

「彼岸というのは、つまり、お彼岸のことですね。この間、秋のお彼岸がありましたね。お彼岸は、なにをする日ですか。高橋さん、いってご覧なさい」

これはやさしい質問だ。高橋さんは、スックと立ち上って、

「お彼岸は、おハギをこしらえる日です」

皆がガヤガヤ笑う。村岡先生も、笑いながら、

「ええ、おハギもこしらえますけれども、なんのためですか。皆さんが食べるために、こしらえるのですか」

「先生！」

「ハイ。中村さん、いってご覧なさい」

「あのウ、お隣りへあげるためです」

今度は、先生も、ほんとに噴笑《ふきだ》してしまう。それに連れて、級全体が笑いの波に揺られるが、ただ一人、悦ちゃんだけが、ムッツリと黒板を見つめている。その寂しそうな顔が、ふと村岡先生の眼についた。

「柳さん。あなたは知ってますか」

先生の悦ちゃんに尋ねる声は、優しかった。だが、悦ちゃんは下をむいて、頑強に黙《だま》り続けた。返事ができないのではない。仏様にあげるためです、といえばいいのだ。それを知ッていながら、どうもいう気にならないのである。

「柳さん。お返事はどうなすッたの？」

重ねて、先生にいわれると、いよいよ口がきけなくなる。こんな悦ちゃんではないのだ。平常ならすこしお饒舌《しゃべ》りが過ぎるくらい、ハキハキと質問に答える生徒だのに。

「柳さん。気持でも、悪いンですか」

先生は、教壇に乗り出して、訊いた。悦ちゃんは、黙って、首を振るばかり。

「お首のお返事は、いけませんよ」

と、先生も、いつもいってる言葉の手前、ちょっと悦ちゃんを叱らなければならない。だが、悦ちゃんは、いよいよ頑強だった。すきな村岡先生を、白眼で睨《にら》めたりするのだから、たしかに平常の悦ちゃんではないのである。

「どうなすったの、柳さん。明後日《あさって》は遠足ですよ。お行儀の悪い生徒は、遠足にも連れて行きませんよ」

先生は、そういってオドかしてみたが、悦ちゃんは、まるで指物師久蔵みたいに、口をへの字に曲げたきりである。

こうなると、村岡先生も、すっかりテコずってしまう。第一、悦ちゃんのために、時間をとって、読本が先きへ進まなくては、困ってしまう。

「いけませんね、柳さんは。今日、課業が終ったら、教員室へいらっしゃい、お話がありますから」

そういい渡してから、また本をとりあげ、

「皆さん。お彼岸は、仏様をお祭りする日ですね。ですから、おハギもまず仏様にあげるのです。わかりましたね……彼岸ハ七日ノ間ニシテ、其ノ中日ニ、春ハ春季皇霊祭、秋ハ秋季皇霊祭ヲ行ワセラル……」

悦ちゃんは、先生の声を聞いてると、急に悲しくなってきた。「ワッ」と泣きだしたいのだけれど、一所懸命に我慢しているのである。

五

「さいなら」

「さいなら」

軽い埃《ほこり》を立てて、生徒たちは、校門から散ってゆく。

「悦ちゃん、一緒に帰らない？」

と、お隣りのキク子さんが、さそってくれたが、

「駄目よ。柳さんは、今日、おノコリよ」

この間のゴム紐飛びの喧嘩が、まだ直らない、タミ子ちゃんは、すこしいい気味のような顔をする。

二人が仲よく、手をつないで帰ってゆくのを眺めながら、悦ちゃんは唇をつきだした。おノコリ——小学生にとって、落第に次ぐ不名誉である。どうも、悦ちゃんは、この頃悪いことばかり続く。

（いいや。叱るンなら、いくらでも叱りなさい）

と、悦ちゃんは、これから行かねばならぬ教員室の風景を予想して、ちとフテくされてきたのである。子供は、訴える対手のある悲しみなら、泣いてもみる。甘い母親をもった子が、一番よく泣くのである。だが、悦ちゃんのような場合は、泣くよりも、小さい肩をそびやかして、反抗の気持になってくる。これが嵩《こう》じると、不良少女の卵が生まれるから、あぶない——

教員室のドアをあけると、窓際のテーブルに向って、村岡先生の姿が見えた。どうせ叱られるのだと、覚悟はきめても、悦ちゃんの足は、早く進まない。

「こっち、こっち。入らッしゃい」

村岡先生は、手招きをして、呼んだ。

「どうしたの、今日は？　悦子さん」

先生は、ニコニコ笑って、悦ちゃんの顔をのぞきこむ。叱られるのだと思った悦ちゃんは、少しアテが外れて、上眼《うわめ》で先生の顔を見る。

「悦子さん、この頃、なんだか元気がないから、先生は心配してたのよ。それをきこうと思って、お呼びしたンだから、心配しなくてもいいの」

やっぱり、村岡先生は優しい、いい先生だった。だが、そう思って安心すると、悦ちゃんは笑いそうなものだのに、ポタポタ涙が流れてきて、困った。悦ちゃんは、男の子のように拳固《げんこ》で眼をこする。

「泣いちゃ駄目。先生、ちっとも叱ってやしないでしょう。さ、このハンケチで、おふきなさい」

と、先生は自分のハンケチを、貸して下さる。

「さア、もういいでしょう。なんでも、先生に話してご覧なさい。先生は、悦子さんの望みのかなうように、きっとしてあげますよ」

こういわれると、悦ちゃんも、黙ってる訳に行かない。ただ、いいたいことが山々あって、どういう工合に、お話ししていいやら。

「お友達が、意地悪するの?」

「いいえ」

「パパさんが、お人形買って下さらないから?」

「いいえ」

冗談じゃない。そんな呑気な沙汰ではないのだ。

「じゃア、どうなの? 構わず、いってご覧なさい」

そこで、悦ちゃんは、やっと気を励ませて、

「あのウ、パパが……」

と、ポツポツ語りだした。先生は、やっと意味が汲《く》みとれた。

「……すると、パパさんのところへ、もうじきお嫁さんが入らッして、そのお嫁さんを、悦子さんが大嫌いというわけなのね」

「それから、その嫁さんも、あたしを大嫌いなんです」

と、悦ちゃんはいい足した。

六

「困りましたね、それは……」

村岡先生は、まったく困った顔だ。どうせ、子供の問題だと思って、タカをくくっていたのに、これは先生たりとも、めったに嘴《くちばし》は容《い》れられぬデリケートな問題だ。だが、なんでも望みをかなえてあげますといった手前、これは弱ったことになったと、思わずにいられなかった。

（そら、ね。先生だって、これには困らア）

悦ちゃんは、腹の中で、そう思う。

「困りましたね、それは……。どうして、そンなに、そのお嫁さんが嫌いなのですか」

と、先生は思案にあまって、きいた。

「わかりません。でも、とても嫌いなンです」

悦ちゃんの返事は、ひどくキッパリしてる。

「だって、その女《ひと》が悦子さんを可愛がって下さったら、あなたも今に、好きになるかも知れませんよ」

「いいえ。あンなコマシャクレた子供は、可愛くないッて、いったんです」

「困りますね」

先生は、また困った顔をなさる。子供が親の結婚に反対するなんて、およそ妙なことだ。しかし、子供にその権利が、絶対にないといえるかどうか。子供は第二の母を撰択《せんたく》する権利をもっていないと、いえるかどうか。村岡先生は、児童の味方だけに、そういうところまで考えるのだが、それを口に出していうわけに行かない。先生には先生らしい、紋切型《もんきりがた》の言葉があるのである。

「悦子さん。子供はお父さんのなさることを、なんでも反対してはいけません。親に孝行という事は、人間の一番大切なことですからね」

悦ちゃんは、それを聞いて、不服な顔をした。

「先生。なら、パパのいいお嫁さんだったら、あたしのいいママですか」

「その通りです」

「でも、あたしのいいママだったら、パパのいいお嫁さんでしょうか」

「同じことですね」

「そンなら、あたしのママをもらってくれればいいのに……先生、あたし、とてもいいママを知ってるンです」

悦ちゃんは、勢い込んで、いった。だが、さすがに村岡先生も、この悦ちゃんの突飛な言葉を、とりあげてくれなかった。

「そんなことを、いうもんじゃありません。いいとか、悪いとか、それは大人が見てそういうので、子供のあなたにはわかることではありません。だから、もうそんなことを考えないで、今度いらっしゃるお母さんに、よく孝行をなさらなければいけませんよ。その女《かた》はきっと、いい女にちがいありません。悪い女なんて、決してお父さんはおもいになりませんからね」

悦ちゃんは、もう返事をしなかった。なんでも望みをかなえてあげると仰有《おつしや》りながら、先生は一つも約束を果して下さらない。先生は嘘《うそ》をいってはいけないと、仰有ったのに。

「さア、もう機嫌をお直しなさいね。明後日は遠足ですよ。今度は、多摩川ですからね。お川のふちで遊べますよ。おいしいお弁当をもっていきましょうね」

と、先生はいろいろ慰《なぐさ》めて下さるが、悦ちゃんの気持は直らなかった。

（もう、誰にいっても、駄目だ。村岡先生だって、あたしのいう事を、聞いて下さらないンだもの。だけど、誰がなんといっても、あの眼鏡のお姉さんは、よくない人だ。鏡子お姉さんはいい人だ。いまに、きっとわかるわ）

悦ちゃんは固い確信を抱いて、一人ぼっちで、校門を出た。

七

天気も今日は日本晴れ
指折り算えて待ち兼ねし
今日こそ我等の遠足日
足並みそろえて進みゆく……

郊外電車から吐き出された生徒たちは、どれもこれも、真ッ赤な顔を上気《じようき》させて、張りさけるような声で、歌ってゆく。遠足の往路《ゆき》だと、こんなに元気がある。帰途《かえり》になると、お腹が、足が痛くなって、シクシク泣く生徒が出てくるのだけれど。

まったく、歌の文句そのままの、美しい秋晴れだ。道端の農家の庭を見ると、子供たちと同じように、柿の顔が赤く、丸い。足音に驚いた百舌鳥《もず》が、キーイと鳴きながら、川原の広い空へ飛んでゆく。去年は雨に崇《たた》られたが、今年の中野××小学校の遠足は、大当りである。

「ちょいとウ、高橋さん。今朝、何時に起きて？」
「四時よ。まだ真ッ暗だったわ。タミ子さんは？」
「五時だわ。キク子さんは何時？」

「あたしは、三時」

「うそオ」

「ほんとよ。だって、お母様ッてば、ゆうべ六時からあたしを臥《ね》かすンですもの。早くから、眼が開《あ》いちゃったわ。遠足の前の晩ッて眠られやしないわ。ねーえ？」

「ねーえ」

「ねーえ」

たちまち同感の声が、そこらに湧きあがる。

悦ちゃんだって、いつもなら、暗いうちから起きて騒ぐ方の組だが、今年の遠足は気が乗らなかった。出がけにグズったので、学校へ集まった時も、一番遅れたくらいである。

（なンでえ。遠足なンか、面白かないや）

こんな気持で、遠足にきてるのは、悦ちゃん一人であろう。輝いた顔ばかりの中に、ポッツリと、曇った顔が眼立つのである。

一行は、多摩川の岸へ出た。まず、川原に整列して、教頭先生の多摩川の地理や、水道の歴史についてのお話を、聞かなければならない。正直なところ、これはたいへん長いわりに、たいへんつまらないお話であった。それから受持ちの先生が、川の水を飲んではいけませんとか、橋の上でフザけてはいけませんとか、あまり誰も聞いていないお注意が、いろいろあって、やっと、

「では、一時に笛を鳴らしますから、それまでは、皆さん勝手にお遊びなさい。礼！」と、いう声がかかると、ワッと喚声があがって、ハリきった子供達が、花火が開いたように川原へ散ってゆく。

石の上、草の蔭、――子供たちが仲のいい同士をさそって、腰をおろすと、まず手の行く先きは、お弁当の包みである。お弁当こそ、遠足のプログラムの眼目である。

「あんた、なアに？」

「あたし、おノリ巻に、サンドイッチ。あんたは？」

「お赤飯と、ジャミ・パンと、ゆで玉子と支那饅頭《まんじゆう》」

「わア、すごい」

この頃の悪い習慣で、子供に食べきれないほどの分量と種類のあるお弁当だ。それに、お菓子が二、三種、果物が一、二種――すべてはお母さんとお母さんの競争が、させる業《わざ》である。

そこへ行くと、悦ちゃんのお弁当なぞ、すこぶる衛生によろしい。お握り飯に海苔《のり》をかぶせたのと、キャラメルが一函《はこ》きりだ。いつもなら、碌さんがおスシ屋へあつらえたり、あれでなかなか気がつくのだが、今年は駄目である。婆やに万事任せたら、こんな簡単なお弁当ができた。

悦ちゃんは、チャーンと、お弁当の内容《なかみ》を知ってる。だから、皆の前で、それをひろげるのが、いやなのだ。きょうの悦ちゃんの憂鬱は、これも関係している。悦ちゃんは一人きりで、堤の草の上に坐った。

八

悦ちゃんの坐ってるところは、堤防の斜面で、頭の上に、散歩路が通っている。午飯《ひる》時《どき》だから、誰も歩いていない。友達は、ずっと川寄りの方に、散らばって、お弁当を食べてる。悦ちゃんの周囲はシンとするくらい静かだ。草のなかで、昼間なのに、虫が鳴いている。堤防の桜並木から、赤くなった葉ッぱが、ヒラヒラ落ちてくる。

悦ちゃんは、一人でムシャムシャ、握り飯を食べた。去年の遠足は、パパが海苔と卵のおスシとサンドイッチを、近所へ誂《あつら》えてくれた。あれは、とても美味《おい》しかった。だから、高橋さんにも、キク子さんにも、頒《わ》けてあげた。今年は頒けたくても、頒けてあげられない。お握飯《にぎり》なんて喜ぶのは、猿《さる》君と蟹《かに》君ぐらいなものだ。

（一年たつと、ずいぶんいろんなことが変るンだなあ。来年の遠足のお弁当は、何んだろう。なんでもいいや。どうせ、パパの側にはいられなくなッちゃうンだもの）

悦ちゃんは、お弁当を食べ終って、キャラメルを一つシャぶりながら、草の上へ寝転んだ。子供が横になる時は、体に異常のある時だ。悦ちゃんの場合は、心に異常があるからだろう。

癪《しゃく》にさわるほど、いい天気である。空が染《し》みつきそうに青い。その青いなかに、模様のように、赤トンボが沢山飛んでる。悦ちゃんは、黙ってそれを見物してる。あまり悦ちゃんがジッとしているものだから、そのうちの一匹が、スーと、腕へとまった。赤い体を少し曲げて、羽根を休めてる姿が、とても可愛い。この赤トンボも、悦ちゃんみたいに、遠足の仲間から、逃げてきたのかな。

いつもなら、すぐ捉《つか》まえてしまうのだが、悦ちゃんは手を出さないで、ジッと見ていた。それだのに顔の上で、人の足音がしたので、赤トンボは急に飛び去ってしまった。

(ちえッ、せっかく、休ませてやってるのに……)

悦ちゃんは憤慨して、堤防の上を見ると、一組のアヴェックが面白そうに、なにか話して、通ってゆく。女の方は、スマートな散歩服を着てる。とても背が高い。横顔に、キラリと眼鏡が光った。

(あッ、カオルさんだ!)

悦ちゃんは驚いた。草の中からそっと首を持ちあげて、よく見ると、たしかにカオルさんである。カオルさんだとすれば、一緒に歩いてる男は、パパにきまってる。カオルさんの向側なので、よくわからないが、洋服の工合が、どうやらそうらしい。

(癪《しゃく》だなア)

悦ちゃんは、ひどく腹が立ってきた。遠足にきて、こんなにつまらないのも、みんなパパとカオルさんのせいだ。いや、パパよりも、カオルさんのせいだ。それだのに、二人は面白そうに、こんなところへ来て、遊んでいる。あンまりだ。あンまり、人をバカにしている。

（よし！　シカエシしてやる）

悦ちゃんは、房州《ぼうしゅう》でカオルさんに、蟹をブッつけて、悲鳴をあげさせたのを、思い出した。とても大きな蟹が、一疋ほしいな！　だが、生憎《あいにく》、多摩川の岸には、蟹が、見当らなかった。では、石にしようかと思ったが、堤防のそばにころがっているのは、悦ちゃんが両手で差し上げても、どうかと思われるようなゴロ石ばかりだ。

（ちえッ、残念だな）

と、口惜しがってるうちに、二人はドンドン、桜並木の下を歩いて行く。悦ちゃんは、堤防の草をくぐって、その後を追いかけた。〆《し》めた！　手頃の石片《いしころ》が落ちている。だが投げようとした石を、悦ちゃんはポロリと落した。

（なんだ、夢月さんか！）

近くで見た男の顔は、パパではなかったのである。

九

（フーム……）

悦ちゃんは、まるで名探偵みたいに、腕組みをして、考え込んだ。

カオルさんと夢月の影は、いつか、桜並木の一本道を、豆のように小さくなるほど、進んで行った。

パパではなかったのだ。カオルさんと一緒に歩いていたのは、碌さんではなかったのだ。悦ちゃんは、拍子抜《ひょうしぬ》けがしたと同時に、なんだか、とても嬉しかった。

(パパは、感心だ。今日は、カオルさんのところへ行かなかったンだ)

と、さっきパパを恨んだのが、たいへん悪かったと思った。だが、どうしてカオルさんは、今日はパパとでなく、夢月さんと一緒に、こんな処を歩いているのだろうと思うと、サッパリわからなくなって、小さな腕組みを、解くわけに行かないのである。

パパと、眼鏡のお姉さんは、あんなに仲がよかったのだ。だが、あのお姉さんは、夢月さんとも、とても仲がよさそうにみえる。皆さんは誰とでも仲よくしなければいけないと、先生が仰有ったけれど、大人もそうなのだろうか。いやいや、そんなことはない。お嫁さんになる人は、お婿《むこ》さんとだけ、仲よくするものなんだ。ほかの男の人と、仲よくしちゃいけないのだ。それくらいのことは、いつも紙芝居を見ているから、悦ちゃんも、チャーンと知ってる。

(すると、あのお姉さんは、悪いお姉さんなンだ。やっぱり、あたしの思ったとおりなンだ。そうだ。そんなお嫁さんをもらっちゃ、たいへんだ。早く、パパに吩《い》ッつけてあげなきゃ、いけない。パパも、きっと喜ぶだろう)

そう思うと、悦ちゃんは、遠足のつまらないことも、お弁当のまずかったことも、一ぺんに忘れて、急に元気になって、大勢友達のいる方へ、駆けて行った。

一時に、集合の笛が鳴った。二時には、生徒達は、買切りの電車に、鮨詰《すしづめ》に乗せられた。新宿で省線に乗換えて、中野駅前の広場で、一同が解散したのは、三時をよほど過ぎていた。

往路《ゆき》よりも、帰途《かえり》が元気だったのは、悦ちゃんだけである。お土産のススキを肩にかついで、〝天気も今日は日本晴れ〟の遠足の唄も、今になって謡いだすほどの変りようなのである。

「ただいまア」

悦ちゃんは、ガラリと玄関の格子をあけると、婆やが出てきて、

「お嬢さん、パパが珍らしくお家ですよ」

「そうだろうと思ったわ」

「あらまア、よくご存じですね」

婆やが、眼を丸くして、驚いてる。

「ただ今ア、パパ。遠足に、行ってきたの」

と、悦ちゃんが八畳へゆくと、碌さんはゴロリと横になって、つまらなそうに、煙草を吹かしている。それでも、悦ちゃんの顔を見ると、

「どうだった、遠足は面白かったか」

「うん。はじめはつまンなかったけれど」

「しまいに、面白くなったのか」

悦ちゃんは、それに返事をしないで、

「パパ、ちょっと訊くけどね」

「なんだ。ナマな口のききかたをするなよ」

「パパは、今日眼鏡のお姉さんところへ行った？」

「うん。行った」

「お留守だったでしょう」

「うん。居なかった」

「あのお姉さま、多摩川にいたわよ」

「え？」

「夢月さんと一緒に、散歩してたわ。どうも、あのお姉さんは、よくないお姉さんだと思うけれどな」

と、悦ちゃんは、シタリ顔で、碌さんの顔を覗《のぞ》き込んだ。ところが、喜ぶだろうと思ったパパは、酢を飲んだような苦《にが》い顔をし始めた。

島田に結う日

一

やはり八の日の定休日のことだったが、鏡子さんはたまった洗濯物やら、張物なぞをして、今日こそお義母さんの骨休めをさせてあげようと、ボツボツ仕事に掛かろうとす

ると、

「あら、お鏡ちゃん、そンなことはどうでもいいよ。それより、ちょっとお湯へ行って来ようじゃないか」

お藤さんが、声をかけた。

「まア、こんなに早く？」

「いまのうちの方が、あいてて、ユックリ洗えるからね。妾《あたし》も、一緒に行くから、支度をおしよ」

働き者のお藤さんが、昼日中、お湯へ行こうなんて、珍らしいことであるが、それだけに、鏡子さんも、逆《さか》らわない方がいいと思って、支度を始めた。

「菊日和《きくびより》っていうのかね、いいお天気だね」

「ほんとですね。ちっとも、風がありませんわ」

そういって二人は、通りの松の湯ののれんをくぐった。お藤さんのいうとおり、浴場は空いていた。今頃お湯にくるのは、キャフェの女給さんぐらいなものだが、それらしい一人の客も、鏡の前でコテコテと、お化粧の最中で、流し場には、人影もない。

「さア、お鏡ちゃん。今日は念入りに、磨いておくれよ。妾が、背中を流してあげるから、向うをおむきよ」

「あら、いいンですよ、おッ母さん。妾こそ、おッ母さんを流してあげますわ」

「まア、いいから、手拭《てぬぐい》をお貸しよ」

お藤さんは、ハダカになっても、やはり義理が固い。到頭、鏡子さんは、手拭と桶《おけ》をとられちまって仕方がないから、背中を任したものの、どうも勿体なくて、小さく体をちぢめている。

「お鏡ちゃんは、キメがこまかいから、ほんとにいいね。お琴は、妾に似たせいか、色が黒くて、鮫肌《さめはだ》だから、始末にいけないよ」

「あら、そンなことありませんわ。お琴ちゃんだって、年頃になれば、きっと綺麗になりますわ。まだ子供ですもの、そンなこと仰有ったッて、無理ですわ」

「いいえ、生まれつきは、やっぱり駄目だね。コンニャク玉を、いくら磨いたって、光りアしないよ。あの娘なんか、先き先き、嫁のもらい手があれば、めっけものさ。とても、人様に見染められるなンてことはありッこないからね、ホホホ」

と、お藤さんは笑ったが、その意味は、鏡子さんに通じなかった。

「さア、ザッとだよ」

と、お藤さんは流し終って、小桶《こおけ》の湯をかける。

「ありがとうございました。今度は、おッ母さん」

「妾は、いいンだよ。それより、お前さんは、精出してみがいてもらわなくては、困るよ。それから帰りに、髪結《かみゆい》さんのところへ、寄って行こうね」

「髪結さんへ、寄るンですか」

「ああ。島田に結《ゆ》ってもらうのさ」

「誰がですの」

「誰がって、ホホホ、妾が島田に結えるものかね」

「まア、妾、日本髪なンかに結うンですの」

「だって、もう一月しかないンだよ。もうソロソロ、島田のくせをつけておかないとね。急に結うと恰好が悪いよ」

「一体、おッ母さん、それ、なんの話ですの」

と、鏡子さんは、眼を丸くした。

「なんの事ですッて……おや、お鏡ちゃんはお父ッつぁんから、何にも聞いてないのかい？」

と、お藤さんも負けずに、眼をみはった。

二

「お前さん、まだあの話をしてなかったンですッてねえ」

と、お藤さんは、濡《ぬれ》手拭を釘へひっかけると、すぐ亭主にいった。鏡子さんも、義母《はは》の後に続いて、すわるともなしに、すわった。お湯の帰りがけに、髪結さんへ寄らなかったとみえて、鏡子さんの髪は、まだいつものままである。

仕事場で、欅板《けやきいた》を削《けず》っていた指物師久蔵は、鉋《かんな》の刃を透かして眺めながら、

「あの話ッて、越後屋の一件か」

「そうですよ」

「うム。まだ、お鏡には話しちゃねえ。なにも、いちいち話すこたアねえじゃねえか」

「だって、お前さん、こればかりは、女一生の大事なことですよ。まず当人に聞かせてやるのが、ほんとじゃありませんか」

と、さすがのお藤さんも、亭主の呑気さに、呆れたような顔をする。それに力を得て、鏡子さんも、精一杯、怨《うら》みを籠《こ》めて、

「お父ッつぁん、一言も相談してくれないなンて、ずいぶんひどいわ」

「なにョいってやがるンでえ。相談もヘチマも、あったもンじゃねえ。対手がロクでもねえ野郎なら知らねえこと、誰が見たって、あんな立派な婿はねえ。人が見てよけれア、お鏡だって、いいにきまってるじゃねえか」

「そうはいかないわ」

と、鏡子さん。

「それにしても、一応はね」

と、お藤さん。

指久は、それを聞くと、胡坐《あぐら》をかき直して、

「こいつア、面白え。するとお鏡は、おれのきめた縁談を、いやだとでもいうのか」

と、もう額《ひたい》へ筋を立てかけてる。指久は、婦人雑誌など読まないから、見合い結婚と恋愛結婚の可否なんてことを、一度も考えたことはない。結婚とは、親がきめて、娘は

黙って嫁ぐものだと、信じて疑わない。自分達もそうしてきたし、自分の親達も、そうして結ばれた。それで、一度も、マチガイは起らなかった。だから、自分の子も、当然そうすべきではないか——いくら、飛行機とラジオが発明されたって、この理窟に変りはなかろう。この頃の若い奴等は、じきにアイだのコイだのと吐《ぬ》かすが、そんな事で一緒になった夫婦は、昔はデキアイといって、人に笑われたものだ。そういう料簡だから、とかく仕事に身が入らなくなって、モーターの厄介にならなくちゃ、板もロクロク削れねえ——と、指久の結婚観は、とんだ処まで広がるのである。

だが、亭主の剣幕が変ってきたので、もともとこの縁談に大賛成のお藤さんは、

「いいえ、お前さん。嫌だなんて、誰もいやアしません。第一、お鏡ちゃんは、まだ次作さんに、ほんとに会っていないンですもの。好きも嫌いも、いえる筈があれアしませんよ」

「だから、黙ってろてえンだ」

「まア、そうガミガミいわないで下さい……ねえ、お鏡ちゃん。お父ッつぁんが、あんたに前以て話さなかったンで、驚くのは無理じゃないけれど、次作さんて人は、珍らしくよくできた息子さんでねえ……」

と、お藤さんは、それから諄々《じゅんじゅん》と、話しだした。養子問題のことや、越後屋のノレンを分けてくれることや……。

「こんない い縁談は、滅多にないだろうと、妾は、思うンだがね。とにかく、一目、次

作さんに会ってご覧なね、万事その上のことにして……実は、きょう、四時頃に、家へ見える筈なんだがね」

という義母の言葉を、鏡子さんは、夢のように、遠く聞いた。

三

「とにかく、会うだけでも、会ってご覧なね」

と、義母にいわれて、鏡子さんは、それを拒絶する口実を、一つも持っていないのである。

もし、父親だけが、無理をいうのだったら――それは、いくら怒鳴られたって、殴られたって、こちらも云いたいだけのことを云ってみる。ひどいわ、あンまりだわの百万遍をならべてやる気がある。だが、義母に対しては、そうは行かない。いつとはなしにできてしまった遠慮のためばかりではない。この縁談に乗気になってる義母の心は、まったく真情から出てることが、鏡子さんには、ハッキリわかるのである。それだけに、逆らっては、済まないと思う。少くとも、見合いをするのも断るなんて、どう考えても、いえた義理ではない。その上、自分としても、この縁談をことわるべき確乎たる理由は、一つもないではないか。

（悦ちゃんのパパさんは、そのうちカオルさんという女を、おもらいになるだろうし……）

それを考えると、なんともいえず、さびしい気持になってくる。彼女は生活に忙がしかったから、結婚問題なぞ、一度も考えたことはなかったが、ただ碌さんだけは、淡《あわ》い夢のように慕わしく思われた一人の男性である。しかし、その男が他の女性に心を傾けてる以上、彼女のような気質の女は、それを追ってはならない幻として、諦《あきら》めてしまおうとする。

だが、諦めきれないのは、悦ちゃんのことである。あんなにも、自分を慕ってくれる子供を、どうあっても、自分は忘れてしまうことはできない。でも、その悦ちゃんは、一体どうしたのだろうか。中野へ訪ねて行きたくても、例の投書事件以来、それは堅くつつしまなくてはならない。せめて悦ちゃんが、手紙でも寄越してくれればいいのに、もう一月ばかり、何の便《たよ》りもない。(悦ちゃんは、度々、鏡子さんへ手紙を書いているのに、これはなんとした行き違いであろうか?)そうしてみると、悦ちゃんは、妾のことなんか、次第に忘れてしまったのかも知れない。なんといっても、悦ちゃんはまだ子供だ。あのカオルさんという女を、あんなに嫌っていたけれど、なんかの拍子で、好きになってしまったのかも知れない。もしもそうだとすれば、妾も悦ちゃんのことを忘れてあげるのが、かえって悦ちゃんの幸福になるのではあるまいか。碌さんのことも考えず、悦ちゃんの身の上も忘れるとなれば、両親の命令に逆らう何の理由もないことになる——

「ねえ、そうしてご覧な」

と、重ねて義母にいわれて、鏡子さんも、

「はい」

と、答えるより他はなかった。

「だから、帰りに、髪結さんへ寄ってくるとよかったンだよ。まア、髪はそれでいいとしても、お化粧だけは念入りにやっておくれね。着物は、この春こしらえた縞のがあったね。銘仙だけど、あれが一番引き立っていいよ。帯は、少し古いけれど、あの花模様にするさ。足袋《たび》は、新しいのでないといけないよ……お琴や、マゴマゴしてないで、通りへ行って、姉さんの足袋を買っといで？」

お藤さんは、一人で騒いで、鏡子さんの支度にかかる。

鏡子さんは反対に、どうも気が沈む。鼻の頭に白粉をたたくのも、他所《よそ》行きの着物に着換えるのも、帯を締めるのも、一向身が入らない。でも、途中で止める訳に行かないから、時が進めば、自然、支度は出来上ってしまう。

「まア、綺麗になったね」

と、お藤さんが歎声をあげた時に、外で、

「ごめん下さい」

四

「もっと早く伺おうと、思ったンですがね、お婿さんにも、やッぱり、支度が要りますンでね、エッへへ」

と、長屋の婆さんは、遠慮のない大声をあげる。

お婿さんといわれて、急に顔を真ッ赤にして、モジモジと、敷居をまたぎかねているのは、越後屋米店の次男の次作君——今日は米の粉のついた仕事着は、一切ぬぎ捨てて、サッパリした縞物の着物に対《つい》の羽織、商人にはチト不似合いな、セルの袴《はかま》を一着に及んで、今朝理髪店へ行ったらしい頭が、テカテカと光っているから、まことに、見違えるような男振りである。

お藤さんは、手早く、鏡子さんを二畳へ押し込んでおいて、

「さア、どうぞ。ムサくるしい所でございますけれど……」

と、例の床の間なしのお座敷へ、案内をする。

指久も、今日は羽織を引っ掛けて、キチンと膝《ひざ》をそろえて、いつものムッツリにしては感心なほど、愛想を見せる。もっとも、それで漸く、人並みの顔付きになるんだが。

お茶が出て、おせんべいが出て、それから煙草盆が出た時に、長屋の婆さんは、

「お藤さん、そンなものは要りませんよ。お婿さんは、煙草をあがらないンですよ。エッへへ」

と、次作君の品行の宣伝に掛かる。指久がそれを聞いて、

「へえ、煙草をやらねえンですかい」

「ええ。煙草も、酒も」

と、次作君は、言葉少なに否定する。

「ほんとに、こンな堅人も、珍らしいもンですよ。この若さで、道楽の味一つ知らずに、店の者と一緒になって、働いておいでになるんですからね。盃《さかずき》なンか、指久さんの前だけれど、見るのもいやだそうですよ。エッヘヘ」

「それア、なんといっても、飲まねえに越したことはねえからね」

と、指久は、尤もらしいことをいった。自分が酒好きの癖に、矛盾してるようだが、婿となれば、禁酒家の方が、やはり安全と思うらしい。

（なかなか真面目そうな息子だ。少しボクネンジンかも知れねえが、お鏡のような内気な娘には、かえって相性がいいだろう）

指久は、さっきから、それとなしに次作君を観察していたが、腹の中で、すっかり悦んでいるのである。

だが、唐紙《からかみ》一重《ひとえ》の隣りの部屋は大変だ。二度目のお茶を、鏡子さんに持って出させるために、お藤さんが大骨を折ってる。

「さ、お鏡ちゃん、持って行くンだよ」

「いいえ、妾、見合いなンか、しなくてもいンです」

「そンなわからないことをいって……見合いというけれど、先方は、もうチャンと、あんたを見ちゃッてるンだよ。ただ、お鏡ちゃんにあの男《ひと》を見せようと思って、妾ア、わざわざお婆さんに頼んで、連れてきてもらったンだからね。見合いもしないで、縁談をきめたとなっちゃア、こっちの名折れだもの……だから、とにかく、このお茶をもって、お座敷へ出ておくれな」

と、耳へ口をつけて、コンコンと義母から説得されると、鏡子さんも、この上、我《が》を張るわけに行かなかった。

「ええ……」

そういって、覚悟をきめたものの、いざ唐紙を開けにかかると、手が渋る。気に染まぬ縁談ながらやはり、恥かしさに、胸が轟《とどろ》くのである。

五

次作君と鏡子さんの見合いは、目出度く済んだ。

お藤さんのいう通り、見合いといっても、次作君は彼女を見染めるくらいだから、もうトックリと見てるわけだが、鏡子さんの方は、本来なら、前後左右から、細大洩らさず、未来のお婿さんを観察する権利があったのである。

だが、鏡子さんは、せっかくお茶を持って出ても、すこしも次作君に、眼をくれなかった。

「どうだったえ?」

と、後で、お藤さんがニコニコ笑って、問いかけたが、

「ええ」

と、漠然たる返事をするほか、なかったのである。

「どうでえ、あれなら文句はあるめえ。男ッ振りだって、マンザラじゃねえし、お鏡にゃア、過ぎもんなくれえだぜ、ハッハ」

と、指久も、その日の晩酌は、機嫌がよかった。

鏡子さんは、浮かない顔で、返事をしなかった。

両親は、彼女のそうした態度を、内気な娘の羞《はじ》らいと考えたのは、当然のことであろう。「彼氏、とても気に入ったわ」なんて、いえる彼女でないことは、両親が一番よく知ってる。それに、どの点から見ても、非の打ちどころのない次作君を、ふだんから我がままをいわない鏡子さんが、イヤという理由がないではないか。

ところが、世の中は不思議なもので、鏡子さんは、その理由をもってるのである。いや、悦ちゃんと碌さんのことを、いうのではない。あの二人との関係を抜きにしても、鏡子さんは、その理由をもっているのである。

鏡子さんは、お茶をもって、次作さんと婆さんの前へおいてお辞儀をして、すぐ二畳へ戻ってきた。次作さんに、眼もくれなかったのは、さっきもいったとおりだ。それだのに、なんだかイヤな男だと、感じたのである。対手を見ないで、人物批評をするなんて、鏡子さんも、よほど早計である。食わないで、マズいといったり、打たれないのに、痛いといっては、理窟に合わない。しかし、いくら理窟に合わないといっても、感じたものは、仕方がない。これは理窟の外らしい。易者《えきしゃ》は、黙って坐ると、ピタリと当てる。

宮本武蔵は、闇中《あんちゅう》の白刃《はくじん》に、ヒラリと体をかわす――

（なんだか、イヤな人だわ。夢月さんが、やっぱり、こんな感じがしたわ）

鏡子さんは、ハッキリと、気持のよくない臭《にお》いを、次作さんから嗅《か》いだのである。猫みたいだと、笑うなかれ。説明のしようのない感覚は、臭いである。純真な処女が身を護る神経は、猫のように鋭敏になるのが、むしろ自然である。

（というのも、妾が、やっぱり、悦ちゃんや――それから、パパのことを、思い切れないためではないか知ら。次作さんていう人は、お父ッつぁんやおッ母《か》さんのいうとおり、とても立派な青年なのに、妾がそんな気持だから、悪く見えるのではないか知ら。もしそうだとしたら、たいへん済まないことだわ）

素直な鏡子さんは、そうも反省してみるのである。自分が結婚するしないは、措《お》いて、罪もない人に悪名《あくみよう》を被《き》せるようなことは、たとえ自分の胸の中だけでも、忍びがたいことに思うのである。

鏡子さんのもの想いは、千々《ちぢ》に乱れる。

それを知らないで、両親は、

「なア、お藤。見合いッてやつも、オツなもんだ。もう一度、おれ達もやりてえなア」

「バカおいいでないよ、お前さん」

六

夏のうちだと、七時に家を出る時には、もう汗が出るほど、強い陽射しだったのに、この頃は、雀の唄がやっと始まる早朝気分である。原町あたりの高台は、朝日に輝いているが、鏡子さんが露地奥から、電車道まで行く間の街路は、青い朝靄《あさもや》が漂《ただよ》ってる。どこの屋根も、瓦がビッショリ濡れて、まるで昨夜、一雨降ったようだが、やがてこれが薄霜と変るのも、後一と月とは持たないであろう。

鏡子さんは、いつものとおり、風呂敷包みを胸に抱えて、速足に歩いてゆく。こうやって、同じ時刻に同じ道を歩くのも、もう三年越しである。だから、まるで時計の歯車が動くように、無心に下駄を運ぶのが、習慣だったが、昨日今日は、そうも行かなくなってきた。

道筋の、越後屋米店の前を通るのが、気になるのである。といって、別な道を行こうとすれば、とんだ大回りをしなければならない。

果して、今朝も、厚子《あつし》の前垂れをかけた次作君は、セッセと、店の前を掃いている。こうして、朝早くから、骨身を惜しまず働くのだから、近所の評判になるのも、無理ではない。

「お早よう」

次作君は、箒《ほうき》の手を止めて、ニッコリ挨拶をする。夢月とちがって、両親の前で公明正大に紹介された青年なのだから、鏡子さんも、空を向いてスマすわけには行かない。

「お早ようございます」

「いい天気ですな」

「はア」

「朝は、寒いですな」

「ええ」

「来月は、お酉様《とりさま》ですな」

次作君は、ツカぬ事ばかりいって、会話の時間を延ばそうとするが、鏡子さんは開店の時刻が気になるばかりでなく、また、若い男と立話をするのが恥かしいばかりでなく、一刻も早く、この場を逃げ出したい気持がしてならないのである。

「あの、急ぎますから……」

「そうですか？」

次作君は、いかにも残念そうな顔をして、鏡子さんの後姿を見送っている。やがて、箒《ほうき》を捨てて、店の中へ入ったところを見ると、鏡子さんに逢うために、往来を掃いていたのかも知れない。

(毎朝、早くから働いてるくらいだから、あの人は、きっと努力家だわ。品行が良くて、商売熱心で分別のある、近頃珍らしい男だって、お父ッつぁんがいうのは、真実《ほんと》かも知れないわ)

と、鏡子さんは思う。

〝大銀座〟の女店員なぞは、誰も彼も、例外なしに、お嫁に行くなら、サラリー・マンだといっているが、鏡子さんは、決してそうではない。人間さえ確かなら、職人だろうが、豆腐屋さんだろうが、嫁《ゆ》く気がある。彼女は下町育ちのせいか、そんな事は苦にならない。況《いわ》んや、米屋の女房になるなんて、朝飯前みたいなものである。それに、次作君は、商業学校を出てる青年だ。お婿さんとしての次作君の人物、職業、経歴において、鏡子さんが文句をいう点は、一つもないのだ。それどころか、寧《むし》ろ彼女が理想に描いていた型《タイプ》のお婿さんなのだ。

（それだのに、妾は、どうしてあの人がイヤなのだろう）

鏡子さんは、それを、不思議に思うくらいなのである。

見合いの時に、口ではいえない不快な印象を受けたが、それが、毎朝、往来で逢う度に、濃くなってゆくのは、どうしたものだろうか。

七

指久は、始めから、娘の意志なぞを、問題にしていない。

お藤さんは、これ以上の縁談はある筈がないと考えてる。これだけ立派な婿が、形だけでも養子にきてくれるのだから、死んだ先妻への義理は、充分に果《はた》される——と、その方ばかり考えてるから、肝腎な鏡子さんに、なんとなく憂色《ゆうしょく》があるなんてことは、て

んで気がつかない。少くとも、あの見合いの後で、鏡子さんが、

「あンな人、断然、結婚しませんわ」

と、いわなかった以上、彼女は承知だと、思ってる。

鏡子さんとしても、この縁談に気の進まないことを、実の母なら知らず、お藤さんにはいい出せない。なぜといって、気が進まない理由を、ハッキリいえないからである。どうもあの男は、イヤな臭いがするなんて、理由にはならない。悦ちゃんへの愛着も、ただの我がままと思われるだけだろう。

（どうせ解ってもらえないなら、いわない方がいいわ）

と、彼女は考える。だが、この場合、黙っているということは、結局、承諾の徴《しる》しになるのである。

縁談は、どんどん進行した。

最早、長屋の洗濯婆さんの出る幕でなくなって、町会の顔役、キクヤ薬局の主人夫婦が、媒酌人として登場してきた。

「町内の模範青年と評判娘の婚礼だからね。わしも一肌脱《ひとはだぬ》ぐよ」

と、キクヤの主人も、すっかり乗気で、越後屋と指久の家を、往復するのである。式の日取りも下話で決めた十一月下旬とすれば、二十一日が吉日だというので、それに決定した。碌さんとカオルさんの結婚と同じ日である。

結納《ゆいのう》がきた。越後屋も旧式な家風《かふう》だから、結納台は、モノモノしく飾ってあった。

噂はすぐに、近所へひろがった。

「お鏡ちゃんと、越後屋の次男と、話がきまッたんだとさ」

「養子だってね」

「なアに、名前は池辺を名乗っても、この家へは入らないで、指ケ谷町へ、越後屋の分店を一軒持つンだそうだよ。もう、家まで借りてあるッて話だ」

「それア、指久さんとこも、うまい事をしたね。親爺が吞ンだくれでも、娘の心掛けがいいから、やッぱりそうなるンだね」

「婿の次作さんも、感心な男だからね。ほんとに、これが、似合いの夫婦ッていうンだろうよ」

口の悪い長屋の連中も、この縁談ばかりは、祝福を惜しまなかった。

すべては河の流れるような勢いで、進行した。今となっては、鏡子さんが、たとえ不服をいい出しても、効を奏するかどうか。

「お鏡ちゃん、いくら家が貧乏人でも、ちっとは着物も持って行かなくてはねえ」

お藤さんはそういって、この頃は、賃仕事は一切ことわり、鏡子さんのものばかり縫《ぬ》ってる。義母はどう無理な工面をつけるのか、出る度に、平常着なぞを買ってきて、セッセと縫っている。その姿を見ると、鏡子さんは、ツクヅク済まなくなって、不服をいうどころか、

（お義母さんを悦ばすためだけでも、妾は、次作さんのところへ嫁《ゆ》かなければならない

ンじゃないかしら）

とさえ、思うのである。

八

「もう、お店へ行くのは、止めたらどうだえ。でないと、いつまで経っても、島田に結えやしないからね」

と、お藤さんは、度々、そういってる。早く鏡子さんに、島田を結わせたくて仕様がないのだが、

「だって、お店へ出るのに、困るンですもの」

そういわれると、島田のデパート・ガールというのは、珍風景だから、無理もない事と思って、一日延ばしに延ばしてきたものの、婚礼の真際まで、義理ある娘を、働かせておいては、世間様に済まないと、お藤さんは、しきりに〝大銀座〟を退《ひ》くことを勧めるのである。

だが、鏡子としては、この頃は、店へ出ることが、唯一の慰めといっていい。家にいて、心に染まない婚礼準備を見せられるより、遥かに気が晴れる。だが、そればかりではない。店に出ていれば万一、悦ちゃんに逢ったら、悦ちゃんがパパにでも連れられて、買物に来ないとも限らない。もし、悦ちゃんに逢ったら、自分がどうしてもお嫁さんにならなければならないことを、一言でも、伝えておきたい。悦ちゃんさえ納得してくれるなら、それでもう

心残りはない。

(悦ちゃんは、どうして来ないのだろう。冬物のドレスだって、外套《がいとう》だって、もう要りそうなものだのに)

いくら、鏡子さんが、心待ちにしても、悦ちゃんも碌さんも、一向、姿を現わさなかった。悦ちゃんが、あれほど手紙を沢山書いてることを、彼女は知らない。まして、手紙の返事をくれないので、悦ちゃんが自分を怨んでるなんてことを、彼女は知る道理はない。なぜといって、あの投書事件以来、頑迷な指久は、柳悦子差出しの手紙を、飽くまで怪しいと睨んで、一切没収ときめちまったのである。次作さんとの縁談が始まって、指久は、平常に輪を掛けた、頑固親父となったのは、貧乏はしても、娘のシツケだけは自慢だという、例の負け惜しみからでもあろう。せめて、封でも切って、中の文章を読めば、悦ちゃんの切々たる気持がわかったかも知れないのに、名を見ただけで二つに裂いて、屑籠《くずかご》に叩き込むのだから、まことに手がつけられない。

鏡子さんの方では、悦ちゃんは手紙も呉れないし、お店へも来ないし、ことによったら、妾のことなぞ、もう忘れたんではないか、と思ったりする。そう考えると、彼女はとても寂しくなる。洋装の立派なマダムが、悦ちゃんくらいの子供を着飾らせて、買物にくる姿なぞを見ると、カオルさんと悦ちゃんの将来のように思われて、なおなお寂しくなってくる。自分は貧乏人の子だし、女学校も出ていないし、いくら悦ちゃんが好きでも、悦ちゃんのような子供の母親になる資格は、欠けてるのであるまいか。自分はやはり、下町の貧しい娘らしく、米屋のお内儀《かみ》さんにでもなるのが、生まれもった運命なのではあるまいか。

ある日、店から帰ってくると、鏡子さんはいった。

「妾、もうお店をやめようと思いますわ」

お藤さんは、大喜びで、

「そうかい。よくその気になってくれたね。妾は、お前さんがどうしても、いうことを聞いてくれないから、お父ッつぁんに頼んで、じかにお店から、暇をもらおうと思っていたンだよ。じゃア、明日はお湯に行って、髪を洗って、明後日から島田に結ったら、どうだい？」

「ええ、どうでも」

鏡子さんの返事は、落葉のように力がなかった。

風に舞う

一

「不幸は決して一人で訪れない」

そういう西洋の諺《ことわざ》がある。つまり、運の悪い時には、続々と、いやな事ばかり起きるという意味だ。日本だって、この理窟は変らないとみえて、いろは歌留多の〝な〟のところをご覧なさい。

「泣き面に蜂」

と、ある。

碌さんの近頃の状態なぞも、まさに、その一例であろう。カオルさんとの結婚式が、もう一月の間に迫っているのに、どうも彼女の様子が面白くない。以前には電話、速達の雨霰《あめあられ》で、毎日碌さんを呼び出しては、銀ブラだの、ドライヴだのと、騒いでいたのに、この頃では、こちらから訪ねて行っても、

「お嬢様は、お出ましになりました」

なぞと、玄関でいわれる事が、よくあるのである。

恋愛の決勝点《ゴール》である結婚式が近づいて、花嫁の気が抜けた形跡があったりしては、すこし心細い。

さすが呑気な碌さんも、これを気にしないでいられない。

(おかしいなア。とたんに、恥かしくなってきたのか知らん)

と、善意に解釈しようとするが、やはり腑に落ちないものが残る。だから、近頃、元気が冴えないのである。

それと、もう一つ、憂鬱の種がある。

カオルさんを知ってから、碌さんは春の蝶みたいに浮かれちまって、どうも仕事に手

がつかなかった。結婚すれば五万円という、サモしい安心が、心の隅に無かったともいえない。とにかく、職業をおろそかにした報《むく》いが、テキ面にこの頃顕《あら》われてきた。八月の支払いは、大林の姉の補助で、どうやら凌《しの》いできたが、それ以後は、まったく無収入である。家賃も諸払いも、ズッと溜め通しである。その上、結婚式が迫ってくれば、碌さんも買物がある。家屋や道具類は、一切日下部家で引受けるという話だが、お婿さんの制服たるモーニングだけは、この際、自腹で新調しなければならない。

そこで、先立つものは金、金、金——と、古来あまり珍らしくない愁嘆場《しゅうたんば》になる。

今日も碌さんは、腕を組んで、金策を考えていたが、すぐ頭に浮かぶアテといっては、いつか夢月に作曲を頼んだあの歌詞を、早く完成することだ。半分出来てるのだから、少し踏ン張ればいいのだ。

碌さんは、久し振りに机に向って、纏まらない頭を、無理に纏めて、どうやら一篇の歌詞を書きあげた。それを懐《ふとこ》ろにして、夢月のアパートを訪ねるために、家を出ようとした時、ふと気が変った。

（待てよ。これを夢月のところへ持ってって、それが会社に回って、金が手に入るのは、どうしても、二、三日かかるだろう。それに、金額だって、モーニングが買えるかどうか、知れたものじゃない。他の支払いも、この際、一挙に済ましてしまいたいのだが……）

と、慾を出した碌さんは、ここで、姉の鶴代さんが、いつかいった言葉を、思い出したのである。

鶴代さんが勝山で、カオルさんとの結婚を、しきりに勧めた末、

「ねえ、碌さん。もし今度の縁談が成立したら、お祝いに、家からも一万円ぐらい、出してあげようと思ってるのよ」

と、いったではないか。

鶴代さんも、なかなかチャッカリしてるから、約束をそのまま実行してくれるかどうかわからぬが、いくら何でも、十分の一は出してくれるだろう。

(早速、千円ばかり、前借と行こう!)

碌さんは、俄かに、喜色を呈した。

二

「ご無沙汰しました」

と、碌さんが、茶の間へ入ってゆくと、姉の鶴代さんは、格子火鉢の縁へ頬杖を突いて、なにか考え込んでいたが、

「まア、碌さん、如何《どう》したの。あんまり音沙汰がないから、今日あたり、こっちからたずねて行こうと思ってたのよ。あんたも、相変らず呑気ねえ」

と、愚弟をコキおろす態度が、いつもに輪を掛けてる。

「やア、済まンです」

「一体、如何したっていうの」

「べつに、どうという事もないのですが、経済的な理由やなンかでね」

「いえ、そンなことじゃないの」

「いや、昨今これに参っとるんです。姉さん、実はそれでうかがったンですが、いつか勝山で、結婚すれば、お祝いにお金を下さるって話でしたね」

「ええ、そういったわ」

「あれを、済まンですが、一割ばかり、前借りというわけに、行かンですか」

と、恐る恐る、碌さんは、話を持ち出してみた。

「それア、碌さんが日下部のお嬢さんと結婚してくれれば、約束の一万円は、義兄《にい》さんも、きっと出してあげるわ。だけど、結婚式の済まないうちは、百円も覚束《おぼつか》ないわよ」

「しかし、もう式の日取りまで定《き》まってるンだから、結婚したのも同様ですぜ」

「そうは行かないわ。契約だけで、まだ履行《りこう》はされていないンですもの」

「すると、お祝いッていうよりも、商取引の成功報酬みたいなものなンですな。嫌だなア」

さすがの碌さんも、ちょっとヘンな顔をする。

だが、鶴代さんは、少しもメゲず、

「碌さん、一体、あんた達、結婚するの？」

と、意外なことをいいだした。

「ええ、その積りですが……」

「ツモリだなんて、呑気ねえ。あんたがそんなに頼りないから、日下部家で妾達をバカにするのよ」

「ほウ、僕等をバカにしたですか」

「きまってるじゃないの。式まで一月もないというのに、まだ媒酌人《ばいしゃくにん》も決めなければ、式場の相談もしに来ないンですもの。腹が立つじゃないの」

「そういうもンですかな」

「腹が立つばかりでなく、妾、すこしオカしいと思うのよ。これには、なんか理由があると思うのよ。碌さん、なんか心当りはないの」

「一向、ないですな」

「ないことはないわよ。あんたが知らなくても、きっと何かあるのよ」

「そうかなア」

「呆《あき》れるわねえ、あんたのヌーボーにも。カオルさんに逢っていて、様子がわからないの」

「それが、この頃、あまり逢わンもんですからね」

「まア、喧嘩でもしたの？」

「いや、逢わないくらいだから、喧嘩のしようがありません」

鶴代さんは、弟の呑気さに、ジリジリするといった風に、

「シッカリして頂戴よ、碌さん。良人《うち》はこの頃会社に面白くない事があるとみえて、とてもクサクサして、妾に当り散らすのよ。なんでもそれが、日下部一家の株主と、関係がある事らしいの。早く碌さんの結婚が済んでくれればいいって、毎日のようにいってるのよ。妾、間に入って、板ばさみになって、とても苦しいわ。あんたもここでガンばって、是非、カオルさんと結婚してくれないと、妾が困るわ！」

三

姉にセキたてられて、碌さんも、そう悠長に構えてばかりもいられなくなった。姉の口吻《くちぶり》は、まるで彼女の良人のために、碌さんがカオルさんを貰わなければならぬように聞えるが、そんな事はどうでもいい。要するに早く結婚式を挙げたいという気持は、自分も義兄や姉も、変りのないことなのだから。

「そうですね。じゃア、すこし準備を急ぐように、僕からカオルさんに、催促してみましょう」

「是非、そうしてよ。破約なんて、そんなバカなことは、妾、絶対に考えないけれど、あンまり先方の気が長いから、妾もついイライラしてくるンだわ。ほんとに、こんないい縁談ッて、またとありゃしないと思うンだけれね」

それは、それに違いない。弟と良人と、両方に都合がいいのだから。

「碌さん、これは妾の老婆《ろうば》心《しん》だけれど、結婚前ッてものは、とても大切な期間なンだから、あんたもよく気をつけて頂戴ね」

「ええ、それアわかってます」

「つまらない事から、重大な騒ぎを起したりするものよ。キャフェだとか、お料理屋みたいなところへ、近寄らない方がいいわ」

「その点は、大丈夫。目下、ガソリンが切れとるですから」

「なるたけ、若い女性を避けるようにしてね。いつかの話のデパートの売子さんなんかと、交際《つきあ》っちゃ駄目よ」

「彼女は、あれきり、家へもやって来ません」

「それから、自分のことばかりでなく、許婚《フィアンセ》の心も、他に散らさないようにするのが、義務の一つだと思うわ。あんた達みたいに、この頃ちっとも逢わないなンて、とても、イケない事なのよ。男に誘惑があるように、女にも過失が起きないと、いえないンですからね」

「だって、婚約まできまっていれば、そうムラ気を起すこともないでしょう、殊に女は」

「そうも行かないわ。嫁入り前の女の心ッて、なかなか複雑なものよ」

「おやおや、驚いたなア。すると姉さんも、なんか経験があるですか」

「経験ってこともないけれど、良人《うち》との縁談《はなし》がきまってからでも、会社員より軍人の方がよかったか知ら——なんて思った事はあるわ」

「こう見えて、油断のできんシロモノですね」

「そうよ。だから、ウカウカしちゃ駄目よ。殊に、この頃のお嬢さんは、妾達の時代とちがって、頭が発達してるだけ、反《かえ》って危険よ。あんたも油断しないで、いつも接触を保っているようにしなければいけないわ」

「つまり、監視をするンですね。わかりました。だが、逢いたくても、たいがい、先方の都合が悪いンで、弱るですよ」

「そンなこといってるから、駄目よ。ドンドン、こっちから押しかけて行けばいいのよ。今日は、まだ早いから、カオルさんもきっと家にいるわよ。電話かけて、ご覧なさい」

「そうですね。では、お言葉に従って……」

碌さんは、内玄関の側の電話室へ、立って行った。
二、三分経って、ボンヤリした顔で、彼は茶の間へ戻ってきた。
「どうしたの？　家にいらッした？」

「ええ。でも、これから出掛けるところだというンです」

「なら、ご一緒にお供しましょうッていえば、いいじゃないの」

「ええ、でも、女子大のクラス会へ行くンだそうです」

四

予期した金は借りられず、碌さんは、元気のない顔つきで、姉の家を出た。

「キョウダイは、他人の始まりか」

碌さんは、大林邸の立派な石の門柱《もんちゅう》を見返って、そうつぶやいた。

碌さんは頭が古いから、そんなことを考える。同じ腹から出たという理由で、生涯喜びと悲しみを頒《わか》ち合ったのは、前世紀までの話である。現代では、ウカウカ弟や妹の救助なぞをすると、自分の存在が危くなる。そこで、知らぬ顔の半兵衛兄さんや、半子姉さんが、世の中に充満する。鶴代さんのような姉は、ちっとも珍らしくない。少くとも、自分の子供に保険をかけて、毒薬を服《の》ませる親なぞに較べると、甚だ感謝すべき姉といえるだろう。

（さて、どうしようかな、金の工面《くめん》は……）

歩きながら、碌さんは、しきりに思案したが、さし当って、細野夢月のところ以外に、アテがないのである。書きあげた詞稿《しこう》は、ポケットにあるのだし、気は進まないながらも、第二の金策に足を向けるより仕方なかった。

麻布から江戸川まで、碌さんは、市電を利用した。七銭では恐縮するほど、道程があるが、碌さんは遠慮しないで、乗せてもらった。円タクのギザ一枚も、倹約しなければならぬ状態だからである。

大曲《おおまがり》の近所の横通りを入った大アパートに、夢月は住んでいる。碌さんは、今まで度々来たことがあるので、案内知った一号館の三階へ、ドンドン上って行った。

「やア、君か」

碌さんがノックすると、細目にドアをあけて、外をのぞいた夢月は、あまり歓迎の意を表わさない挨拶をした。

「どうも、しばらく……つい、ご無沙汰しちゃいまして」

碌さんは、金策という弱身があるから、つい、ペコペコする。

「まア、掛け給え」

夢月は、ニコリともしないで、あごで椅子を示した。

この大アパートは、大部分、キルク床に畳表を敷いた日本間だが、夢月の借りてるような純西洋間も、多少はある。夢月は独身のくせに、贅沢にも、副室のついた広い部屋を占領している。作曲家に必要なピアノがおいてあるせいもあるが、モダン好みの豪華なセットが、アパートというよりも、応接間の印象を与える。

「この頃、会社のクラブへもちっとも、顔を出さないんですが、景気はどうです」

「うん」

夢月は、返事らしい返事をしない。

「片鍋アマ子嬢のお詫びは、かなったですか。新聞でも、ずいぶん騒ぎましたな」

「ああ」

夢月の調子は、相変らずである。

碌さんは、とりつく島がなかったが、勇気を出して、用件にかかった。

「いつかお話しした歌詞のことなンですがね」

「なんだッけね。僕はよく覚えてないが……」

「いや、この夏、会社のクラブでお話しした、ジャズ小唄なンですがね。あれを、この間うちから馬力をかけて」と碌さんは少しばかりウソをついて、「やっと、今朝書きあげたンですよ。また、君の手で作曲してくれませんか。夢月氏の作曲なら、会社は必ずO・Kだし、印税《ローヤルティ》もきっと多いんですからね。実は、いま、金の必要を生じて、弱ッとるです……」

　碌さんは、せいぜい、対手をモチ上げて、そういった。

いつもの夢月なら「いいとも、そこへ置いとき給え」と、気軽に引受けるのに、今日は、意地悪い口調で、

「歌詞を見た上のことだね」

と、いって、軽蔑するように、碌さんを眺めた。

五

パパ・ママ・ソング

教えてよ、パパ
教えてよ、ママ
パパとママと
ママとパパと

どっちがさきに
いったのよ
パパはママが、好きだッて
ママはパパに、愛してッて
教えてよ、ママ
教えてよ、パパ
ママとパパと
パパとママと
どっちがさきに
打ったのよ
ママがパパを、ピシャリと
パパがママを、ポカリと

夢月は碌さんの詞稿を、声を出して、読み終った。

「フン」

そういって彼は、テーブルへ折った原稿用紙を投げだし、顔をしかめて、タバコに火をつけた。

「どうです、調子は？　悪いところは、いくらでも直しますが」

と、碌さんは、心配そうに、顔をのぞく。

「その必要はないだろう」

「すると、このままで、O・Kですか」

と、ホッと安心すると、

「いや、このままで持って帰り給えというンだ」

「おやッ」

「なアんだい、君、これア一体？」

と、夢月は毛虫をツマむように、原稿用紙をツマみ上げて、

「ジャズ・ソングだなんていいながら、まるで、童謡に毛の生えたようなものじゃないか。童謡なら童謡で、使い道もあるが……」

「でも、明朗な調子のなかに、多少、エロとナンセンスを盛ったつもりなンですがなア」

「全然、失敗だね。こんなものを作曲すると、細野夢月《ほそのむげつ》の名にかかわるよ」

夢月は、傲然《ごうぜん》と、煙草のけむりを吹いた。なるほど夢月は、流行作曲家に相違ないが、すこし言葉が過ぎるようだ。碌さんもいささかムッとしたが、腹を立てると、金策がフイになると思って、

「ねえ、夢月君。そういわないで、今度だけは、譜をつけてくれませんか。さっきもいったけれど、どうしても金がいるンでね。実は、例の日下部カオルさんとの結婚が、追

追迫って来るのに、弱ッとるですよ。モーニングをつくる金も無いンでね」

「フフン」と、夢月は鼻の先きで嗤《わら》って、「君、ミス・日下部と結婚するつもりかね？」

「ええ。なぜですか」

「お目出たいよ」

「ありがとう」

「いや、君という人間がだよ、ヘッヘ」

と、夢月は、意味ありげに、笑った。

碌さんは、そんな事には気がつかないで、

「そンなわけだから、夢月君、是非引受けてくれませんか」

「折角だが、キッパリおことわりするね」

「そういわずに」

「碌さん、一体君は、僕にそンな事を頼めた義理と、思うのかね」

夢月は、ジッと、碌さんをにらめた。

（鏡子さんを横取りして、僕に赤恥をかかせたくせに、その恨みを忘れたのか！）

これが、夢月の腹なのだが、身に覚えのない碌さんには、一向通じない。

「え？」

と、きき返そうとした時に、扉《ドア》にノックの音が聞えた。

六

ノックの音は、軽かった。アパート回りの御用聞きなら、こんな叩き方をしない。ドスンドスンと、叩く。

「はい《ヒャア》！」

夢月の返事も、これに負けず、ハイカラだ。英語を使う。高級アパートの仁義は、ちがったものである。

ガチャリと、金具が動いて、扉《ドア》が開かれると、葡萄酒色のアンサンブルを着て、黒貂《セーブル》の毛皮に深々と顎を埋ずめ、同じく黒の、ドラ焼みたいな帽子を、横ッちょに冠り、見るからに日本人放れのした洋装の立姿――日下部カオルさんが、現われたのである。

「やア、入らッしゃい」

夢月の声が、俄然、愛想よくなる。

「夕方のお約束だったけれど、すこし早く来たの。いいでしょう?」

と、彼女はツカツカと、部屋の中へ歩み入ったが、ふと、椅子に腰かけてる碌さんの姿を認めた。

「あらッ」

これは面食らうのも、無理はない。さっき碌さんから電話がかかった時に、今日はこれからクラス会へ出かけると、ハッキリいって断ったのだから。

「とんだクラス会でしたな」

と、普通の男なら、ここで一本、お面とゆくところだが、碌さんは腑甲斐なくも、お辞儀をするのである。

「今日は」

「今日は。急に、都合が変って、細野さんのお宅へ来ちまったの。悪く思わないでね」

あんまり、よくは思えない。

碌さんは、この前、音楽会の時から、カオルさんが夢月と親しくなった事を、知らないのではなく、二人が多摩川を散歩していたことを、悦ちゃんから聞けば、勿論いい気持はしなかったが、まさか、カオルさんが自分を欺いて夢月の私室を訪ねるほど、彼等の仲が進行していようとは、思わなかったのである。いやしくも自分と彼女は、結婚式の日取りまで決定した、婚約同士だ。カオルさんのような、教養のある女が、不埒《ふらち》な真似をする筈がない。また、夢月には、あれほど血道を上げた鏡子さんというものがある。いくら夢月が多情でも、二人の女に、同時に恋はできまい――と、そこは人の好い碌さんは、今まで、安心し切っていたのである。

だが、今日の様子は、さすがの碌さんの気持を、根底からグラつかせることばかりではないか。

「細野さん。この間の作品、もうお出来になって？」

「ええ。ほとんど、完成しかけました。流行唄の作曲なぞと違って、苦心もしましたが、とても愉快でしたよ。あなたのインスピレーションによって生まれた作品ですから、題名も〝薫《かお》る園の幻想〟としたことをお許し下さい」

「まア、嬉しい。妾、とても光栄に思いますわ。それで発表会はいつ頃になる予定ですの」

「この月の中旬になりましょう。まず先きに、関西で、試験的に、発表会をやってみるつもりです。充分に演奏が練れた時に、東京で、本式に発表会をやる方が、安全ですからね」

「それはそうね。でも妾、関西の発表会の時のこと、是非、聴きたいわ」

「僕も、最初の演奏を、あなたに聴いて頂かなければ、意味ないと思っています。なんなら、僕と一緒の汽車で入らッしゃいませんか。高雄あたりの紅葉も、今がちょうど見頃ですぞ」

「ええ。きっと連れてッて頂戴」

碌さんを閑却《かんきやく》して、カオルさんは、夢月とばかり話をする。しかも、話の内容は、婚約のある令嬢のいうこととも、覚えないのだ。

七

「カオルさん！」

と、温和《おとな》しい碌さんも、一言、口を挿《はさ》まずに、居られなくなった。

「なアに？」

やっと、首をこちらに向けたカオルさんは、明らかに、不満の色がある。

「あなたは、ほんとに、夢月君と、旅行なさるつもりなンですか」

「ええ、そうよ、いけない？」

「今月の中旬というお話でしたね」

「そう」

「二十一日に、何があるか。お忘れンなったんですか」

碌さんは、ここぞと、大きな釘を打ち込んだ気だった。

「二十一日ッていうと、K・Mのラグビイの日だったか知ら」

あきれたお嬢さんが、あったものである。自分の結婚式の日を、忘れている。

「カオルさん。すこし、真面目になって下さい。今日僕は、姉からもいわれてきたのです。日が迫ってきたから、早く準備を進めるようにして頂けッて……」

「あなた、何時頃、お姉様にお会いになったの？」

カオルさんが、突然、逆に質問した。

「お昼頃でした」

「だからだわ。一時頃には、家の母様が、大林さんのお宅へ伺った筈よ。その事について、お拒絶《ことわ》りに……」

「その事についてッて、結婚のことですか」

「ええ、そうよ」

カオルさんは、さすがに、真面目な顔になって、いった。

「えッ」

碌さんの驚きは、耳もとで、鉄砲を打たれたようなものである。

「なぜです？　どういう理由です」

碌さんは、思わず、立ち上った。

カオルさんは、冷やかな一瞥《いちべつ》を、碌さんに与えてから、

「それを妾にお聞きになる必要は、ないと思うわ。むしろ、あなた自身の胸にお聞きになった方が、早いと思うわ」

「わからンです。全然、意味がわからンです。ハッキリ、理由を仰有って下さい」

碌さんは、喘《あえ》ぐようにしていった。

「いえと仰有るなら、いわないこともないけど、そういう問題に今更触れるのは、結局、妾自身を侮辱することになるから、やめるわ」

カオルさんの態度は、いよいよ冷静である。

碌さんは、反対に、ますます逆上《のぼ》せてくる。

「いって下さらなければ、わからンじゃありませんか」

すると、その時まで、だまって微笑していた夢月が、

「それは、碌さん、止し給え。カオルさんのような、高い趣味をもってる令嬢に、第一、

失礼な註文だよ。その代り、僕がいおうじゃないか」

「君が？　聞こう」

と、碌さんは、夢月と向い合った。

「カオルさんは、結婚解消の充分な理由をもっていられるンだ。君は、既にほかに婚約した女があるそうじゃないか」

「えッ」と、碌さんは、眼を丸くして、「誰ですか、その女というのは？」

「とぼけちゃいけない。〝大銀座〟のデパート・ガールの池辺鏡子さんさ。カオルさんは、彼女を君の家で発見して、不審に思ったところへ、俄然、君と婚約のある事実がわかったのだから、腹を立てられたのも、無理はあるまい？」

「一体、誰が僕と彼女と、婚約があるなンていったんだ」

「本人だよ、鏡子さんだよ。ハッハ。これほど確かなことはないじゃないか」

八

電車道を川沿いに、首をたれた碌さんが、トボトボ歩いてゆく。

電車は線路を走るからいいが、トラックが通る。自転車が通る。みんな碌さんを、突き飛ばしそうに、通り抜けて行くから、あぶなくて仕様がない。

だが、碌さんは、それも知らぬ気である。

汚い、黒い水が、かなりの速力で、流れてゆく。碌さんの頭の中も、それに劣らず、濁って、渦巻いている。

(ひどい、ひどい！　あンまりだ！)

カオルさんと夢月の顔が、やきつくように、眼に浮かぶ。

鏡子さんと婚約なんて、まるで身に覚えのないことだから、碌さんは勿論、大いに弁解した。しかし、カオルさんは、てんで耳に入れようとしないのである。そうして碌さんを、重婚を企てた不届きな人間のように、面罵するのである。碌さんが、必死になって、事実無根を力説すればするほど、彼女は碌さんを嘘つきと思うらしい。その上、夢月が側で、余計な口をだす。彼はイヤに弁舌爽やかな男だのに、碌さんは生まれつき口不調法である。理窟攻めにされると、碌さんは吃《ども》るばかりで、返答も満足にできなくなる。

「鏡子さんを、ア、愛したのは、キ、君じゃないか」

と、碌さんはいわないのではなかったが、そのセキこんだ様子が、カオルさんの眼には、罪を他人にぬる卑劣漢と映るのだから、是非もない。

「たとえ、その事実がないにしても」と、しまいに、彼女は、こういった。「妾はやっぱり、あなたとの婚約を、取消したかも知れなくてよ。なぜなら、妾、細野さんの芸術や人格に、たいへんな尊敬と愛を感じてきたンですもの」

近代の女性は、こういうことを、平気で口にする。心境の変化は、隠さない方がいい事になってる。ニキビや恋愛は、場所だの義理だのを、関《かかわ》ってはいられないというので。

だが、そうまでいわれれば、碌さんも男らしく――少くとも表面上は男らしく、

「そうですか。では僕は失礼します」

と、帰って来ないわけに、行かなかったのである。

しかし、碌さんは決して、男らしい男ではなかった。どっちかというと、ごく意気地のない、未練の多い男なのである。つまり、世間に珍らしくない男なのである。

(ひどい、ひどい！　あんまりだ)

だから、さっきから、頭の中で、そう繰り返している。

河の流れに引張られるように、碌さんは、半ば無意識で、飯田橋まできてしまった。

晩秋の日は、釣瓶《つるべ》落しである。いつか街の灯が、冷たい花のように、輝き出している。

「むッ。このままじゃア、家へ帰られん！」

碌さんは、往来の人がビックリするような、独言を叫んだと思うと、街角の大衆バーの扉をあけて飛び込んだ。

「らッしゃい。お酒ですか」

「ウン、酒だ。二、三本、持ってこいッ」

少年のボーイさんが、驚いた顔をした。

細長いテーブルに、肘をついて、碌さんは立て続けに、熱燗《あつかん》を腹へ注ぎ込んだ。

(ひどい、ひどい！　あンまりだ)

そう思っては、碌さんはグイと盃を乾すのである。懐中の一円五十三銭を、みんな飲

んでしまう積りらしい。

その晩、泥のように酔った碌さんが、もう悦ちゃんの寝てしまった中野の家の戸を叩いた。

九

碌さんは、毎晩、酒ばかり飲んで、帰ってくる。

「また、お酒飲ンできたわよ！」

翌朝、悦ちゃんは、そういって、舌打ちする。悦ちゃんが寝てから帰ってくるので、酔っ払った姿は知らないが、部屋の中に、プーンと樽柿のような臭いが籠《こも》っているので、すぐわかってしまう。碌さんは金がないので、ヤキトリ屋の泡盛《あわもり》を呷《あお》ってくるせいか、あとの臭気がとても猛烈だ。

こう臭くては、やりきれないから、パパに文句をいってやろうと思って、枕もとまで出かけるが、枕を外《はず》して、アングリ口を開けて、弱い鼾《いびき》をかいて眠っている顔が、なんだか泣きベソをしてるように見える。いつものパパの寝顔と、ちがうようだ。

（パパ、病気なのかしら）

そんな心配まで起ってくるので、つい、文句をいうのも忘れて立ってると、

「お嬢さん、もうお時間ですよ」

と、婆やが、催促する。そこで、ランドを背負って、学校へ出かけるが、悦ちゃんは

この頃、パパのことが気になってならないのである。

実際、碌さんは、病人のようになった。まるで、芝居に出てくる法界坊のような、顔をしている。碌さんは、ヒゲも剃らないし、頭も洗わないからだ。女に嫌われて、そんな反応を起すなんて、よっぽど時代遅れの人物である。失恋したら、満洲へ行くとか、高利貸を始めるとか、いくらもテはあるのに、徒《いたず》らにヤキトリを食って、泡盛《あわもり》を飲んでばかりいる。

それぱかりか、

(あれは、カオルさんの本心だろうか。夢月の策略に乗せられたためではないか)

とか、

(誤解だ、誤解だ。鏡子さんとの婚約なんて、全然デマなのだから、話せばわかるのだ。夢月のいないところで、カオルさんに会って、誤解を解けばいいのだ)

なぞと、まだ未練なことを考えてる。

むしろ碌さんは、カオルさんに背を向けられてから、一層、彼女を慕うような傾きが見える。勝山の夏の海を背景にしたカオルさん、銀座の鋪道《ほどう》のカオルさん——さまざまのカオルさんの顔が、灼《や》きつくようにアリアリと、眼に浮かんで、もう再び逢えないと思えば、居ても立ってもいられない気持がする。

そこへもってきて、姉の鶴代さんから、手紙がきた。

「日下部家から、突然、縁談を取消してくれと、申込んできた。理由を訊いたら、碌さんに不行跡があるという。もしそれが事実なら、碌さんは見下げ果てた弟で、妾の面目を潰すばかりでなく、義兄さんの事業を、とり返しのつかぬ羽目に導くことになるのだから、もう生涯、姉弟の縁を切るつもりである。今後、一切、大林家へ出入りしないでもらいたい。しかし、もし事実が誤っているなら、直ちにカオルさんの誤解をとく最上の方法を講じて、あの縁談のヨリを戻すように頼む。義兄さんは青くなって、心配している。成功報酬の一万円は必ず支払うから、全力をあげて努力してくれ、くれぐれも伝言である」

二間もある長い巻紙に、水茎《みずくき》の跡も乱れがちな文面は、約《つづ》まるところ、そういう意味であった。一寸読むとモットモらしい姉の手紙で、よく読むと、これほど姉らしくない、薄情な手紙はないが、碌さんはそれも感じないほど、頭が混乱している。

（そうだ。姉のためにも、カオルさんの飜意《ほんい》を促す必要がある）

碌さんはそう思って、もう一度カオルさんに逢う、決心をしたのである。

一〇

その朝、碌さんは近頃にない、早起きをした。

「パパ、今朝は感心だね」

悦ちゃんは、碌さんが縁側で顔を洗ってる側へ行って、肩を叩いた。早起きに、感心したばかりではない。昨夜、ヤキトリ屋へ行かなかったので、今朝はちっとも臭くないパパなのである。

ほんとに久し振りで、二人は、一緒に朝飯を食べた。

悦ちゃんは、とても大喜びである。その上、パパは、

「悦ちゃん。学校の途中まで、送ってッてやろう」

とさえ、いうのである。

「うれしいッと。パパ、散歩に行くの？」

「いや、朝早く、ご用があるンだ」

なんでもいい。パパが早起きするほど元気になって、自分と一緒に、家を出るなんて、素晴らしいことだ。お隣りのタミ子さんは、よく、会社へ行くパパと、途中まで付いてゆく。ちょいと羨《うらや》ましかったが、今日は、自分の番になった。

「寒くなったなア、悦ちゃん。毎朝、こんなに寒いのかい？」

と、碌さんは、白い息を吐いて、驚いている。

「あたりまえさ。だけど、速く歩けば、ちっとも寒かないンだぜ」

「でも、風邪をひかないように、気をつけろよ、悦ちゃん」

碌さんは、久し振りで、親らしいことをいう気持になった。

角の明地のところへくると、学校へ行く悦ちゃんは左、バス通りへ出る碌さんは右に、別れなければならない。

「行ってらッしゃい、パパ」

悦ちゃんは、元気に挨拶して、ズンズン歩いて行った。碌さんは、暫らく、その後姿

を見送っていた。冬近い朝靄が、金色の陽の縞を浮かべた中を、ランドを背負った小さな姿が、次第に遠くなってゆく。それがいいようもなく、寂しく、傷《いた》ましい……。

「バカな。晩になれば、会えるのに、まるで生き別れをするみたいだ」

と、碌さんは、我れに帰って、苦笑した。そうして、急に速足で、バス通りへいそいだ。

新宿で省線に乗替えて、山の手線の目黒で降りた時には、プラット・フォームの時計が、九時を指していた。

（カオルさんも、寝坊だから、今頃やっと起きて、バスでも浴びてるかな。とにかく、家にいてくれさえすれば、会って話ができる。話ができさえすれば、出鱈目なデマは、きっと解消するにちがいない）

碌さんは、自分に都合のいい三段論法を考えて、駅の南側の三田台へ、歩きだした。郊外住宅地といっても、ここあたりは、市内にも珍らしい堂々たる邸宅ばかりである。広い鋪装道路《ほそうどうろ》は人影もないほど静かで、その両側に住む人は、軒並みに自家用車を持っていそうである。

碌さんは、約一カ月振りで、日下部《くさかべ》家の門を潜った。門から半丁ほどもある玄関へかかると、今更のように過去の憶い出が懐かしく、碌さんは胸の轟《とどろ》きを感じながら、ベルを押した。

顔馴染みの書生が、現われた。

「カオルさんに、ちょっと、お目にかかりたいです」

「お嬢様は、今朝ほど、お出かけになりました」

「おや、こんなに早く?」

「ええ。けさの〝ツバメ〟で、細野夢月さんと、お立ちになりました。二、三日、京都ホテルに御滞在の筈です」

それを聞いて、碌さんはガンと頭を殴られたような気がした。全身の血が沸き返るような気持で、彼は、心に叫んだ。

(よし! おれも京都へ行く!)

置手紙

一

鏡子さんは、三年間勤めた大銀座百貨店を、ついにやめた。やめたというより、お藤さんの催促にたえ兼ねて、やめざるをえなくなったのである。

店をやめたら、とたんに、島田に結った。これも、結わざるをえなくなったのである。

全て、せざるをえなかった結果だのに、近所の人達は、囃《はや》さざるを得ないといった調子で、

「まア、お鏡ちゃん、よく似合うね。〝花嫁問答〟の白百合姫子ソックリだよ」

「お暮れがすんだらお正月ではなくて、お店をやめたらご婚礼かい、お鏡ちゃん」

などと、ウカウカ共用栓の側も、通れない始末である。こういう揶揄《ひやかし》も、心に染んだ結婚だったら恥かしくもまたうれしかりける次第であるが、鏡子さんには、顔を逆撫ぜにされるように、不愉快なのである。

　米屋の次作さんなる人物が、婚礼が近づくに従って、いよいよ好きになれぬとは、困ったことである。町内の模範青年で、お花チャンやお春チャンの憧憬《あこがれ》の的になってる彼氏を、今では、この上嫌いになれそうもないところまで、嫌っているのである。こんな、贅沢な沙汰はない。それは知っているから、鏡子さんも、今日まで虫を殺して、両親の命令に従ってきたのであるが、今度は虫の方で承知しなくなった。虫とは、つまり、本能のことであろう。虫《インセクト》に本能《インスチンクト》――英語でもこの字は似てるというが、鏡子さんの処女の本能が、どうあっても、次作さんを弾劾《だんがい》するのである。名を聞いただけで、胸がムカムカしてくるというのは、なにか不思議な感覚でも働くのであろうか。

（お義母《つか》さんには、済まないけれど……）

鏡子さんは、この頃、もの想いに沈むと、きっとこういうことを考える。この縁談ばかりは、どうしてもいやだ。ことわるにしてはもう既に時遅いというなら、いっそ自分が家を出てしまおうか。

（お義母さんには済まないけれど、妾がそうすれば、結局、みんなの幸福になるのじゃあるまいか。次作さんも、良人を嫌う妻をもって幸福なわけがない。そういう気持でとついでは、次作さんに申訳のないことだ。また、妾がこの家を去れば、お琴が大きくなって家を継ぐことになり、義理だとか、世間だとかいう厄介もなくなって、親子三人水入らずに、暮して行けるではないか）

そういうことまで、鏡子さんは考えるようになった。お藤さんがあれほど鏡子さんに尽すのが、善い意味の継母気質とすれば、鏡子さんがこう考えるのも、畢竟《ひっきょう》、善意の継子根性といえるかも知れない。

「お義母さん、明日はお店へ行って来なければなりませんわ」

「そうだね。お父さんも、そういっていたよ」

と、二人は、寝る前に、話し合った。

〝大銀座〟から手紙で、鏡子さんが今月働いた十日分の日給八円、それに退職金五十円を、人事課へ出頭して受取れと、通知がきているのである。三年も勤めて、なんと蚊の涙のような手当だが、世に少きもの、シュウマイの肉にデパート・ガールの収入と、相場がきまってるから仕方がない。

その晩、鏡子さんは、押入れの中の自分の支那カバンなぞを、遅くまで、ゴトゴト整理していた。

「もういい加減に、寝たらどうだ」

と、年末を控えて夜鍋仕事をしてる指久が、声をかけた。

「ええ、もう済みました」

そういって、鏡子さんは、支那カバンの中へ一通の手紙を入れて、バタンとふたをした。

二

昨夜、鏡子さんが支那カバンの中へ、ソッと手紙を入れたことは、前に書いた通りだが、これに似た話が、悦ちゃんの家にも、起っていたのである。

悦ちゃん。

パパはしばらくおルスをするが、かんべんしておくれ。

パパより

たったこれだけの文句が、鉛筆で原稿用紙へ、乱暴に書いてあった。それが悦ちゃんのお机の上にヒラヒラと、隙間風に、動いているのである。

悦ちゃんは、あの日、パパが学校の途中まで、送ってきてくれたので、とてもうれしくて、今夜は一緒にご飯を食べるのだと、勇んで家へ帰ってきたのである。すると、そんな置手紙が、机の上にあったのである。

「婆や、パパ一体、どうしたの？」

悦ちゃんは、半分ベソをかいて、聞いた。

「どうしたも、こうしたも、あれアしません。婆やは、ほんとに、呆《あき》れちまいましたよ」

と、婆やは、憤激に堪えざる様子である。

彼女の話によると、碌さんは、悦ちゃんと一緒に家を出てから、二時間とはたたないうちに、血相を変えて、帰ってきた。

「婆や、急に、旅行しなくちゃならん。留守をたのむよ」

と、いって、アタフタと、大きな風呂敷包みを、こしらえ始めた。旅支度かと思うと、そうでない。箪笥《たんす》の引出しを、ひっくり返して、夏物の着物や洋服を全部と、本棚にあった目星しい書籍などを、一包みにして、それを婆やに背負えという。そうして二人は、家を出たが、

「お嬢さん、あきれるじゃありませんか。パパさんは、桶屋横丁の七つ屋へ行くンですよ」

「七つ屋ッてなによ」

「一六銀行ですよ」

「知らないわ、そンな銀行」

「知らない方が、よござンすね。妾ア、いい恥をかいちまいましたよ。パパさんはお金を受取ると、すぐ円タクを呼んで、東京駅へ行っちまいましたがね。なぜ、あの時十円ぐらい頂いておかなかったのかと、今になって、後悔してますよ。お米が切れかかッて

る上に、通帳《かよい》はとうから止まっちゃってるンですからね。妾ア、ほんとに困っちまいますよ」

と、婆やはしきりに、悦ちゃんにわからぬ愚痴を、列《なら》べるのである。

すべてわからない事だらけだが、パパが自分をおいて、何処かへ行ってしまったことだけは、わかり過ぎるほどわかる。

(困るなア、パパは)

そう思って、悦ちゃんは、溜息をつく。

その晩のさびしさッたら、なかった。いつもパパが遅く帰る時とまるで違うのである。今夜は帰って来ないと、ハッキリわかってるのである。悦ちゃんは、また鼠の騒ぐ音を聞いて、何度、寝床へもぐったか知れない。

二日たっても、三日たっても、碌さんは家へ帰って来なかった。

婆やは婆やで、悦ちゃんとちがった心配や苦労の種がある。やがて、苦しい挙句の智《ち》慧《え》を出して、麻布の大林へ、電話をかけてみたのである。

婆やは、プリプリして、公衆電話から、かえってきた。

「ほんとに、なんて、薄情な伯母さんなんでしょうね。碌太郎の家の事は、もう此方では構いつけないからと、おっしゃるンですよ」

だが、婆やは雇人である。帰りたければ、いつでも帰れる。悦ちゃんは、残された唯一人の主人である。心細さの点で、婆やとは較《くら》べものにならない。

三

十銭、二十銭、三十銭……それから、五銭玉が一つに、銅貨が二枚ある。

合計、三十七銭だ。

悦ちゃんは、さっきから、ベティさんの顔のかいてある蟇口《がまぐち》を、逆さに振って、在中のお金を、調べている。何度調べても、三十七銭より殖《ふ》えてこない。これは、悦ちゃんの小遣の残額である。ことによったら、柳家の現金現在高の総額であるかも知れない。

だが、悦ちゃんは、このお金を婆やに渡して、お米代の足しにしようなぞと、思ってるのではない。中野から銀座までのバス代に、足りるかどうかと考えているのである。

(鏡子お姉さんを、探して来よう！)

悦ちゃんは、こう決心したのである。

いくら手紙を出しても、お返事をくれない。もうあのお姉さんは、自分のことは、忘れちまったのかも知れない。しかし、パパはいなくなったし、大林の伯母さまは見向きもしてくれない今日では、広い大東京の中で、悦ちゃんの頼みとする人間は、鏡子さん以外にないのである。

(あんなに優しいお姉さんだったンだもの。会って、お頼みさえすれば、きっとあたしのことを思い出して、また可愛がって下さるかも知れないわ)

悦ちゃんは、固くそう信じてる。どうしても鏡子さんに会って、目下の苦境を訴えねばならない。そこで、思い切って、一人でバスに乗って〝大銀座〟をたずねようと、決心したのである。

「婆や、原ッぱで遊んでくるわ」

真実《ほんと》のことをいうと、婆やにきっと止められるから、悦ちゃんは嘘をついて、家を出た。だが、グングン歩いて、バスの走る大通りまで出ると、急に、なんだか心細くなってしまった。

それは、そうだろう。悦ちゃんは、銀座へ何度も遊びに行ったが、いつもパパと一緒だ。一人では銀座はおろか、新宿までも行ったことがない。だが、そんなことをいってる時ではない。どうしても、鏡子姉さんに会わねばならないのだ。

悦ちゃんは、勇を鼓《こ》して、築地行きのバスに、乗り込んだ。

（銀座まで、十五銭だわ。やっぱり、あたしの思った通りだわ。行きと帰りで三十銭……大丈夫足りるわ。シメ、シメ！）

悦ちゃんは、賃金表を眺めて、まず安心した。

そのうち、車掌さんが、切符を切りにきた。悦ちゃんは、生まれて始めて、ひとりで切符を買うのだから、すこし恥かしくもあったが、また、得意でないこともなかった。

「銀座まで、一枚」

そういおうと思って、オーバーのポケットの蟇口をさぐると、どうしたものか、影も形もない。洋服のポケットも調べてみたが、やっぱりない。家を出る時、駆けだしたから、あの時、落したのかしら！

（サア、大変だ）

悦ちゃんは、俄かに、あわてだした。お金がなくて、バスから降ろされたら、どうしよう。どうしても、銀座まで行かなければならないのに。

悦ちゃんは、必死になって、智慧をしぼった。そうだ、あのテをやるより仕方がない！碌さんは、悦ちゃんが二年生になるまでは、バスで切符を買わなかった。どうもタチのよくないパパである。

「銀座四丁目でございます」

車掌さんが、いった。ソラッと、悦ちゃんはできるだけ体を縮めて、どこかの奥さまのコートの袂《たもと》につかまりながら、ステップを下りた。

（うまく行った！）

車掌さんは、何ともいわない。

四

蟇口を落した悦ちゃんは、苦肉の計略を用いて、目的地でバスを降りたけれど、あのテが、帰りにも、効くかどうか、疑問である。第一、あんな非合法的手段を、度々やっては、よろしくない。帰りのバス代は、鏡子お姉さんに貸して貰うつもりだ。それにつけても、お姉さんを、どうしても、とッつかまえなければいけない。

悦ちゃんは、いわば、背水の陣をしいて、〝大銀座〟へ乗り込むことになったのである。

「入らっしゃいませ」

お迎えガールは、子供のお客様にも丁寧にお辞儀をする。尤も万引がきてもお辞儀をするだろうが、悦ちゃんは小さなマダムのように、ツンと澄まして、店内に歩み入った。人混みの中だから、誰も気がつかないが、よほど滑稽な風景である。

まるで、毛皮の襟巻でも買いにきたように、悦ちゃんは側目《わきめ》もふらずに、エスカレーターで、二階へ上った。すぐ、もう一つのエスカレーターに乗替えて、三階で降りる——三階ならこの道順が一番いいという事を、悦ちゃんは、よく知っている。

さあ、三階だ。目指す三階だ。

悦ちゃんの胸は躍る。鏡子お姉さんの顔が、眼さきにチラつく。「こんちは」といおうか。それとも、「わッ」といって、オドかしちまおうか。

悦ちゃんは、この夏、鏡子さんが立っていた売場の位置を、チャーンと覚えている。西側のエレヴェーターに近いところだ。だが、そこへ行くと、狐に化かされたように、あたりの様子が変っていた。向日葵《ひまわり》のようなピーチ・パラソルは、どこへ行ったのだ。クレイヨンの函を開けたような、海水着の美しい堆積《たいせき》はどこへ行ったのだ。

(そうだ。もう冬になったから、海水着は売ってないンだ)

悦ちゃんは、早くもそう気付いたが、とたんにひどくガッカリした。海水着を売っていないとすると、それを売ってたお姉さんは、どこへ行ったのだ？

冬の子供服に変ったその売場は、いくら探しても、鏡子さんの影もないのである。

「あのね、あの……」

悦ちゃんは、一人の売子を捉えて、鏡子さんのことを訊くと、彼女は面倒臭そうに、

「一階のネクタイ部へ、行ってご覧なさい」

といって、お客様の方へ行っちまった。

悦ちゃんは、もう心配で、半分泣きたくなったのを、一所懸命に辛抱して、一階へ降りて行った。

一階は、一番お客の数が多い。その中を、藻を潜る魚のように、悦ちゃんはアチコチと探し回って、ネクタイが房のように下っている売場へきた時には、小さい胸が波打つほど、息が切れた。だが、鏡子お姉さんの姿は、此処にも見えない。

「あのウ、池辺鏡子さんに、ご用があるの」

と、悦ちゃんは、声をはずませて訊いた。

「あんた、面会？」と、生意気そうな女店員は、子供と見て、いかにもバカにしたように、「駄目よ。いそがしいンだから、早くお帰ンなさい。池辺さんは、十日も前にお店をやめちゃったのよ」

それを聞くと、悦ちゃんは悲しいんだか、口惜しいんだか、胸の中が、一時に沸騰してきた。

「うそだいッ」

「あら、嘘じゃないわよ。誰にでも、訊いてご覧なさい。わからない子ね」

「うそだい、うそだいッ。鏡子お姉さんは、ここにいるンだい。それを、みんなで秘《かく》してるンだいッ」

悦ちゃんは、半狂乱のように地団太を踏んで、いきなり、ネクタイの飾り台をひっくりかえした。

もう、なにもかも、我慢しきれなくなったのである。

「あらッ、大変！」

売子さんの金切声に、警備員が駆けつけてくる。お客が寄ってくる。見る間に、黒山の人だかりである。

五

鏡子さんは、会計課の窓口で、茶色の封筒を受取った。

「領収書に、判を捺《お》しておいて下さいね」

「はい」

封を切って、中味を出すと、金五十八円也、確かにある。退職手当として五十円は、いかにも少いが、鏡子さんは今まで、三十円以上の金を、この窓口から受取ったことはないから、やはり嬉しかった。しかも、この金の使途《しと》は、彼女にとって、重大な意味があるのだから――

「どうも、有難うございました」

鏡子さんは、署名捺印《しょめいなついん》した領収書を窓口に出した。

会計係りは、それを受取りながら、ふと、鏡子さんの姿を見て、

「ほウ。島田か。すると、退店の目的は、結婚ですね。お目出とう」

と、一人がいうと、もう一人が、

「女店員の退店は、みんなそれさ。聞くだけ野暮だよ。ハッハハ」

と、焼餅半分で、ヒヤかす。

だが、鏡子さんの顔は、ちっとも赤くならなかった。この島田も、今晩、どこかの宿で、解いてしまうつもりである。次作さんとの結婚を、永久に逃げるつもりで、置手紙をして、家を出て来た自分である。いくら会計係りからからかわれても、ちっとも恥かしくない。だから、無言で、一心に紙幣の束を、ハンド・バッグの中の蟇口へ、しまっているのである。

会計係りは、図々しい女だという風に、鏡子さんを眺めていたが、やがて、

「いまの騒ぎは、あれア、なんだい？」

と、一人が、自分達の話を始めた。デパートという処は、蟻の巣のように、分業が行われているから、店で起きた事件なぞ、事務所の方では知りそうもないのだが、お客が窓から飛び降りたなぞとくると、誰がいうともなしに、すぐ全店へ伝わるのである。

「なんでも、女の子が、一階の売場で、暴れたンだそうだよ」

と、もう一人が答える。

「へえ、女の子が？　あきれたもンだね。この間、宣伝のコップ酒に酔っ払って、どこかの紳士が、食料品売場で暴れたッけが、あれが珍聞だと思うと、そのウワ手があるンだね」

「それが君、女学生かなんかなら、まだわかってるが、まだ十歳ぐらいのチンピラだそうだから、驚くじゃないか」

「末恐ろしき少女だね。十歳やそこらで、デパートへ、ナグリ込みをかけるなンて、あきれた世の中になったもンだ」

「まったく、悪い世の中だよ、アッハハ」

と、二人が無駄話をしてるのを、鏡子さんは、聞くともなしに聞いていたが、それが悦ちゃんの事であろうなぞと、夢にも思う訳がない。それより、彼女は、三年間休まずに通った〝大銀座〟の建物も、今日でお別れかと思う感慨や、また、ここを出て、これから、さしあたりどこへ行こうかという思案で、胸の中が一杯なのである。

鏡子さんは、一礼して、事務所を出た。朋輩の女店員達に、お別れの挨拶をいって回るのが本当だが、彼女の今の心境では、どうもその気になれない。悪いとは思ったが、彼女は一直線に、店員通用門へ、急いだ。

ちょうどその時だった。男の警備員と女店員監督が、小蝦《こえび》のようにはね回る女の子をモテあましながら、通用門から往来へ引張ってくるところなのである。

（あら、今の話の女の子だわ）

鏡子さんは騒ぎにまき込まれまいと思って、一足先きに、外へ出ようとすると、女の子は恐ろしい力を出して、二人の大人の手を振り切って、弾丸のように、鏡子さんの体へ飛びついてきた。

「お、お姉さんッ！」

「あら、悦ちゃんッ」

霜日和

一

今朝は、霜が降った。

そのかわり、日中は、素晴らしい天気である。風がない。磨いたように、空が青い。そうして縁側へ深く、暖かい陽光が射し込むのである。

「とても日当りがいいのね」

洗い髪を日向《ひなた》で乾かしながら、鏡子さんがいった。重かった島田を崩して、同時に、婚約の負担も解いて、頭がサッパリした気持である。

「お昼に、ご馳走こしらえましょうか。ご註文はなに?」

と、鏡子さんが、語《ことば》を続けると「フフフ」と、我慢できないように、嬉しそうに笑って、

「なんでもいいや」

縁側に仰向きに寝転びながら、悦ちゃんがそう答えたのである。

ああ、悦ちゃん!

昨日はバスや大銀座百貨店で、あんな苦労をして、小さい胸を痛めたが、なんと、今日の日曜日の幸福なことよ。もうとても会えないと思った鏡子お姉さんに、あの時ヒョックリ出会《でくわ》したばかりか、お姉さんは自分と一緒に、中野の家へ来てくれて、自分と一緒にご飯を食べて、自分と一緒に臥《ね》てくれたではないか。そうして今日は、朝から、この通りの有様だ。

鏡子お姉さんは、ちっとも悦ちゃんのことを忘れたわけでは、なかったのだ。悦ちゃんの書いたお手紙を、一つも読んでいなかったのだ。誰かが、お手紙を、途中で隠しちまったのだ。どうもそれが、お姉さんのパパらしいとの事だが、世の中には随分ひどいパパがいたもんだ。

(うれしいな、うれしいな!)

悦ちゃんは、眼が覚めた時から、もう飛びたつほど、幸福なのである。お正月よりも、遠足の前の日よりも、ズッと嬉しくて耐らないのである。

「これで、パパがいたら、スゴク面白くなるンだけどな」

と、悦ちゃんは、ふと碌さんのことを、思い出した。

「あら、パパさんがお帰りになったら、妾、帰るわ」

お姉さんは、どういうわけか、そんな意地悪をいう。

「パパが帰ってきたって、いいじゃないの。どうしてよ」

「どうしてでも」

お姉さんは、日向《ひなた》で上気したせいか、顔が赤い。

「困っちゃうな。ねえ、お姉さん」と、悦ちゃんは、鏡子さんの顔を覗き込んで、「お姉さん、パパを好きになってくれない？」

「あら、妾、パパさんを嫌いだなんて……」

「じゃア、帰らなくたって、いいじゃないの？」

「でも……パパさんは、妾をお嫌いよ、きっと」

鏡子さんは、そういって笑おうと思ったが、笑えなかった。彼女は、昨夜婆やから、碌さんが京都へ行ったことや、この頃の様子なぞを聞いているのである。

「ちがうわよ、お姉さん！　パパはお姉さんを嫌いなわけがないわ。だけどもね、その、つまり……困っちゃうな」

悦ちゃんは、大人の世界の設計図が、眼には見えても、口で説明できないのに、弱った。

「いいわ、悦ちゃん。あなたは妾を好きでしょう。妾も悦ちゃんが好きでしょう。それで、いいわ」

鏡子さんは、再び、ニコヤカに笑った。

「それアそうさ」

と、悦ちゃんが、またうれしくなりかけた時に、

「ご免」

と、玄関で男の声がした。

二

鏡子さんは、ギョッとした。

（家から、お父ッつぁんでも、探しにきたンじゃないか知ら）

どうしてもあの結婚がいやだから、家出をする。まことに済まないけれど、自分はこれから一人で自活の道を立てて、家には帰らないから、死んだ娘と思って、今日限り、自分のことを忘れてくれ——そういう意味の置手紙をして、彼女は昨日、家を出てきたのだが、あんな気性《きしょう》の父親だから、カンカンに怒って、自分を連れ戻しに、ここまで訪ねてきたのではあるまいか。まさか、自分が悦ちゃんの家にいるということを、かぎつける筈はないと思うけれど——

玄関では、しきりに、男の声が続いた。

婆やが、出て行った。

話がボソボソと、襖越《ふすまご》しに聴える。どうやら、婆やの顔見識《みし》りらしい。

(まアよかった。お父ッつぁんではなかったらしいわ)

鏡子さんが、安心の胸を撫ぜ下した時に、いかにも悪戦苦闘したという顔付きで、婆やが姿を現わした。

「困りましたね。どうしましょう」

と、婆やは、当のご主人は不在だし、悦ちゃんに話すわけには行かないし、仕方なしに、お客様の鏡子さんの顔を眺める。

「どうなすったの」

「いいえね。家主《おおや》さんなンですがね。敷金なしで貸してもらってるのに、旦那が三月ばかり、溜めちまったンですよ。今日、どうしても一月分だけ入れてくれなければ、強制《きようせい》ナントカをして、店立《たなだ》てを食わせるッて、坐り込んでるンですよ」

と、ホトホト困ったらしい声をだす。

「あのう、お家賃は、どのくらいなンですの」

「二十八円なんです」

「そう。では、妾、お立替えしときますわ」

鏡子さんは、急いで立ち上って、床の間においたハンド・バッグから、昨日、店でもらった退職手当の紙幣を引き出した。

「ほんとに、どうも、すみませんねえ」

婆やは、シンから気の毒そうに、その金を持って出て行った。

まずこれで、悪鬼を追払ったと、婆やも鏡子さんも元気になって、悦ちゃんのために、お午飯《ひる》のコロッケでもこしらえようと、台所仕事を始めた。鏡子さんは、義母が許してくれない炊事仕事ができるので、大喜びである。危い手つきで、ジャガ芋の皮をむいたり、玉ネギを刻んだりしていると、台所のガラス戸をあけて、

「コンちゃア」

と、米屋の主人が、顔を出した。

「へへへ。婆やさん、今日は間違いなく頂かして下さいよ」

言葉は柔らかだが、今日こそは、二月溜ったお米代を、是が非でも取り立てて行こうという面魂である。

「旦那さんが、お留守ですからね。もう二、三日、待って下さいな」

「へへへ。旦那はお留守でも、奥さんがお出でだから、話はわかりましょう」

「奥さんなンて……」

居やしませんよと、いおうと思った時に、鏡子さんがジャガ芋を投げ出して、奥へ駆け込んでしまった。

「婆やさん。払ってやって頂戴よ」

鏡子さんは、やがて顔の紅潮《こうちょう》が消えた時分に、婆やを呼んで、また金を渡した。

「ほんとに、済みませんねえ」

婆やも、また同じ文句を、繰り返した。

午後になると、酒屋がきた。八百屋がきた。一軒へ払ったとなると、電波の如く伝わるらしい。

「どうも、済みませんね」

と、最後に婆やがいった時に、鏡子さんのハンド・バッグはカラになっていた。

三

鏡子さんが家出をする時には、とりあえず、隣保館か婦人ホームのような所へ泊って、職業を探す計画だったのである。鏡子さんは念のため、そういう所の宿泊料を調べておいたが、普通、一日五、六十銭見当だ。それならば、〝大銀座〟から貰う退職手当で、まず一カ月間は、ユックリ籠城できるわけだ。そのうちには、きっと、適当な就職口が見つかるだろうと、考えていたのである。喫茶店や酒場で働く積りなら、右から左に口があって、そんな準備もいらぬわけだが、彼女はどうあっても、エプロン商売だけは、したくなかったのである。

だが、折角立てた計画も、今では、水の泡となった。悦ちゃんの家へきた翌日に図らずも、債鬼襲来の現場に回《めぐ》り合わせ、黙っていられなくて、つい大切な生活資本に手をつけてしまった。ハッと気がついた時には、五十八円の残金が、たった五、六枚の銀貨とバラ銭ばかりとなっていたのである。

「たいへんな事をしたわ」

さすがに、鏡子さんも、赤痢に罹ったように、痩せ衰えた蟇口を見て、溜息を洩らさずにいられなかった。

でも、鏡子さんは、指物師久蔵の子である。江戸ッ子の血をひいている。今更、費《つか》った お金の行衛《ゆくえ》を考えて、未練を起すような根性は、持っていない。

「いいわ。惜しかないわ。悦ちゃんの住む家と、食べるお米の代になったンですもの」

と、諦《あきら》めはついているが、さて、今後の身の振りかたを、どうしたものであろうか。悦ちゃんの家を出て行って、女中奉公でも始めようか、とも思う。だが、たった二晩、悦ちゃんと同じ屋根の下で起き臥ししただけで、彼女は以前に倍した愛着を感じるのである。悦ちゃんの方も同様、一刻も彼女の側を、離れようとしない。今朝も、学校へ出すのに、どれだけ骨を折ったか知れないほどである。もしも自分がこの家を出たら、悦ちゃんはどうなるだろうか。病気にでもなってしまいはせぬかと、心配になる。その上婆やまでが鏡子さんを頼みの杖《つえ》のように、縋《すが》っている。悦ちゃんと二人切り家に残されて、途方に暮れているところへ、俄かに鏡子さんが現われたのだから、これはもう雷が鳴っても、放したがらないのは、無理ではない。

こういう事情だから、鏡子さんも、自分の都合だけで、就職運動を起すわけに行かなくて、困っているのである。

（せめて、パパさんの手に、悦ちゃんをお渡しするまで……）

そう考えて、落ちつかない心を、強《し》いて落ちつけているのだが、その碌さんは、一体、いつ家に帰ってくるつもりなのだろうか。婆やには、二、三日といって、家を出たのだそうだが、もう一週間もたっているのだ。

（そんなにまで、カオルさんていう女が、忘れられないのだろうか）

鏡子さんは、それを思うと、悲しいような、腹立たしい気持がしないでもない。そうして、そんな勝手な、腑甲斐ない男の留守番をして、まるで主婦のような責任を背負ってるのが、バカらしく思わないでもない。だが、結局、

（いいわ。みんな、悦ちゃんのためと思えば……）

と、彼女は、考えてしまうのである。

鏡子さんは、所在がないので、婆やの手助けにもと思って、玄関のお掃除を始めた。タタキを水で流して、箒とバケツとを持って、裏口へ回ろうとすると、郵便受がガタリと動いて、ハガキが一枚投げ込まれた。鉛筆で「京都にて、パパより」と書いた文字が見える。

四

「パパはまだしばらくお家へ帰れません」

としか書いてない。簡単なハガキを、鏡子さんは、呆れながら読み終ったが、隅の方

に、小さな文字で、まだなにか書いてあった。

「どうしても困ることができたら、デパートのお姉さんに、相談おしなさい。あの人は悦ちゃんを一ばん可愛がってくれるようだからね」

それを読んでる鏡子さんの頰に、一種の微笑が浮かんだ。

「まア、ずいぶん勝手な、パパさんだわ」

彼女は、思わずそう呟いたが、碌さんのその自分勝手が、今度はすこしも腹が立たなかった。碌さんがそんな注意をしなくても、悦ちゃんはあんな冒険をしてまで、鏡子さんを求めて行ったのだ。現に、こうやって鏡子さんが留守宅を預かって、悦ちゃんと暮してるのを知ったら、碌さんはなんと思うだろう。

「婆やさん、パパさんは、なかなかお帰りになりそうもないことよ」

と、鏡子さんは、ハガキを示した。

「まア、なんて呆れた旦《だん》ツクでしょうね。自分の家を明け放して、あんな眼鏡さんの後を追っかけ回して、恥かしくもなんともないンですかねえ。ツクヅク呆れちまいますよ」

と、婆やはもう主人に愛想を尽かしたか、遠慮会釈もなく、碌さんをコキおろす。

「でも、今は、気持がどうかして入らっしゃるのよ。そんなに、悪くいうもンじゃないわ」

不思議なもので、婆やに悪口をいわれると、碌さんの肩がもちたくなる。それまでは、腹の中で、恐らく婆やと同様の批難を、碌さんに浴せていたかも知れないのに。

「いいえ、妾アいいますよ。あんな小さなお嬢さんを、オイテキボリにして、おまけに留守中のお金を、一文もおかずに、飛びだして行くなんて、あンまりひどいじゃありませんか。妾ア、どいだけ気をもんだり、苦しい思いをしたか、知れやアしません。そこへ、貴女が入らッして、一時の凌《しの》ぎがついたから、いいようなもンの、これから先きが想いやられますよ」

婆やは、碌さんの帰宅がいつになるか知れないとわかってから、俄かに不安になってきたようである。

こうなると、いよいよ職業を探すのが、鏡子さんの急務である。臨時雇いの口でもいいから、早く収入を得なければならない。婆やの話では、電燈代もガス代も、先月分がまだ払ってないそうである。いつ取りにくるかわからない。

「妾、ちょっと出掛けてきますわ」

鏡子さんは、早速、支度をして、外へ出た。

「そんなに心配なさらなくてもいいわよ。パパさんのお帰りまでは、妾がお留守を預かるから、大丈夫よ」

と、立派な口を利いてしまったが、果してそれだけの自信がもてるだろうか。なにしろハンド・バッグの内容《なかみ》が、あのとおりの始末なのだから。

「そう仰有るンなら、よござンすけれど……」

婆やは、あまり納得した様子でもなく、台所へ立って行った。

目ざすところは、飯田橋の職業紹介所である。〝大銀座〟へ入る時も、鏡子さんはこの世話になった。三年振りに、求職者入口のよごれたドアをあけて、赤刷りの申込書を一枚もらったのである。

あるデパートの大量雇入れがあるとかで、婦人部の控え所は、芋を洗うような混雑だった。だが、デパートへ入るには、一月以上の銓衡《せんこう》期間があるのを、鏡子さんは知ってるから、その申込みをする気になれなかった。明日からでも働けて、明日からでもお金のとれる職業でなければ、間に合わないではないか。

五

「女中さんは、どうです。この通り、沢山、申込みがきてるンですよ」

「はア。でも……」

「いやですか。どうも若い娘は、みんな女中さんを嫌って困るね。食料、部屋代を雇主持ちで、月十円の実収だから、決してわるい職業じゃないンだがね」

と、職業紹介所の係員は、この頃の娘は虚栄心が強くていかんといわんばかりに、鏡子さんの顔を見た。

「はア。でも、昼間だけ働く仕事でないと、家の都合が悪いもンですから……」

家という語をいう時、鏡子さんは、一寸ヘンな気持がした。

「みんな、貴女と同じことをいいますよ。綺麗な着物がきたいなンて、一人も云わンからね」

と、係員は笑って、

「じゃア、神田の××万年筆商会の臨時雇いがあるが、どうです。開店セールの手伝いらしいが、日給七十銭――行ってみますか」

「はア、どうぞ」

臨時採用の口で、よい条件のものは滅多にないが、鏡子さんは、そんな贅沢もいっていられない。

紹介伝票入りの茶色の封筒をもって、鏡子さんは、飯田橋から神田の小川町まで、テクで出かけた。世の中に、求職者ほど、謙遜なものはない。往来を歩くにも、寒い日蔭ばかり選って行く――

××万年筆商会というのは、電車通りの相当な店だった。もう二、三日中に開店するらしく、木箱が乱雑に置かれた店先きは、職人や店員が、埃だらけになって、忙がしく働いていた。

「あのう、職業紹介所から参りましたンですが……」

鏡子さんがそういっても、誰も返事をしてくれないほど、店は混雑していた。やっと、番頭だか、主人だかわからない、背広服の中年男が、奥から出てきた。

「え？　なに？　あア、あの募集は、もう今朝〆切りましたよ。三人あれば、沢山なンでね」

そういったと思うと、トントン階段を鳴らして、二階へ姿を消してしまった。

鏡子さんは、とりつく島がなかった。黙ってそのまま、往来へ出た。大通りを歩くのは、寒い日蔭も晴れがましい気持で、裏通りへ曲った。すると、軒並みに喫茶やキャフェが列んでいる。そうして、軒並みに〝女給さん入用〟の札が、貼ってある。

（いっそ、女給さんになっちまおうか）

彼女は、危くそんな気持になった。

（いけないいわいけないわ、そんなことしちゃア）

彼女の耳に、そういう声が聞えた。不思議なことに、それは自分の声ではなくて、悦ちゃんが叫んだように、聞えたのである。

鏡子さんは、急に中野へ帰りたくなった。神保町から電車に乗って、新宿からバスで、悦ちゃんの家へ急いだ。そうすると、まるで我家へ帰るように、彼女の気持が落ちつくのである。

「ただ今」

鏡子さんが格子をあけると、なんだか家の中がシンとしていた。茶の間へ入ると、今までそこで泣いていたらしい悦ちゃんが、無言でカジリついてきた。

「まア、どうしたの、悦ちゃん！」

「だッてえ……だッてえ、誰もいないンだもの」

悦ちゃんは、まだ泣きジャクっている。学校から帰ると、お家はカラッポだった。婆やの部屋へ行くと、荷物が一つもない。どうやら婆やは、家へ帰ったらしい。だが婆やなんか帰ってもいい。鏡子お姉さんまで、悦ちゃんを捨てて居なくなっちまうなんて——

六

婆やは、主家の没落近しと見て、いち早く、逃亡してしまったのである。機敏だといって、ほめるのはいいが、不人情だといって、そしるには当らない、現代では、会社員、政党員の間にも、城を枕に討死になんて、流行《はや》らない、婆やなぞは、今までよく悦ちゃんの面倒を見たものと、感心してやるべきである。

だが、残された鏡子さんの責任は、いまや重大となった。

「どうぞ、焦《こ》げない、シンのない、ご飯のできますよう！」

彼女は、今朝、五時半に起きて、ガス焜炉《こんろ》に火をつける時に、そう神様に祈ったのである。これからは、炊事《すいじ》万端、彼女がやらなければならない。何はさておいても、朝、悦ちゃんにご飯を食べさせて、お弁当を持たせて、学校へ送らなければならない。それには、まず、白米を変じて、ご飯と化さなければならない。

「臭い！」

と、気がついた時は、もう遅かった。いや、早かったのかも知れぬ。慌てて、ガスを止めて、蓋をとって見たら、底が焦げて、上がまだで――ちょうど、神様にお願いしたのと反対のご飯が、炊けていたのである。

「悦ちゃん、勘弁してね。明日は、もっとうまく炊くわ」

と、鏡子さんは、ほんとにスマなそうに、お茶碗へ、黄色いご飯を盛《よそ》う。

「ところがね、お姉さん、あたし、とてもおコゲがすきなの。明日も、こういう風に、炊いてくンない?」

悦ちゃんは、苦労しているから、なかなかうまいことをいう。おコゲは嫌いでもないかも知れないが、こんな火事場のようなにおいのするのは、あまり好きではないのに。だが、悦ちゃんにとって、ご飯や味噌汁の問題は、些々《ささ》たるものである。それよりも、ズッと深刻な問題が、腹の底にある。だから、ランドを背負って、帽子をかぶっても、学校へ行き渋るのである。

「お姉さん、ほんとに、もう他所《よそ》へ行かない?」

悦ちゃんは、どうしても、そういって、念を押さないわけに、行かない。鏡子さんにも捨てられちまったら、一人でどうしたらいいのか。昨日、カラッポの家へ帰って来た驚きと、悲しみが、未だに悦ちゃんの胸を去らないのである。

鏡子さんは、悦ちゃんのオドオドした、円い、大きな眼を見ると、耐らないような慈《いつく》しみが湧き上ってくる。

彼女は悦ちゃんを引き寄せて、いった。

「大丈夫よ大丈夫よ、悦ちゃん。どんな事があったって、お姉さんは、もう、あんたの側を離れないわ。もし、働きに出ることがあっても、夕方には、きっと帰ってくるわ。ちっとも、心配しなくていいのよ」

「ほんと?」

「ええ。ほんとよ。ほんとに、ほんと」

「どんなことがあっても?」

「ええ、きっと」

悦ちゃんは、そこで、スッカリ安心したが、咄嗟《とっさ》に、ちょいと智慧《ちえ》を働かしたのである。

「じゃア、パパが帰ってきても、お家にいるわね」

「あら、それはちがうわ」

「ズルいやズルいや、お姉さん」

見事に、鏡子さんは、言質をとられた。

「行ってまいりまアす!」

悦ちゃんが、勇んで、学校へ出て行った後で、鏡子さんは、茶の間の火鉢の前へ坐った。すると、今までとまるで違った、或るハリのある気持がするのである。それは、主婦の気持であると、彼女は気がつかない。もしこの時、碌さんが不意に帰ってきたら、すべては好都合に運んだかも知れないのである。だが……。

七

それから鏡子さんは、悦ちゃんの学校に行ってる時間を見計らっては、毎日、仕事の口を探して歩いた。

ヨイトマケの女でも背に子供を負ってるのは、能率が上らないそうだ。鏡子さんは、処女であるが、子持ち女である。悦ちゃんという、コブ付きの身である。働く条件がよくない。身許保証人もいない。それだのに、即時採用で、勤務時間が短くて、清浄《せいじょう》な職業をなんて、贅沢をいっては、なかなか口の見つかる道理がない。

今日も、鏡子さんは、重たい足を引きずって、帰路についた。三軒歩いたが、どれもこれも、駄目だった。バス通りから、悦ちゃんの家まで、七丁ほどの道程を、鏡子さんは暗い、いら立たしい気持で考えごとをしながら、歩いた。

米屋と八百屋と酒屋は、この間、きれいに勘定を払ったから、その後、品物を届けてくれる。牛肉と魚を食べることを、我慢すれば、とにかく餓死はしないのだが、ここに瓦斯屋さんという大敵があって、生活の咽喉《いんこう》を扼《やく》していようとは、知らなかった。

「今度払わなければ、モトを止めますからね」

と、昨日、集金人がいったが、考えてみると、これは一大事だ。ご飯が炊けなくなる。生のジャガイモをかじらなければならない。鏡子さんもスッカリ脅《おび》えてどうしても、瓦斯代だけは、早く稼がなければと、焦《あせ》り抜いてるのである。瓦斯屋さんも、じきにモトを止めると、ダンビラを抜くのは、よくない癖なのだが――

（それに、悦ちゃんの体操用の運動靴が、パクパクになっちまったから、どうしても買わなければいけないわ）

あれも払わなければならぬ。これも買わなければならぬ。金、金、金！

鏡子さんは、そんなことばかり考えてるものだから、危く角の明地を、通り越すところだった。ハッと気がついて、道を曲って、二、三歩行った時だった。

悦ちゃんの家の門へ、ピタリと顔をつけて、怪しい人影が覗いている。

（空巣ねらいだわ。早く帰ってきて、よかったわ）

と、鏡子さんが速足で、家へ帰ろうとして、その男の横顔を見ると、またハッと、驚いた。

（あらッ、お父ッつぁんだわ！）

指久が、来ているのである。見覚えのある唐桟柄《とうざんがら》の半纏と、スコ禿げの後頭部――とたんに鏡子さんは、タミ子さんの家の板塀へ、サッと身を隠した。

家を出て、もう何日目だろうか。懐かしいお父ッつぁんの姿を、眼のあたりに見て、鏡子さんは飛び出して行きたい気持もする。しかし、塀と電信柱の間から見える指久の顔は、明らかに、カンカンに怒った時の、太い筋を立ててるのだ。出て行けば、まずポカリとやられるだろう。それから襟をつかまえて、ズルズル、家へ引きずって行き兼ねない様子である。自分が連れて行かれれば、悦ちゃんの世話は、誰がするのだ。

（お父ッつぁん。済まないけれど、妾は、家へは帰りませんよ）

心の中で、そう謝罪《あやま》って、鏡子さんは、タミ子さんの家の横から、グルリと裏路を伝わって、反対の方角へ出た。それから、一直線に、悦ちゃんの行ってる小学校の方へ、急いだ。

校門まで行くと、いい按配《あんばい》に、まだ授業が終っていなかった。やがて、鐘が鳴って、ドヤドヤと出てくる生徒の中から、悦ちゃんの姿を見出すと、彼女はすぐ耳の側へ口をつけていった。

「悦ちゃん、大変なの。あのお家にいては、危くなったわ」

女と子供と職業

一

「もう、大丈夫？」

「ええ。ここなら、決して見つかりッこないわ」

「あたし、とても、ビックリしちゃった」

「ご免なさい。おまけに、あんなお家から、こんな小ッぽけな、汚《きたな》いところへ連れてきてしまって……」

「うウん」と、悦ちゃんは、首を振って、

「ちっとも、汚《きたな》かありゃしないわ。なんだか、すこし臭いだけだア」

「そうね。ほんとに、黴臭《かびくさ》いお部屋ね。日当りが悪いからよ。でも、その内、きっと綺麗なお部屋を探すから、辛抱してね」

と、鏡子さんがいうと、悦ちゃんは、おとなしく頷《うなず》いた。

指久が姿を現わした日に、鏡子さんと悦ちゃんは、夜になるまで、家に帰らなかった。そうして、指久が四辺《あたり》にいなくなったのを、充分見届けた上、二人は家に入って、急に引越しの準備を始めた。移転というより、夜逃げという方が、適当であった。悦ちゃんは学用品と鍋釜を提げ、鏡子さんは夜具を入れた大風呂敷を背負って、そッと家を脱け出したのである。

同じ中野のうちながら、今までとは反対の北側の、ゴミゴミした裏町を、昼間ウロウロしている間に、鏡子さんは貸間を見つけておいた。炭屋の二階で、四畳半、月六円という間代だから、どんな結構な部屋であるか、あまり説明の必要はあるまい。できるなら、もっと遠方へ引越して、完全に指久の眼を昏《くら》ませたかったのだが、鏡子さんは悦ちゃんの学校のことを考えて、中野を離れようとしなかったのである。学校だけは、どうあっても、通わせなければ——そう思う鏡子さんの心の中に、見たところは姉と妹のようでも、もう動かすことのできない母親の感情が、生まれているのであろう。

その晩、鏡子さんと悦ちゃんは、一緒の寝床で臥《ね》た。背負って出るのに、二組の夜具では、鏡子さんの力にあまったからである。今までは、一緒の部屋で臥たのに、今日からは、お互いの体温で暖め合って、眠るのである。勿論悦ちゃんは、非常な満足であった。

「ほんとはね、前から、一緒に臥たかったんだわよ。だけど、恥かしいから、黙ってたの」

「ホホホ。いやな、悦ちゃん」

鏡子さんとしては、今日始めての笑顔である。

肩の寒くないように、悦ちゃんの背中を、よく搔巻でつつんで、鏡子さんは、枕に頰をつけた。悦ちゃんは、昼間歩き回って疲れたのか、二、三分も経つと、もう幽《かす》かな寝息を立て始めた。

鏡子さんは、なかなか眠られない。

いろいろの考えが、嵐の後の雲のように、胸の中を、乱れ飛ぶのである。

父親は、どうして自分の居所を、つきとめたのであろうか。きっと、悦ちゃんの手紙の番地を、見たにちがいない。悦ちゃんを、情夫かなんぞのように、思っていたのだから。だが、ここに隠れていれば、もう大丈夫だ。お父ッつぁんも、あの家が空家になっていれば、もう探すのを、あきらめるだろう――

鏡子さんは、安心したと同時に、自分の肩にのしかかっている前途の暗さに脅えた。これからの生活を、どうして営んだらいいのか。自分一人のことではない。自分の胸に顔を埋めて、スヤスヤと眠ってる小さな存在があるのである――

彼女は、十燭の暗い電燈に照らされた悦ちゃんの寝顔を、凝視《みつ》めた。長い睫毛《まつげ》を食《は》み出した可愛い眼が、なんの不安もなく、静かな夢を見ている。絶対の信頼を、彼女に献げてればこそ、こういう寝顔ができるのだ。

(済まないわ済まないわ)

泉のような愛情が、彼女の胸に湧き上ってくるのである。

二

聖母様は、処女にして、妊《みご》もり給うた。鏡子さんは、生娘《きむすめ》なのに、母親としての愛情が、五月の牡丹のように、胸の中に開花している。奇蹟といえば、どちらも、奇蹟であろう。母親は、子供のために、どんな犠牲もいとわない。顔に紅と白粉をぬって、ボックスの間で、男の客にお酌をするぐらい、なんでもないのである。現に、東京のキャフェには、子持ち女給さんが、何人いるか知れないというではないか。

実をいうと、鏡子さんに残された、ただ一つの職業は、それなのである。家政婦になろうかと思って、近所の会へ当ってみたが、入会金と保証人がないので、テンから受けつけてくれない。内職を始めようかと、探してみたが、やれ型紙を買えの、材料を買えのといって、反対にお金を巻き上げようとする。マネキンに出るには、衣裳がない。ヨイトマケに出るには、力がない。資本も、技術も、腕力もなく、ただ容貌《きりょう》だけはいいという女が、現代でなにか始めようと思えば、結婚するか、女給さんになるか、だ。女給さんばかりは、需要が無限だとみえて、新聞の案内欄でも、キャフェの店頭でも、募集の文字が絶えたことがない。それも始めは、「女給入用」という簡単なものだったが、この頃では「接待淑女さん、有給家族待遇でお待ちします」なんて、長いお世辞を使ってまで、雇いたがっている。ほかの職業では、決してないことだ。

鏡子さんが、あれほど嫌っていた女給稼業を、ついに決心したのは、落ちつく所へものが落ちついただけの話で、ちっとも面白くも、おかしくもないのである。

鏡子さんは、土地の花柳街のキャフェへ行って、話をきめてきた。こんな簡単な就職もないものだ。履歴書も保証人も要らない。ただ齢と、それから、鏡子さんの顔をジロリと眺めただけだ。それで話がきまるのだから、職業紹介所の手数を煩《わずら》わさないわけである。

「じゃア、今晩からでも、来ておくンなさいよ」

白粉焼けのした、マダム——というよりおカミさんと呼びたい女が、そういった。

とにかく、就職の口がきまって、鏡子さんは、一安心した。しかし、今夜から、晩飯は家で食べれないし、帰ってくるのは、二時近くなるという話だから、これは一応、悦ちゃんの了解を求めなければならないが。

「ねえ、悦ちゃん。そういうわけだから、あんたも辛抱してね。その代り、朝はきっと早く起きて、悦ちゃんと一緒に、ご飯を食べるわ」

彼女は、学校から帰ってきた悦ちゃんをつかまえて、そう切り出した。

だまって、鏡子さんの顔を眺めていた悦ちゃんは、やがて、ブッキラ棒に、一言いった。

「いや！」

「悦ちゃん、さびしいのは、よくわかってるわ。でも、そうしなければ、妾達、ご飯が食べていかれないンだから、堪忍《かんにん》して頂戴ね」

「いや！」

「あら、そんな聞きわけのない事いっちゃ、困るわ。夜だけ寂しいのを、我慢してね」

「いや！　寂しいのなンか、いくらでも我慢すらア。お姉さんが女給さんになるの、いや！」

「まア」

鏡子さんは、意外な反対の出たのに驚いたが、さらに悦ちゃんの言葉に驚かされた。

「お姉さん、そんなことして働かなくてもいいのよ。あたし、とてもいいお金もうけを、知ってるンだから」

三

悦ちゃんは、階段を降りて、炭俵の間を潜って、店さきへ出た。

部屋を貸してくれてる炭屋のオジさんが、軍手をはめた手を真ッ黒にして、タドンをこしらえている。

「オジさん」

「なんだい、嬢ッちゃん」

「その箱、一つ貸してくンない？」

「煉炭の箱かい？　こんなものを、どうするンだよ」

「なるたけ、きれいなの貸してよ。お金儲けするンだから」

「呆れた女の子だな。まア、いいや。遊ぶンでなけれア貸してあげるが、毀《こわ》しちゃいけねえぜ」

「大丈夫よ」

それから、悦ちゃんは、ドンドン駆けだして、表通りの中野新聞店の前まで行くと、大きな声で、呼んだ。

「キワ子さん」

「はアい」

声に応じて、奥から、新聞店の娘、同級生のキワ子さんが、出てきた。

「キワ子さん。あんた、お父さんに、さっきの事、話してくれた？」

「ええ。そしたらね、本気にやるつもりなら、世話してやるッて、そういってたわよ」

「本気よ。きまッてるじゃないの」

「じゃア、お父さんにいってくるから、待っててね」

キワ子さんは、奥へ引っ込んだ。

これは、すこし説明を要する事件だ。

今日、学校で、お昼休みの時に、悦ちゃんは仲のいいお友達四、五人に向って、重大な諮問《しもん》を発したのである。

「ちょいと。あたしン家《ち》、とても貧乏になっちゃったのよ。お米が買えないくらいなのよ。どうしたら、お金が儲かるか、みんなで考えてよ」

ふだんから級でハバの利く悦ちゃんが、一大事出来《しゅったい》という顔で、一同を見渡すので、それぞれ真剣になって、小さな頭を捻《ひね》くるのである。

「納豆《なっとう》屋さんになって、学校へくる前に売って歩くといいわ」

「そうよ。そうすると、新聞へ出されて、賞められるわよ。でも、あたしはタワシを売って回る方がいいと思うわ」

「タワシなんか、みっともないわ。封筒やシャボンを売りなさいよ」

十か十一の女の子ばかりだが、さすがはセチ辛い大東京に、籍を置くだけあって、みんな恐るべき生活知識の持主である。なるほど、聞いてみると、子供の職業は沢山ある。鏡子さんの就職より、いくら前途有望だか知れない。

すると、その時まで、黙って聞いていた、新聞店の娘のキワ子さんが、始めて意見を持ち出したのである。

「ねえ、悦ちゃん。あんた、新聞売ってみない？　子供が新聞を売ると、とてもよく売れるンだって、お父さんがいってたわ」

この意見には、誰も口をそろえて賛成した。職業として新味あり、且《か》つ体裁《ていさい》もいいからだろう。それにキワ子さんの話によると、新聞売りは、新聞をのせる木箱一つと、鈴が二つあれば、いつでも開業できるのだそうである。

「あたし、だんぜん、新聞にきめたわ。そしたら、みんなで、買いに来てね」

悦ちゃんは、固く、そう決心した。場所も、中野の駅前が最も適当だろうと、そこまで、話がきまったのである。

四

煉炭の箱を、横に伏せて、その上へ、新聞を重ねて、風で飛ばないように、大きな石塊《いしころ》をおいた。

「まア、百部も持ってってご覧。半分も売れれば、大出来だ」

キワ子さんのお父さんは、そういって、夕刊を百枚貸してくれたのである。新聞も百枚となると、ずいぶん重いものだ。でも、お友達ぐらい、いいものはない。キワ子さん以下三人で、エッチラ、オッチラ、駅の前まで運んでくれたのである。

前ビラも、キワ子さんのお父さんが書いてくれた。墨で大きく書いた文字に、赤インクの丸が打ってある。

〝妖女公判《ようじょこうはん》の大盛況〟——なんのことやら、悦ちゃんにはわからない。

だが、これで開業準備は、すっかり整った。

駅に電車が着く度に、改札口から、ドヤドヤと、黒い列が吐き出される。そうして、悦ちゃんの店の前を、急ぎ足で通って行く。

ジャラン、ジャラン。

悦ちゃんは、一所懸命に、鈴を振ってみる。誰も、こっちを向いてくれない。最初の降車客のうちで、一人も買ってくれる者はなかった。

それも、その筈である。丸の内か、新宿か、どこかで、人達はもう今日の夕刊を、買ってきてるのである。そうして、電車の中で読むのである。駅へ降りれば、一直線に、夕飯の待ってる我家へ、急ぐのである。

(ヤンなっちゃうな。だあれも買ってくンないや)

悦ちゃんは、すくなからず、ショげた。

寒い夕風が、埃《ほこり》をまきあげて、駅前の広場を、通ってゆく。一月ばかり前には、この広場で、遠足の解散があった。同じ場所で、夕刊を売ろうなんて、誰が考えただろう。

(どうしたら、買ってくれるか知ら)

悦ちゃんは、販売戦術に、頭を練った。夕刊を売るのだって、高級自動車を売るのだって、帰するところは、宣伝第一——なんて、理窟は知らないが、同じ意味のことを、悦ちゃんは考えた。

「夕刊買って頂戴な、夕刊！」

そんな、図々しい新聞売りは、滅多にない。会社員らしい三人連れのオジさんが、笑いながら、足を止め、

「ホウ。恐ろしい小型な、夕刊屋さんが出たね。いくつだい?」

「十よ。そンなことといいから、夕刊買わない?」

「夕刊、東京で買ってきたよ」

「もう、一枚」

「チャッカリしとるね。じゃア、報知をもらおう」

「ありがとう。オジさん、明日から、東京で買わないでね。忘れないでね」

「ハッハッハ。これア驚いた。いや、きっと君ンところで買うよ」

最初の記念すべき二銭が、台の上におかれた。

口アケとは、妙なものである。それから、ボツボツ、新聞が売れ始めた。品のいいどこかの奥様が十部買ってくれた。悦ちゃんの友達も、約束通り、買いにきてくれた。七時にならないうちに、大部分を売り切ってしまったのである。

原価一銭一厘だから、一部九厘の利益だが、それでも百部となれば九十銭――中野新聞店へ行って勘定を済ませて、炭屋の二階へ帰ってきた悦ちゃんは、畳の上へ、銀貨と白銅をならべて、

「お姉さん、スゴくもうけちゃったわよ」

五

翌日は、三十部しか、売れなかった。

その翌日は、七十部と少し、売れた。

いずれも、開業式の景気を越すことはなかったが、悦ちゃんの新聞販売業は、決して失望するに当らなかった。なぜといって、確実な常顧客《じょうとくい》が、ボツボツ殖えてゆきつつあるからだ。

最初の一枚を買ってくれた、あのオジさんは、今では、スッカリ顔馴染みである。必ず帰りに、一枚買ってくれる。

「ねえ悦ちゃん」と、オジさんは、もう名前まで、知ってるのだが、「夕刊を売るより、朝刊を売ってご覧。そうすれば、いつも東京で買う人が、みんなここで買ってくれるじゃないか」

なるほど、オジさんは、いい事を教えてくれた。つまり、ご飯前に、お八ツを出すようなものだ。誰でも食べるにきまってる。

「お姉さん、あたし、朝も新聞を売ろうと思うの」

と、悦ちゃんは、お金儲けが面白くなったとみえて、勢い込んで、鏡子さんにいった。

「まア、悦ちゃん。そンなことといって、学校をどうする気？　それでなくても、妾……」

鏡子さんは、ポタリと、涙を雫《こぼ》した。彼女は、職業戦線で、完全に悦ちゃんに負けたのである。女給稼業を封じられると、もうどこにも職場のない彼女だったのである。しかるに、悦ちゃんの方は、着々として、日に何十銭というお金を稼いでくる。男より女、女より子供の方が失業が少いとは、不思議な世の中だが、とにかく、そのお金で、お米を買ったり、お豆を買ったりして、生活を立てているのは、彼女にとって、どれだけ心苦しいことかわからない。まるで、唄わして頂戴嬢の親方をやってるような気がする。これでは、悦ちゃんに済まないし、悦ちゃんのパパに済まないし、何よりも、彼女の胸に芽ぐんでる母親のこころに、済まないのである。

そこへもってきて、悦ちゃんが、朝も新聞を売りたいなぞというものだから、万感《ばんかん》交々《こもごも》到って、つい涙が出たというわけ——

「そうね。学校があったわね。じゃア、駄目だ」

悦ちゃんも、深くは、それを主張しなかった。

だが、その学校がひけて、今日も家へ帰ってくると、お復習《さらい》をする時間もなしに、もう中野新聞店へ夕刊の束をとりに行かなければならない。

「悦ちゃん、一日ぐらい、休んだら？」

休めば、明日のお米の代に差支えると知りながら、鏡子さんは、そういわずにいられないのである。

「あれくらい、平チャラさ。それに、悦ちゃんが休めば、あのオジさん達、また新宿で、新聞を買うようになるもの」

もう、悦ちゃんも、一端《いっぱし》の商人らしいことを、いうのである。

いつもの時間に、悦ちゃんは、駅前へ店を張った。

その日は、朝から暗い雲がたれて、風もないのに寒かった。悦ちゃんが突ッ立っていると、脚もとから、ゾクゾクと、寒さがはい上ってくる。悦ちゃんは、鼻の頭を赤くして、外套のポケットに両手を突ッ込み、学校で教室へ入る前の〝足踏み〟みたいなことをして、暖をとっていた。

寒いせいか、お客様がいつもより、少い。

そのうちに、ざあッと、音がして、雨が降ってきた。とてもつめたい雨である。霙《みぞれ》というものかも知れない。

「まだ十二枚しか、売れないわ。もっと、ガンバラなけれア」

悦ちゃんは、凍えた手で、しきりに鈴を振った。

やがて、鏡子さんが、傘を持って飛んできた時には、悦ちゃんは濡鼠だった。強《し》いて、家へ連れて帰ってみると、なんだか、額が熱い。

六

ガタガタ震える悦ちゃんを、鏡子さんは、寝床の中で、固く抱き締めた。行火《あんか》もなければ、湯タンポもないのだから、せめて自分の体温で暖めてやるほかはない。

「気持、悪い？」

と、鏡子さんが、訊くと、

「うウん。なんともない」

悦ちゃんは、わざと元気そうに、首を振ってみせたが、明らかに、異常がある。体が、火のように熱い。呼吸が、早い。顔色ばかり、いやに真ッ赤で、眼がギラギラ光っている。

病気だ。風邪だ。雨と寒さに冒《や》られたのだ。

そう気がつくと、鏡子さんは、寝床から出て帯を締め直した。そうして、雨の降りしきる中を、外へ飛びだした。

お金のことなぞ、考えていられない。とにかく、お医者さんに来てもらうつもりで、

鏡子さんは、赤い球燈の点《つ》いてる門を潜った。

「あの、子供が病気ですから、すぐ先生に診《み》て頂きたいンですが」

「どちら様ですか」

玄関に立った看護婦が、鏡子さんを見降ろした。

「あの、横丁の炭屋さんの二階にいるンですが……」

それを聞くと、看護婦の様子が変った。

「先生は遠くへご往診がありましたから、明日でないと、お帰りになりませんわ」

大阪へでも、往診に行ったのか――人をバカにしてる。鏡子さんは、スゴスゴ、また

雨の中へ出た。

こうなれば、頼むところは、薬屋さんである。医薬分業は、久しい問題だが、お医者さんで薬を売る返報に、薬屋さんも医者の真似事をやるのである。

「ははア、すると、つまり感冒《かんぼう》ですな。手当が悪いと、肺炎を起しますぞ。まず、足を暖めて、頭を冷やし……」

なんて、病人もみないで、名医の診断神の如くだが、結局、鏡子さんは、頓服のアスピリンを買って、急いで家へ帰ってきた。

悦ちゃんは、ウトウト、眠っていた。

「さ、悦ちゃん、お薬よ」

頓服《とんぷく》をのませてから、鏡子さんは、今度は、階下の炭屋さんへ行って、ビール壜を二本借りてきた。どうするかと思うと、これに薬鑵《やかん》の湯を一杯入れて、タオルでくるんで、湯タンポの代りにしようというのである。

これで、足は暖まったが、頭を冷やす工夫をしなければならない。さっき、薬局で、水枕や氷嚢《ひょうのう》つりを買おうとして、値段を聞いて中止したのである。在金《ありがね》の三倍もなければ、そんなものは買えまい。だが、いくら考えても、無代《ただ》で冷たいものといえば、水ばかりだ。

鏡子さんは、水道の栓をひねった時、思わず、

「ありがたい」

と、いった。冬の水道局は気が利いてる。氷のような水を送ってよこす。鏡子さんは、洗面器にそれを汲んで、手拭に浸して、悦ちゃんの額においた。そうして、ほとんど五分おきに、水を更《か》えに、階下へ降りた。

十二時が鳴る時分に、悦ちゃんは、顔中、玉のような汗をかいた。頓服が効いてきたらしい。そのせいか、音を立てていた寝息が、よほどラクになったようだ。

そんな事には、気がつかないのか、鏡子さんは、畳の上に突ッ伏して、一心に祈ってる。

「どうぞ、悦ちゃんが、肺炎になりませんように。もし、なったら、神様、あなたを一生呪《のろ》います」

温和《おとな》しい彼女が、そんな烈しい言葉を口にする。

どこかで、一番鶏《どり》が鳴きだした。

七

その夜、鏡子さんは、遂にマンジリともしなかった。絶間《たえま》なしに、濡手拭を絞ったせいか、彼女の柔らかい手は、凍傷を起して、真ッ赤に腫れ上った。

だが、そんなことは、どうでもいい。悦ちゃんの熱さえ降ってくれれば、彼女は腕一本や二本、進呈してもいいほどの気持なのである。

朝が来た。悦ちゃんを病気にした雨が、きれいにあがった。鏡子さんが、窓の障子をあけてみると、屋根から湯気が立って、向いの家々が金色《こんじき》の朝日に染め出されていた。雨上りのせいか、陽気もいくらか暖かいようである。

(これなら、病人にも、きっといいわ)

そう思って鏡子さんは、まだ眠っている悦ちゃんの額へ、そッと手を当ててみた。

「うれしいッ!」

彼女は、思わず、声を立てた。たしかに、熱が降っている。検温器もないので、掌のカンで計るより仕方がないのだが、昨夜とは、たいへんな相違である。昨夜は、まるで瀬戸火鉢の縁にさわるほど、熱かった。恐らく、九度以上あったにちがいない。

やがて、悦ちゃんは、パチリと眼を開いた。そうして、鏡子さんの顔を見て、ニコリと笑った。

「どう? いくらか、気持いい?」

と、鏡子さんが、訊くと、

「うん。お腹が空いた」

声に力はないが、いう事が頼母《たのも》しい。

鏡子さんは大喜びで、早速、お粥《かゆ》の支度にかかろうとして、煙草の明函《あきばこ》の米櫃《こめびつ》をあけると、ハッと眼が暗くなった。底に、あますところ、約一合ほどのお米である。

(妾が食べなければ、お昼までのお粥は、これで足りるわ)

そんなことを知らない悦ちゃんは、やがて梅干のおカズで、おいしそうに、お粥を食べた。一口食べる度に、ニッコリする。お粥がおいしいばかりではない。やっとこれで、本望を遂げたからである。勝山で謹吾ちゃんが、母親から匙で食べさせてもらうのが羨ましかったが、今日はその通りのことを、鏡子さんがしてくれるのである。

（とうとう、あたしにも、ママができちゃった）

そう思うから、ニコニコしないでいられない。パパの奥さんであっても、なくても、こうなれば、お姉さんはレッキとした自分のママなのだから、仕方がない。これは動かすべからざる事実である。誰がなんといったって、ママでない女が、こんなことをしてくれる筈がないではないか。

「悦ちゃん、なにひとりで、笑ってるの？」

鏡子さんも、悦ちゃんが元気になったのが嬉しくて、寝不足の眼を、細くする。

「フフフ」

悦ちゃんは、笑って、答えない。

これで、生活の心配さえなかったら、二人は、東京でも類の少いほど、幸福な二人だったかも知れないのである。

お粥《かゆ》を食べ終って、悦ちゃんはいった。

「あたし、もう癒《なお》っちゃったから、今晩、夕刊売りに行くわよ」

「とんでもない」と、鏡子さんは眼を丸くして、「まだ二、三日は、どうしても、寝ていなければ、駄目よ。それに、新聞を売りに行って、病気になったンだから、もうあれだけは、フッフツ止めてもらおうと思うの」

そのことを、彼女は昨夜から何度考えたか知れない。絶対に、今後は悦ちゃんを駅前の広場へ、立たせない積りなのである。

「だって、お金儲けしなければ、困るじゃないの」

そういわれると、鏡子さんは一言もない。空になった煙草の明函が、また眼に浮かぶ。

八

唯一の稼ぎ人である悦ちゃんが、寝床へついてしまったのだ。今後の生活をどうする？　いや、それよりも、晩のお粥を炊《た》くお米を、どうする？

そう考えると、鏡子さんの心は、開かないパラシュートのように、絶望へ墜《お》ち込むのである。

だが、それを、悦ちゃんに覚られたくない。鏡子さんは努めて陽気な顔をして、臥ている悦ちゃんの気を、引き立てようとする。退屈だろうから、何かご本を読んで聞かせようと思うのだが、生憎《あいにく》、教科書ばかりしか、家から持って出なかった。

ふと、彼女は、悦ちゃんの売り残した夕刊に気がついた。せめて夕刊の子供ページでも読もうというのである。幸い、東京版騒動以来、夕刊には読物のオマケが多い。

「あら、悦ちゃん。テムプルちゃんのお話が出てるわ」

「どらどら、見せて」

「駄目よ、起きちゃ。妾が読んであげるわ。えーと、テムプルちゃんは、一九二九年の五月二十三日に生まれました」

「だと、いくつ？」

「九つね。――テムプルちゃんのお家には、トビイとテリイという、それは可愛いお犬がいます。テムプルちゃんは、三つの時からダンスができました。それはどういう訳かというと、ある夏、テムプルちゃんが両親と、サンタ・モニカというところへ、海水浴に行った時に――」

三歳のシャアリイ・テムプルが、海辺遊楽地の楽隊の音を聞いて、誰も教えないのに、一人で踊り出したという話や、また誰も教えないのに、一人でジャズ・ソングを唄ったという話が、出ている。

「えらいンだな、テムプルちゃんは。だけど、あたしも五ツの時に、東京音頭を一人で唄って一人で踊ったッて、パパがいったわよ」

「あら、そうお。じゃア、悦ちゃんも、日本のテムプルちゃんになる資格があるわね」

「ほんとに、あたしも、テムプルちゃんになっちゃおうかなア。ねえ、お姉さん、そうすると、とてもお金が儲かるわね」

「いやな、悦ちゃん。病気の時に、そんなこと考えるもンじゃなくてよ」

と、いったものの、鏡子さんは、自分も先刻から、お金の事ばかり考え続けてるのだ。

「悦ちゃん、妾、ちょっと出掛けてくるわ。おとなしく、待っっててね」

なにを思ったか、鏡子さんは、そういって立ち上った。

「早く、帰ってきてよ」

「じきよ」

鏡子さんが、階下へ降りて行った後、悦ちゃんは一人で、退屈で仕様がない。

「つまンないな。パパ・ママ・ソングでも、唄おうかな」

悦ちゃんは、布団の上に掛けてあるオーバーを、引き寄せて、ポケットの中から、四つに折った紙を出した。これは碌さんが細野夢月に作曲をことわられたあの詞稿《しこう》である。碌さんはヤケを起して、この紙を捨てたつもりだったが、どういうわけか、夜逃げの時、悦ちゃんの学用品包みに、まぎれ込んでいたのである。悦ちゃんはそれを発見してから、いつもポケットの中へ入れておいて、勝手な節をつけては、唄ってみる。

教えてよパパ、教えてよママ、
　パパとママと、ママとパパと、
　　どっちが先きに、いったのよ……

悦ちゃんの声は、風邪で少しシャガれて、いよいよ、デイトリッヒ調を帯びてきた。

九

鏡子さんが〝古着古道具高価買入〟と書いた家の、店さきに腰かけて、話している。

「銘仙だって、普通の銘仙じゃないことよ。特選会出品銘仙買って、こしらえた着物なのよ」

極上一反十三円というやつを、店員一割引きで買ったのだ。羽織と対《つい》にしようと、疋《ひき》で買ったのだ。勿論〝大銀座〟に勤めてた時である。彼女にとって、一張羅のこの他所《よそ》行き着をいまや、売り飛ばさなければならないのだから、感慨無量である。

「帯と両方で、いくらにして下さる？　帯だって、レイヨンなんか、一本も入ってる品物じゃなくてよ。地も、染めも、この通りカタいのよ。体裁がよくて、丈夫で、これが一番お買いになって、お徳用で……」

と、つい、女店員用語を、口にすべらしてしまう。それほど彼女は熱心に、十銭でも高く売ろうと、談判してるのだ。

「へへへへ。どうもな、お買いになった時のことを考えると、バカバカしいもンでな」

と、古着屋の主人は、癪に障るほど、落ち着き払って、「では、奮発して、十円に頂きやしょう」

「じゃア、帯は？」

「いや、全部でがすよ」

「まア、全部で？」

と、鏡子さんは呆れたが、どうも仕方がない。

「売るわ」

そういって、風呂敷を畳んだ。この銘仙にお別れを告げると、寝巻のつもりで家から持って出た、ヨレヨレの紡績——今着てるこれが、彼女のただ一枚の衣裳である。

しかし主人が、惜しそうに出した一枚の十円紙幣を、彼女はシンからうれしく、蟇口へ収めた。これで、悦ちゃんのお米も買える。卵も買える。牛乳も買える！

そうして彼女は、ふと、そこにブラ下ってるセーラー服に、眼をつけた。悦ちゃんの学校行きの服の、肘が抜けかけてるのを、思い出したからである。

「ちょっと、これいくら？」

今度は、彼女が買う番である。

「お安くしときやすぜ。子供物は売れやせんからな。二円にしときやしょう。まだ新しいし、地も、染めも、カタいもンでさア」

と、知らずに口真似をしてる。

「一円五十銭なら、買っとくわ」

「負けちめえ」

主人は、ヨクヨク店ざらしにしたとみえて、案外、簡単に手を打った。

八円五十銭のお釣銭を受取って、鏡子さんは、米屋から、八百屋と回って大きな包みを抱えながら、炭屋の二階へ帰ってきた。

「さびしかった？」

「うん」

「その代り、いいもの、沢山買ってきたわよ」

笑顔を見交わしてから、鏡子さんは、すぐ七輪へ、お粥の土鍋をかけた。お腹の減《へ》ってるのは、悦ちゃん一人でない。自分は朝から何にも食べないのだ。

それが煮え上る間に、鏡子さんは、風呂敷包みを解いて、

「悦ちゃんのお洋服、買ってきたわ。寸法はどうかしら」

彼女は、壁にかけてある悦ちゃんの服をとって、長さをくらべて見た。

「あら、いけない！」

袖も裾も、二、三寸、長いのである。よっぽど大きな子の古着だったらしい。

「フフフ」と、悦ちゃんは、寝床の中で笑い出して、

「お姉さんに、ちょうどいいや」

「ほんとだわ。困ったわね」

と、セーラー服を凝視《みつ》めて、思案してる彼女に、ふと奇想《きそう》天外の智慧《ちえ》が浮かんだのである。

一〇

「お姉さん、なにやってンの？」

「まあ見てらッしゃいよ、いい事考えたンだから」

鏡子さんは、髪を解いて、真ん中から分けて、毛を鎖のように、編み始めた。やがて、二本のお垂髪《さげ》が、両耳へ、ダラリと下った。

「似合う？」

「あらお姉さん、若くなっちゃッたア」

それから、鏡子さんは、着物を脱いで、さっき悦ちゃんのために買ってきたセーラー服を、スッポリかぶった。悦ちゃんには、二、三寸ばかり長かったが、小柄《こがら》な鏡子さんには、まるで註文品のようにピッタリ合うのだ。

「どう、悦ちゃん？」

「あら、ら！　まるで、女学校のお姉さんみたいだわ。だけど、お姉さん、一体どうしたのよ」

平常《ふだん》おとなしい鏡子さんが、そんな突飛な真似をするので、悦ちゃんは、気でもヘンになったのではないかと、心配になるのである。

鏡子さんは、鏡台もないので、やむを得ず、硝子戸に対《むか》って、自分の姿を映してみた。

（大丈夫だわ、これなら、大丈夫だわ！）

セーラー服は、不思議な衣裳だ。レヴィユウの舞台で、今年二十六になる少女歌劇女優が、これを着て現われると、とたんに十六に化けるのである。いわんや、二十一歳の鏡子さんが着たのだから、誰が見たって、中級女学生の無邪気さ、溌剌《はつらつ》さ、それに開きかかった蕾の魅力まで、備わってあます処なしという有様。

「悦ちゃん。この洋服、あんたに買ってきたけれど、妾に頂戴ね。そのうち、キチンと会ったのを、きっと買ってあげるわ」

「それアいいけど、その洋服着て、お姉さんも、また学校へ行くの？」

「そうじゃないの。妾ね、これから、悦ちゃんの代りに、駅前へ出て、新聞を売ろうと思うのよ。あれで悦ちゃんは病気になったンだから、もう二度とさせたくないわ。それに、妾なら学校がないから、朝刊も売れるでしょう。朝刊の方が、ここでは、ズッと売れるから、今までの倍以上、お金が儲かるわ。ただね、新聞売りは子供の商売だから、妾、どうにかして子供になる工夫はないかと、一所懸命に考えてたのよ。そうしたら、こんないい智慧が、授かったンだわ」

と、鏡子さんは、始めて計画を明かした。どうも女は、タチがよくない。男の職業を奪って、バスや会社《オフィス》を占領したと思うと、今度は子供の領分へ、侵入するつもりらしいが、鏡子さんの場合に限って、大目に見てやって頂きたい。

だが、悦ちゃんは、感心した。

「お姉さん、とてもインチキがうまいンだね」

「まア、悦ちゃんッたら」

そのうち、七輪のお粥が吹き出したので、鏡子さんは慌てて鍋をおろした。とかくこのお米という奴が、彼女ばかりでなく、多くの人にインチキを働かすのである。

翌日の朝から、お垂髪《さげ》で、セーラー服の彼女が、駅前の広場へ、現われた。

「おや、夕刊を売ってた子の姉さんかな」

悦ちゃんを可愛がってくれたオジさんは、そう思ったが、新聞は買わなかった。その他の悦ちゃんのお顧客《とくい》も、不思議に、鏡子さんの店へ、立ち寄らなかった。

だが、別なお客が、猛然と殺到するのである。

「おい、見ろや。丸ビルのより、シャンだぜ」

そんなことをいって若い会社員が買ってゆく。学生が買ってゆく。そうかと思うと、年甲斐もない五十男が、三枚も買ってゆく。

一一

鏡子さんの新聞売りは、たしかに、図に当った。

タダの子供の悦ちゃんが、百部売るところを、美少女に化けた鏡子さんは、二百部売る。そうして朝刊と夕刊と両方だから、利益の点で、段が違う。時には、一日三円近い純益がある日もある。

ただ、困るのは、若いお客様が、

「君、今度、お茶喫《の》まない？」

と、ご親切過ぎるお言葉を下さったり、お釣銭を渡す時に、ギュッと手をお握りになったり、なさることだ。しかし、なにも商売であるから、横を向いて、少しばかり擽《くす》ぐったいのを、我慢することにしてる。

もう一つ、閉口したのは、お巡査さんに、無届辻売りだといって、叱られたことだ。しかし、鏡子さんは、こんな商売にも届出が要ることを、まるで知らなかったのだから、小言だけで済み、届出をしたら、すぐ許可が下りた。

その後、雨の日を別にして、商売は、ますます順調に進んでいる。従って、悦ちゃんにも、寸法の合った学校服が買えたし、おカズも、毎日十銭のコロッケを食べるところまで、向上した。

ある晩、鏡子さんは、夕刊を売り終って帰ってくると、すぐ、悦ちゃんに訊いた。

「麻布笄町《こうがいちょう》の大林信吾さんて、たしか、悦ちゃんの伯父さんじゃないの？」

「そうよ。鶴代伯母さんの旦那様よ」

「じゃア、この方じゃなくて？」

と、彼女は、売れ残った夕刊の社会面を開けて、そこに出てる写真を指した。

「そうよ。これ、麻布の伯父さんよ。どうしたの？　自動車が、ブツかったの？」

「ちがうの。もっと、悪いことなの。そうね、なんて説明したらいいか知ら……」

鏡子さんも、これには、ちょっと困った。

大林信吾が取締役をしている東邦商事が、破産しかけたのである。そればかりならいが、裏面に、重役の背任横領の事実があるらしく、今朝九時、大林信吾外一名が、市ケ谷へ強制収容されたという記事なのである。

「キョーセーなんとかって、なによ」

「つまり……一時、カンゴクへ入れられちまうことだわ」

悦ちゃんは、眼を丸くして、驚いた。それからしばらくして、いった。

「可哀そうだなア」

「ほんとに、伯父様、お気の毒ね」

「うウん。伯父さん、もだけれど……」

「じゃア、伯母様？　きっと、ご心配になってらッしゃるわ」

「うウん。伯母さんもだけど……」

「おや、じゃア、誰？」

「春代ちゃんと、謹吾ちゃんのことさ」

悦ちゃんの一番気になるのは、なんといっても、小さい時から遊び仲間の、あの二人の従兄妹《いとこ》である。悦ちゃんは、貧乏子供だなんていって、よくイジめた二人だが、やっぱり懐かしい二人である。

「そうね。そのお嬢さんと謹ちゃんが、一番可哀そうだわ」

鏡子さんも、それに、同意した。

二人はいつもになく暗い気持で、晩ご飯を食べた。

やがて、寝る前に悦ちゃんが、沈んだ声でいった。

「パパは、一体、どうしたンだろうな。パパのこと、新聞に出てない」

鏡子さんは、潤《うる》んだ眼で、悦ちゃんを見ながら、首を振った。

父二人

一

悦ちゃんと碌さんが住んでいた家は、今では、門の柱に、大きな貸家札が貼られてある。「四間、ガス水道あり、二十八円。但し、確実な方に限る」と書いてあるのは、よほど碌さんに懲りた結果かも知れない。

雪催《ゆきもよ》いの午後三時である。悦ちゃんのよく遊んだあの明地には、寒いせいか、子供の影も見えない。そこに植っている榎《えのき》やポプラは、最後の一枚の葉も落ちつくして、灰色の骨のような梢《こずえ》が、暗い空を刺している。

風はないが、シンシンと寒い。

曲り角から、一人の男が現われた。焦茶《こげちゃ》の毛糸の古風な襟巻を、首へ二重にかけて、あまりを懐ろへネジ込んでいる。今頃、そんな昔風な襟巻のかけ方をする人間は滅多にいない。第一、帽子もかぶらずトンビも着ないで、木綿ものの半纏一枚で、威張って寒さを凌《しの》いでるのである。こんな風装《なり》をするのは、生き残りの江戸ッ子老人ぐらいなものである。

果して、それは指物師久蔵である。指久である。例の如く、口をへの字に結んで、眼の玉をギョロギョロさせて、悦ちゃんの家の方へ歩いてゆく。二、三軒手前から、足音を忍ばせて、垣根に添って、探偵のように——いや、昔の岡ッ引きのように、悦ちゃんの家の中をのぞき込んだ。

「おかしいな、雨戸が閉ってるぞ……わッ、いけねえ。越してしまやがった！」

彼は、やっと、貸家札に眼をつけた。

腕をくんで、指久は、しばらく考え込んでいた。

やがて彼は、貸家札を頼りに家主の家をたずねた。

「あの貸家に、この間うちまで住んでた人は、どこへ越したでしょうな」

「知りませんよ、そんなことア。家賃を溜めて、ガラクタをおいて、夜逃げをされて、大迷惑をしてるンだ。お前さん、知合いなら、何とかして貰いたいね」

障子の中から、指久に負けぬ頑固爺らしい声が聞えた。

指久は、慌てて、逃げ出した。

もう、家へ帰るより仕方がない。彼は、もと来た道を、トボトボ歩きだした。

（お鏡め、ふてえアマだ。手前のお蔭で、おらあどれだけ苦労するか知れねえ。家に居れば嬶《かかあ》の奴が早く行衛を探して来いと、ヤイヤイいやアがるし、越後屋からは、まだ諦め切れねえで、婚礼の催促ばかりしやがる。お鏡さえ家にいれば、こんなイザコザは

一つもありゃしねえんだ）

そう思って、指久は、満心の腹立ちを、鏡子さんに浴せてみる。だが、そのそばから、別な気持も湧いてくるのである。

（だが、あいつも、寝巻一枚しか持たねえで、家を飛び出して、不自由していやがるだろうな。碌さんとか何とかいう男に、いいように欺《だま》されて、今頃は、田舎へでも叩き売られているかも知れねえぞ）

彼は投書事件のことを思い出して、今では一図に、娘は碌さんに誘惑されたと、きめているのである。そうして、娘の運命を思うと、耐《たま》らなく心が暗くなる。

いつか彼は、また空家の前まで、歩いてきた。

すると、まるで先刻の指久のように、家の中をジロジロのぞき込んでる男がある。外套の襟を立てて、顔は半分見えないが、頬が憔《やっ》れてる。髭が、ザラザラ伸びてる。まるで、人相は変っているが、疑いもなく、それは碌さんである。

だが、指久は、勿論、碌さんの顔を知らない。彼はそのまま黙って側を、通り過ぎてしまった。

二

碌さんは、午後二時二十五分に、東京駅へ着いたのである。そうして、申訳のない留守をした中野の家へ、一直線に、帰ってきたのである。彼は、誰よりも、まず悦ちゃんに詫びをいいたかった。悦ちゃんは、怒ってるだろう。婆やも憤慨してるにちがいない。なんと文句をいわれても仕方がない。自分が悪かったのだ。その代り、今度という今度は、料簡《りょうけん》を入れ変えて、毎日家に落ちついて、ミッチリ仕事をする積りだから——

そういう気持で、碌さんは、約一カ月振りに、我家の前へ立つと、ベッタリと、門の柱の貸家札だ。

茫然として、彼が往来へ立ちつくしたのも、無理はないのである。

一体、碌さんは、今日まで、何処をどうウロついていたのだろうか。まず、それから、説き明さなければならない。

彼が、衣類や書籍を質に入れて、東京を飛び出す事から、既に常軌を逸した行動ではあったが、京都へ着いて、カオルさんと夢月の後を追跡《ついせき》し始めた時には、まったく一疋の狂犬にすぎなかったのである。呑気で、お人よしの名を謡われた碌さんが、こうまで人間が変るかと思われるほどの悪化振りだった。象が怒ると、虎よりも、恐ろしいというが、あるいはそれに似た現象かも知れない。

彼は、カオルさんと夢月の所在を、すぐ突きとめた。二人は、部屋こそ同じではなかったが、京都ホテルの接続ルームに、泊っていた。まず、カオルさんに面会を求めた彼は、すぐ拒絶された。それから夢月に面会を求めると、彼は、ホテルのロビイで、碌さんにあらゆる嘲弄《ちょうろう》と冷罵《れいば》を、浴せかけた。

「カオルさんは、僕と婚約を結んだンだ。今更、君の出る幕じゃないぞ」

そうまでいわれても、碌さんは、眼が覚めなかった。ただカオルさんに逢って、誤解を正せば、あの楽しい過去が取り戻せるように思い込んでいる。

だが碌さんが、何度ホテルを訪ねても、無駄だった。カオルさんは、彼を恐怖して、いつも居留守を使うのである。その度に、ガソリンを掛けられたように、胸の狂炎《きようえん》が燃え上った。

やがて、市の公会堂で催される、夢月の発表試演会の日がきた。この夜こそ、きっとカオルさんが姿を現わすと、目星をつけた碌さんは、京極通りのバーで、さんざんあって勇気をつけ、会場へ乗り込んだ。だが、観客席のどこを見ても、彼女の姿は見当らなかった。こうなれば、楽屋を探すほかないと、案内女の制止するのも聞かずに、彼は〝禁出入〟と書いた扉をあけて、躍り込んだ。

果して、そこにカオルさんが、夢月と睦まじく寄り添っていた。

「あれエ！」

彼女は碌さんの顔を見ると、芝居の殺し場のような叫び声をあげた。夢月や係員が、碌さんを押えにかかった。それから後は、まるで知らない。ただ覚えているのは、巡査に引かれて、楽屋を出てゆく時に、カオルさんのいった言葉である。

「まア、なんて、嫌な人！」

その冷たい言葉と、冷たい表情を、警察署の留置場の中で、碌さんは、何度思い出したか知れない。彼は興行妨害と警官へ抵抗したかどで、二十日間の拘留に処せられたのだ。

（あんな女だったのか）

碌さんは石のような板敷へ坐りながら、そう考えた。そんな見下げ果てた女に夢中になって、警察の厄介になるまで、狂態を演じた自分は、なんという愚か者か。

「勘弁しろよ、悦ちゃん」

彼は、誰よりも、悦ちゃんに、詫びた。

三

碌さんは、いつまで考えていても、キリがないと思ったか、やがて、家主の家へ行って、悦ちゃんや婆やの行先きを、訊こうとした。つまり、指久と同じ智慧を出したのである。だが、結果は、くらべものにならないほど、悪かった。

「この野郎！　白ばッくれて、道具でも取り返しにきたなッ」

家主の頑固爺は、摑みかかりそうな勢いを示したので、碌さんは、ほうほうの体《てい》で逃げてきた。途中で、酒屋のご用聞きに出会ったが、これは鏡子さんに勘定をもらってるので、お世辞がいい。

「旦那、お久し振りですな。どこへお引越しになりました？」

「いや、それがわからんので、今、探してるのだ」

「ハッハハ。冗談じゃない。ご自分の家を忘れちまったンですか」

「忘れやせんよ。知らないうちに、移転しちまったんだ」

「恍《とぼ》けッこなしですよ。あの夜逃げは、旦那もグルにきまっててまさア」

ご用聞きは、ヘンな薄笑いをして、ズンズン行ってしまった。

碌さんは、途方に暮れて、せめて麻布の姉のところへでも、聞き合わせてみようと、町角の公衆電話の方へ行った。カオルさんとの婚約が破談になったのだから、どうせ姉の機嫌はよくないにきまってるが、悦ちゃんの行衛ぐらい知らせてくれるだろうと思った。ことによったら、悦ちゃんは、姉の家へ引き取られていやしないかとさえ、思ったのだ。

だが、電話は、何度かけても、通じなかった。しまいに碌さんは、交換手に問い合わせた。

「その番号は、他の加入者に変りました」

碌さんは、不審《ふしん》に思った。そうして今度は、義兄の勤め先きの東邦商事へ、掛けてみた。そうして彼は、大林信吾の刑務所入りを知ったのである。

(まるで、夢を見てるようだ!)

碌さんは、たった一月東京を留守したのに、帰りてみれば家もなし——まるで浦島太郎が村へ帰ったように、驚いてるところへ、重役の威勢を誇っていた義兄が赤い着物をきたと聞いては、全く茫然たるほかはないのである。

(これじゃア、姉のところへ行っても、無駄だ)

鶴代さんの性質を知ってる彼は、彼女がそういう場合に、悦ちゃんの世話なぞする女であるかないか、すぐわかった。

（京都へ立つ日に、悦ちゃんと別れるのが、なんだかいやだった。虫が知らせたのかな。これは容易なことでは、悦ちゃんに逢えないかも知れんぞ。ことによったら、一生……）

そう考えると、碌さんは耐らなくなって、ブルブルと身慄《みぶる》いをした。

今まで、我慢をしていたような空がチラチラと、粉雪を落し始めた。碌さんは、魂の抜けた人みたいに、バス通りの方へ、ノロノロ歩き出した。

悦ちゃんのことも気になるが、自分も今夜の宿をどうにかしなければならない。だが、碌さんは、懐中にもう五、六十銭しか持っていないのである。留置場を出て、すぐ京都から、汽車に乗ったのだが、辛うじて切符が買えたくらいだったのである。

バス通りへ出る角で、小さなソバ屋が、碌さんの眼に入った。寒さ凌ぎに、しばらく休んで、行先きのことを考えようと、彼はそこの暖簾《のれん》をくぐった。

「カケを一杯くれ」

そういって、碌さんが腰を下すと、さっき家の前で会った親爺が、ひとりで酒を飲んでいた。

四

碌さんは、かけソバを、ズルズルと啜《すす》った。どうも、癪《しゃく》に障って、仕様がない。このソバという奴が、十銭に値上げになってから、煙草が騰《あが》る、シャボンが騰る、すべての物価が、俄然として騰貴《とうき》し始めた。やがて恐ろしい生活難が襲ってくるだろうが、そのトップを切ったのが、この細長い澱粉製食物だと思えば、誰しも腹が立つのは道理であるが、碌さんの場合は、すこし違っていた。

彼は、かけソバというものを食うことが、癪に障るのである。

こんな、粉雪のチラチラ降る日、そうして、胸の中にモヤモヤと心配の雲が蟠《わだか》まる日──こういう日こそ、一本の熱燗が、どれだけ恋しいか、知れないのである。だが、懐中五、六十銭では、ジッと虫を殺して我慢するより、仕方がないではないか。

（あア、天ぷらソバで、一パイやりたいな！）

と、碌さんは、腹の中で、溜息をつく。これほど、意地の汚い男でもなかったのだが、鼻の先きで見本のように天ぷらソバで一パイやってる爺さんがいるものだから、つい、彼も、癇が昂《たか》ぶってくるのだ。

先刻、空家の前で会った爺さんは、もう二本目のお銚子を、ユックリ盃へ注いで、うまそうに、グイと飲む。なんともいえない酒の香が、碌さんの鼻を擽《くすぐ》って、通り過ぎる。とたんに、喉がグルルと鳴る。

（えッ、糞！）

碌さんは、ヤケになって、かけソバを大きな音を立てて、啜《すす》り込んだ。

「哥兄《あにい》……兄さん」

ふと、碌さんの耳へ、濁《だ》みた、太い声が響いた。

「失礼だが、一パイ受けておくンなさい。どうも酒ッてやつは、一人で飲むと、うまくねえンでね」

と、眼の前へ、掌のさきへ乗せた盃が、きている。

「済まンです」

碌さんの手が、無意識に伸びて、その盃を摑んだ。我ながら、サモしいと思った時には、きれいに一杯を飲み干していた。

「ありがてえね。そうきれいに干してくれなくちゃ、嬉しくねえ。だいぶ、あんたもイケる口と見えますね。さアもう一つ……」

立て続けに三バイ、熱いのを飲まされて、碌さんも、やや人心地がついた気になった。

「やア、ありがとう。お蔭で、いい気持になりました。ご返盃します」

「それア、大きに」

今度は碌さんがお酌をすると、指久はうれしそうに、猪口《ちょこ》を舐《な》めだした。

酒呑みというものは、奇妙である。見ず知らずの仲だのに、第二の接吻のような、盃のヤリトリということを始めて、百年の旧知のように、話を交わすのである。

「こんな寒い日にア、酒に限りやすよ。汁粉を食って暖めるのと、ワケがちがうからね。魂まで暖かになってくるンだから、不思議なものさね。ハッハハ」

「そう、そう。まったく、この気分ばかりは禁酒会員にはわからンですよ。つまり、わからンから、あんな誤った主義を抱くことになるですな」

碌さんは、すこし酒が回ってきたか、論理が怪しくなる。だが、指久は、我意《わがい》を得たりとばかり、大きくうなずいて、

「そ、その通り……あんな間違った話はないね。酒呑みぐらい、お国に忠実なものはありゃせん。高い税金なんのソノってね、ハッハハ……姐さん、お銚子のお代り！」

五

指久と碌さんの間に、また一しきり、盃が交換された。

だが、いくら飲んでも、二人はほんとに酔うことができなかった。二人共、胸の底に悲しみをもってるからであろう。顔つきが、だんだん、陰気になってきた。ことによったら、酒は既に充分回って、二人は泣き上戸の徴候を呈しかけてるのかも知れない。

次第に、言葉毫《すく》なになった指久は、フームと長い溜息をついてから、独言《ひとりごと》のようにつぶやいた。

「どうも世の中が、面白くねえ」

すると、碌さんも、両手で頭を抱えながら、独白《どくはく》を洩らすのである。

「つくづくクサるよ」

そうして、二人共、対手のいってる事を聞いていないのだから、面白い。

「大将、まアーパイ飲みなせえ。酒がすっかりさめちゃッた」

と指久が思い出したように、酌をしようとするのを、碌さんは止めて、

「いや、ありがとう。オジさん、もうやめましょう。少しクサクサする事があるもンだから、酒が回らないです」

「どうも、さっきからの様子が、なにか心配事のある人だと思ったよ。まア、そういわずに、熱いのを飲んで、元気を出しなせえ。心配事には、酒が一番だよ。実をいうとあッしも、気が鬱《ふさ》いで仕様がねえことがあって、このソバ屋へ飛び込んで、一パイ始めたンだがね」

「オジさんも、クサる種があるンですか。お仲間がいるもンだなア。そういえば、さっき、このさきの空家の前をブラブラしていたのは、オジさんじゃなかったかな」

「そうだ。あっしも、お前さんをどこかで見たことのある人だと思っていたが、あすこで会ったンですね」

「そうですよ。オジさんは、あの辺を貸家探しに歩いてたンですか」

「なアに、娘探しでさア」

と、指久は、ニガリ切って、いった。

「娘探し？」

碌さんは、いよいよ似た運命の人間もいるものだと、思いながら、

「娘さんが、どうかなすったのですか」

「いやどうも、お恥かしい話なんで……娘のやつが、行衛不明になっちまやがってね」

「ほウ。それア、ご心配ですな。チンドン屋の跡でも、ついて行ったですか」

「冗談いっちゃいけない。娘は、今年、二十ですよ。ちょうど、縁談がきまって、あっしも一安心したところへ、置手紙をして、家を飛び出しちまやアがったンです」

「婿さんが、気に入らなかったのですね」

「それが、お前さん。近所でも模範青年といわれる、立派な婿なんでさア。娘の気に入らない訳がねえンですが、魔がさしたというのか、フッと男に唆《そその》かされちまってね。親の口からいうのはおかしいが、娘はごく内気で、身持ちのかたい女だったのに、どうも近頃の男は、よっぽどうまく口説くにちげえねえ。碌さんという、子持ちの男に、コロリと騙《だま》されちまったンで……」

「悪い奴ですな。そのロクさんという男は」

碌さんは、身に覚えのないことだから、自分の事だとは、一向感じないのである。

「あっしも今は後妻をもらっていますが、昔は親一人子一人で、ずいぶん一緒に苦労もした娘なンでさア。今頃は、どんな目に逢ってやがるかと思うと、悲しくなってきやがって……」

と、指久が、眼のあたりをコスると、碌さんが同感の声を潤《うる》ませて、

「そうでしょうなア。よく解るです。実は、僕も娘の行衛を探してるンですよ」

六

「おやッ?　お前さんも、娘に逃げられたンですかい?」

と、指久は、見知らぬ男が、自分と同じ愁《うれ》いをもつのを知って、感に堪えぬように、

「やれやれ、お気の毒な……で、対手の男は、何者です?」

「いやア、オジさん、家の娘はまだ十ですよ」

「これは、だいぶ話がちがう……すると、自分で家出をしたわけじゃねえンですね。人《ひと》浚《さら》いにでも、さらわれたンですかい?」

「まさか。昔と違って、そんな心配はありませんが、あるいは、好意的な人浚いに会っていまいとも限りません。さっきから、実は、その事も考えているのですが、あるデパートへ出てる娘さんが、とても家の子供を可愛がってくれたですよ。たった一度、買物に行ったばかりなのに、肉親の姉といおうか、母親といおうか、不思議なほどの可愛がり方なンです。また、家の娘の方でも、この世の誰よりも、その女《ひと》を慕《した》っているンですな。だから、ことによったら、その娘さんのところへでも、連れて行かれやしないかと思ってるンですがね」

「そりア、よくねえ女だね。親に黙って、娘を連れ出すという法はありませんよ。一体、いつの間にいなくなっちまったンです?」

「それが、委《くわ》しくお話をしないとわからンですが、実は、僕も妻に死なれた男なんです」

「ほウ。それはそれは」

「どうも男親一人で女の子を育てるというのは、骨が折れてやりきれんです。第一、子供が可哀そうで……」

「その通り！　あッしも覚えがありますよ」

「で、後妻を貰うつもりになったんですが、娘はしきりに、そのデパートへ出てる娘さんにしてくれというやつを、ふとした迷いで、僕が、お金持の令嬢で、持参金つきの美人というのに、その……夢中になっちゃッたです……」

「それア、お前さん、よくないよ。子供の気持を考えてやらねえのは、お前さんのまちげえだ。あッしも、今になって、後悔してるンだがね。娘のやつが、嫁《ゆ》きたくもねえところへ嫁かせようとしたから、家出をするような始末になったンだ。縁組みというやつばかりは、昔風に親の見立てで、押しつけるわけに行かねえもンだと、今度は、あッしもつくづくわかりやしたよ。ところで、話の続きはどうなりやした？」

「どうも、お話しするのが、少しキマリが悪いですが……その令嬢と婚約ができて、交際してるうちに、いつの間にか、彼女は僕の友人と恋に落ちてしまったのです」

「お前さんの友達と？　そいつは、太てえアマだね！」

「で、僕もカッとなっちまって、二人の跡を追っかけて、京都まで行ったンです。じき

に帰ってくる積りなのが、用事で少し手間取りましてね」と、碌さんも、さすがに留置場入りの件は、秘密にしたが、

「もう、その令嬢のことは、スッカリ諦《あきら》めて、東京へ帰ってきたのが、今朝のことなんです。長く留守をしたから、娘もさぞ心配したろうと、急いで帰ってみると、家には、貸家札が貼ってあります。娘の行衛は、まるで知れません……」

「それア、心配なさるのも、無理はねえ。お察ししますよ……だが、お前さんの家というのは、さっきの空家なんですかい？」

「そうです」

「お前さんの名を、一寸聞かしておくンなさい」

「僕ですか、僕は、柳碌太郎という者です」

「やい、この野郎」

指久は、俄かに立ち上って、碌さんの胸倉をとった。

「てめえが、碌さんか！　もう逃さねえぞ！」

七

「さア、娘を出せ！　お鏡の行衛を教えろ！」

と、猛り狂う指久と、

「おやッ？　すると、君は、鏡子さんのオヤジだね。悦ちゃんは、君ンところへ行って

るだろう。おい隠さずに、白状しろ！」

と、逆襲する碌さんとが、お互いに胸倉を取って、もみ合ってる風景ぐらい、およそ世の中に、トンチンカンなものはなかった。

「まアまア、お静かに」

と、ソバ屋の亭主も、帳場から飛び下りてきて、宥《なだ》めるのだが、二人は、まるで軍鶏《しやも》が蹴り合う前のように眼の玉を寄せて、睨めッこをしている。幸い、両方で襟を摑み合ってるから、手がフサがっていて、殴り合いをする心配はない。

さすがに、指久は年長である。そうやって、睨めッこをしているうちに、碌さんの眼の中に、嘘や詐略《さりやく》の色がないことを、次第に気づいてきたのである。

「やい、碌さん。おめえ、ほんとにお鏡の行衛を、知らねえのかい？」

「知るもンかい。ジイさん、君の家には、実際、鏡子さんも悦ちゃんもいないのか？」

「あたりめえよ。娘が家にいるくれえなら、年末の忙がしい中に、中野あたりをウロウロしちゃいねえぜ」

と、いって、碌さんの洋服を摑んだ手を、放した。続いて碌さんも、指久の半纏の襟を、締め上げるのを、止めた。

二人は黙って、倒れた椅子を起して、もとの座に、腰かけた。ソバ屋の亭主は、安心して帳場へ引っ込んだが、差し向いになった二人は、ひどくテレ臭いのである。

気まずい沈黙が、しばらく続いた。

「すると、やっぱり、お鏡の行衛は、知れねえのか」

指久が、暗い顔を俯《うつむ》けて、呟《つぶや》いた。

碌さんも、やはり、同じことを考えていた。この老人が、鏡子さんの父親と判明したが、悦ちゃんの消息の知れないことは、依然として、変らない。

「だがね、碌さん」

と、指久は何か思いついたように、いった。

「あッしの思うのに、ことによると、これア、南京豆だぜ」

「なんですか、南京豆とは？」

碌さんは、ムッツリ答えた。

「いやさ、お前さんの娘の居所をつきとめると、あッしの家の娘も一緒にいやしねえかと思うンだ。南京豆を割ってみなせえ、一つカラに、二つ入ってるじゃねえか」

指久も、なかなか気の利いたことを、いう。

「なるほど……僕も、それを考えるから、貴方に鏡子さんの行衛を、訊いたのです。実際、二人の仲は猛烈を極《きわ》めてたからなア」

「だから、あッしも、お宅の娘さんの手紙を見て、こいつア臭えと、睨んだンだ。碌さんて奴の偽手紙だとね。あやまるよ。勘弁しておくンなさい。こうやって見ると、お前さんは、そんな器用な真似のできる男じゃなさそうだ」

「いやなに……すると、これから悦ちゃんの行衛を探すのも、タイ・アップで行くかな」

「なんだって？」

「いや、二人で一緒に、自分の娘を探して歩こうというンですよ」

「そう願いたいね。年寄り一人じゃ、心細くっていけねえ。是非、お頼みしやすよ。じゃア、これから、もう一度、近所を探してみようじゃありませんか」

指久は、大きな声で、勘定を命じた。

八

指久と碌さんは、もう日の暮れかけた町を、降りしきる雪に、傘も差さないで、アチコチと、心当りを訊ね歩いた。

八百屋や酒屋で探り得たことは、夜逃げの当日まで、鏡子さんらしい若い娘が、あの家にいたというだけで、肝腎《かんじん》の現在の住所については、雲をつかむような結果に終った。

「やっぱり、お鏡のやつ、来ていやがったンだね」

「そうらしいですね、悦ちゃんは、今でも、きっと鏡子さんの側にいるに違いない」

二人は、予測の的中を知って、そういい合ったが、さて、これからどこを探すというあてもなかった。

「お前さん、これから、どうします？」

「簡易宿泊所みたいな処へでも、行こうかと、思ってますが……」

「どうです、家へきて、泊りませんか。お鏡の寝床が明いてますア」

「いや、それア、あンまり……」

「遠慮はいらねえ。その代り、足を伸ばすと、裏へ突き抜けちまうような家だ」

「ありがとう」

「そうしなせえ。なにしろ、この雪じゃア、どうにもならねえ。家へ帰って、ユックリ相談をしやしょう」

指久は、さっきから一緒に歩いてる間に、だんだん碌さんという男の人柄が、気に入ってきたのである。それに、同病相憐れむというか、娘の行衛不明を案じる気持を、察しないわけに行かない。そうして、彼は碌さんが、一文無しに近い窮境にあることを、様子で感づいている。彼の気性として、自分も貧乏人ではあるが、黙って見てはいられない。

「じゃア、一晩だけでも、ご厄介になりましょうか」

ついに碌さんは、そういった。汚れた木綿の半纏《はんてん》を着たこの爺さんの家へ、厄介になるのは、いかにも心苦しかったけれど、他に行先きがない以上、やむを得ない。もっとも、いくら碌さんが意気地がなくても、指久が鏡子さんの父親でないとしたら、一夜の宿でも、借りる気にはならなかったろう。彼は、悦ちゃんとどこかに隠れているだろう彼女に、ある懐かしさを感じないわけに行かないのである。

「おや、ヤケに降ってきやがった。早く乗物へ乗りやしょう」

二人は、雪の中を、小走りに、バスの停留所へ行った。もし今日が好天気で、それから二人が省線を選んだならば、駅前で新聞を売る鏡子さんに、逢えたかも知れないのだ。よくよく今日は、運の悪い日に相違ないのである。

新宿で、市電に乗換えて、小石川八千代町で降りた時には、トップリ暮れた夜の町に、屋根や庇《ひさし》が、もう真ッ白に積っていた。

指久は、先きに立って、ズンズン碌さんを案内した。横へ曲ると、越後屋米店のある町である。鏡子さんと婚礼する筈だった次作君が、いつも店先きにいる。指久は、娘の家出以来、なるべくこの前を通らないようにしていた。しかし、今日はこの天気なので、遠回りの道を避けたのである。

彼は気をつけて、往来の反対の端を、コソコソ通り抜けようとした。が、彼は、ふと呟《つぶや》いた。

「おや？」

こんな雪の降るなかに、越後屋の店の前へ、黒山のように、人が立っているのである。

九

（小火《ぼや》でも、出したのかな）

指久は、そう思って、人々の肩の間から、越後屋米店のなかを、覗き込んだ。

煙もない。焔も見えない。尤も、店先きへ、横坐りに坐ってる一人の女は、火のように怒っている。

「なんでもいいから、当人を出して下さいよ。当人に会えば、まさか知らないなんて、いいはしやしませんよ」

二十一、二の、髪にパーマネントをかけた女だ。それも、何日も手入れをしないように、ひどく乱れて、華手《はで》な人絹錦紗《きんしゃ》の着物は、酒や白粉の染点《しみ》で、すっかり汚れている。一見、場末のキャフェなぞにいる女の風体《ふうてい》である。ただ、胸のあたりに、ネンネコで包んだ、生後半年ぐらいの赤ン坊を抱えているのが、眼に立つのである。

「家の次作に限って、そんな不行跡《ふしだら》を働く男じゃない。つまらぬ言い懸かりをすると、警察へ引き渡しますぞ」

越後屋の主人も、女に負けず、カンカンに怒っている。

「ええ、警察へだって、どこだって、行きますよ。さア、連れてって下さいッ」

女は自信があるとみえて、赤ン坊を抱えて、スックと立ち上った。

その時である。奥から次作君が飛び出してきた。

「お父ッつぁん、待って下さい」

「おや、次作か。お前、この女ごさんのいうようなことは、まさか、身に覚えはあるまいな」

次作君は、黙って、うなだれた。

「次作さん」

女は、眼に一杯涙を溜めて、叫んだ。

「あんた、随分ひどい人ね。あんなに固い夫婦約束をしておきながら、他所からお嫁さんをもらおうなんて、あンまりだわ。それア妾は、自分がバカだと思って、諦めるにしても、この子の将来は、どうするの、この子の……この子の……」

女は、そういって、泣き崩れてしまった。

次作君は、依然として、無言で、下を俯いてる。

「次作！　してみると、お前は……」

息子の様子をジッと見ていた越後屋の主人は、突然、大きな声を出して、

「この、バカ野郎！」

次作君の頭が、ポカリと音を立てた。

「行きやしょう」

指久は、碌さんを促《うなが》して、歩きだした。続いて、見物人が一人二人、散り始めた。

「驚きましたね。あの模範青年に、あんな秘密があろうとは」

「ハッハハ。食わせ者の流行《はや》る世の中ですな、では、おやすみ」

近所の人らしいのが、そんな挨拶をいって、別れて行った。

指久も、驚いた点で、人に譲らない。だが、ただ驚いてばかりもいられないのである。

あんな女があるのを知らないで、娘が嫁入りしたら——それを考えると、ゾッとする。

そうして、あの男を嫌った鏡子さんは、わが娘ながら、眼が高かったと、感心せずにい

られない。鏡子さんは、べつに理由もなく、次作君を虫が好かなかったのだが、処女のカンというものも、なかなか的中するものとみえる。

（まア、いい。これで、越後屋と約束を破った義理が立つ。これから、大きな面《つら》して、あの店の前が通れる）

指久は、一つの重荷をおろした気になって、我家のある露地へ、足を踏み入れた。

「碌さん、こういう汚《きた》ねえところだ。驚いちゃいけやせんぜ……おい、お藤。お客様をお連れ申したぜ」

メリイ・クリスマス

一

「早くご飯にしてよ。お姉さん」

悦ちゃんは、朝刊を売って帰ってきた鏡子さんに、そう催促する。

「あら、もう、ご飯？」

「うん。早くお午《ひる》ご飯食べて、教会へ行くの」

「教会？　悦ちゃん、ヤソになったの？」

と、鏡子さんが笑うと、悦ちゃんは済ましたもので、

「うん。そう」

「まあ、いつから？」

「今日だけ」

鏡子さんが、また笑った。

今日は日曜である。クリスマスには、まだ四日間あるが、近所の教会でそのお祝いがある。勿論正式の二十五日に行うのだが、今日は、いつも日曜学校へ来る子供達を中心に、付近の貧しい児童へ、クリスマスの喜びを頒《わか》つ催しなのである。だから、今日教会へ行くと、お餅がもらえる。玩具がもらえる。それから、信者の子供達の演ずる児童劇も見られれば、童謡も聞けて、一日、面白く遊べるのである。

今では、悦ちゃんは、疑いもなく〝貧しい児童〟の一人である。確かに、教会から招待される資格がある。尤も、あまり、うれしい資格ではない。

「そう」

と、悦ちゃんの説明を聞いて、鏡子さんは、なんとなしに、悲しい気持がした。悦ちゃんのパパに、済まないように思うのである。だが、そんな見栄も張っていられない。日曜に、せめて動物園ぐらいへ悦ちゃんを連れて行きたいのだけれど、思うに任せない現在なのである。こういう機会に、悦ちゃんを娯《たの》しませてやるより、仕方がないではないか。

「そう。それは、いいわね。じゃア、早くご飯にして、この間買った水兵服着て、綺麗にして、行ってらッしゃいね」

そういって、鏡子さんは、火鉢へ炭をついで、お茶を沸《わか》し始めた。

悦ちゃんは、平気である。自分が〝貧しい児童〟の一人だとも、また、〝貧しい児童〟が恥かしいとも、思っていない。なぜといって、新聞店のキワ子さんだって、煙草屋のチヨ子さんだって、一緒に行くのである。東京の子供は、みんなチャッカリしている。クリスマスの日だけ、〝ヤソ〟になったり、〝貧しい児童〟になったりするぐらい、お茶の子である。

ご飯が済んで、髪を撫ぜつけてもらったり、新しい靴下を穿《は》かせてもらったり、やっと、悦ちゃんの支度ができた。

「行ってまいりまアす」

「あんまり晩くならないようになさい」

ママ振りだか、姉振りだか、子供を送り出す鏡子さんの態度も、板についてきたが、悦ちゃんは、半分聞かないで、飛び出してしまった。

キワ子さんを誘って、それからチヨ子さんを誘って、三人で教会へ行く途中、町はもう笹竹や松が飾られて、紅白の幕を張り回した店々は、聯合大売出しで、景気がいい。

「悦ちゃん、クリスマスって、何だか知ってる？」

「モチさア。ヤソが生まれた日だわよ」

「あら、死んだ日よ」

「ちがうわよ、キワ子さんも、悦ちゃんも、ちがうわ。クリスマスは、西洋のお正月だわよ。お父さんが、そういったわ」

「なら、あたし達、ずいぶんトクね。西洋のお正月と、日本のお正月と、両方できるンですもの」

「そうよ。だから、日本は、いい国なのよ」

子供も、近頃は、お国自慢をする。だが、お饒舌《しゃべり》をしているうちに、いつか教会の屋根が見えて来た。

二

説教壇には、一面に青い幕が張ってある。中央に、大きなクリスマス・ツリイが飾ってあって、それに真綿の雪やら、金の星やら、蠟燭《ろうそく》やら、それから、八方へ太い尾をひいてる銀モールやら、眼が覚めるように、美しい。

「……かように、お目出度い日なのでありますから、どうぞ皆さんも、今日は一日、愉快に遊んで下さい。信者の方の御出演になる、いろいろの面白い余興もありますし、また信者の方の御寄付になった、さまざまなお土産もあります。そうして、信者である方も、また信者でない方も、こういう楽しい、喜びの集まりをもちますことは、いまから千九百三十六年前の今日——いや、今日ではありません、十二月二十五日に、ベツレヘムの馬小屋にお生まれになった、エス様のお恵みによるものと、感謝して頂きたいと存じます」

牧師さんは、お辞儀をして、壇を降った。子供達は小さな手をたたいて、一斉に喝采を送った。牧師さんのお話に感心したのか、それとも余興の始まるのがうれしいのか、その辺のことは、ハッキリわからない。

「最初は、わたくしの童話であります」

牧師さんは、また壇に現われて、自分の演目を、紹介した。

「あの先生の童話、つまンないよ」

と、日曜学校の生徒らしい男の子が、早くも折紙をつけた。果して、牧師さんの童話は、小さな欠伸《あくび》を、到るところで、催させた。いま時、イソップの狐と犬の話なぞは流行《はや》らないとみえる。

「次ぎは、信者のお子さん達の、童話劇であります。題は〝天使と納豆《なつとう》売り〟であります」

これは呼物だけに、万雷のような拍手が起る。

舞台へ、切抜きの街燈と、芥箱《ごみばこ》が、飾られた。夜の往来のつもりであろう。貧しい納豆売りの少年が、出て来た。

「あれ、三年の渡辺だよ。済ましてやがら」

男の子の仲間は、すぐに、主役俳優の正体を、看破してしまった。渡辺君は、ハニカミ屋だとみえて、舞台の隅ばかり歩いて、小さな声で、白《せりふ》をいった。

うだ」

「納豆、納豆、困ったな。ちっとも売れない。僕、お腹が減って、寒くて、もう死にそ

その癖、渡辺君は、立派な会社員の息子で、ラクダのシャツを着て、おやつにシュウ・クリームを食べ飽きたような顔をしてるから、あまり情がうつらない。ただ悦ちゃんだけは、自分が新聞を売ったことがあるから、大いに同情を催したようである。

やがて、渡辺君が、ゴロリと、舞台へ臥《ね》てしまうと、可愛い天使の群れが現われる。これも、信者のお嬢さん達である。洋服の上に、薄い紗《しゃ》の羽根をつけて、不幸で、親孝行な納豆売りの少年を慰めるために、いろいろなダンスをして見せる。これは、練習が行届いてるとみえて、とてもよく揃って綺麗だった。

童話劇は、大成功で、幕をおろした。

今度は、童謡の番である。

司会者の牧師さんが、また壇上へ昇った。

「今度は、童謡の番であります——番ではありますが、すこし困ったことができました。それをお謡いになる信者のお嬢さんが、急に風邪をおひきになって、お出になれなくなりました。ですから、皆さんの中で、童謡のお上手な方に、代って謡って頂きたいと存じます」

と、牧師さんが、一同を見渡すと、

「悦ちゃん、あんた、謡いなさいよ」

「そうよ、悦ちゃんなら、大丈夫よ」

キワ子さんも、チヨ子さんも、頻りに、悦ちゃんを推薦するのである。

三

悦ちゃんは、ノコノコ、壇へ上って行った。

「しっかりやってエ、柳さアーん！」

「ガンばれエ、悦ちゃアん！」

キワ子さんとチヨ子さんが、黄色い声を張り上げると、それを合図のように、方々から声がかかった。悦ちゃんを知らない子供が大勢だのに、口真似をして、

「悦ちゃアん！」

「悦ちゃアん！」

と、ものすごい声援である。つまり、今までの余興はことごとく信者側の出演だったのに、この時始めて〃貧しい児童〃の側から、代表者が出たからであろう。悦ちゃんは、安部磯雄代議士の格である。無産陣営より、拍手急霰《きゅうさん》の如く起る――大人の世界も、子供の世界も、そう違うものではない。

悦ちゃんは、壇の中央に立って、右と左と正面と、三度にわけて、マンベンなく、愛嬌笑いと、軽いお辞儀を送った。恐ろしい舞台度胸である。児童劇に出た渡辺君などと、ダンチな態度である。

（〃お手々つないで〃は、あんまり幼稚園みたいだし、〃あなた、なんだい〃は、先生に叱られそうだし……なにを謡《うた》おうかな）

悦ちゃんは、壇の上で、しきりに考えてるのである。

やがて、彼女は、オホンと、小さな咳《せき》払いをした。どうやら、曲が決まったらしい。

教えてよパパ

教えてよママ……

悦ちゃんは、遂に謡いだした。碌さんの書いた、パパ・ママ・ソングである。だが、今日の出来は、まったく素晴らしい。高いところへ上って、反響装置のある建物の中で謡うせいか、彼女の唄は、子供とは思われない声量とツヤがある。そうして、今日は、節回しがひどく達者なばかりでなく、胸を抑えたり、手を拡げたり、眼を寄せたり、唇を曲げたり、あきれるほど身振りと表情沢山である。あんな芸を、どこで覚えてきたのだろう。そうだ、テムプルちゃんの映画が、お師匠さんにちがいない。

子供達は、大喜びで、聞いている。壇の端の方に立っている牧師さんも、病気欠席の童謡歌手より、この子供の方がうまいわいと、ニコニコ感心していたが、

パパがママをすきだッて

ママがパパに、愛してッて

という文句のところへくると、そろそろ顔をしかめだした。

どっちが先きに、打ったのよ

ママがパパを、ピシャリと

パパがママをポカリと

そこまで、唄が進むと、もう牧師さんは、我慢しきれなくなった。

「止め止め……そんな唄を、教会で謡われては困る」

牧師さんは、悦ちゃんの側へ行って、壇を降りるように、命令した。

小さな聴衆達は黙っていない。

「悦ちゃん、もっと謡ってエ！」

「降りちゃ駄目よ、悦ちゃん！」

干渉横暴《かんしょう》を叫ぶ声が、各所に起る。捨てておくと、事態収拾すべからずと見て取ったか、牧師さんは機敏にも、

「さア、お菓子とお土産袋を、くばりまアす」

と、叫んだら、忽ち一同軟化して、和やかな笑いとサザメキに、包まれてしまった。

愉しいクリスマスだった。

四

お餅と玩具の入ったお土産袋を抱えて、悦ちゃん達は、教会の門を出た。
お土産袋も嬉しいが、悦ちゃんには、あんなにうまく唄が謡えたことが、とても嬉しかった。

「悦ちゃん、ほんとに、テムプルちゃんみたいだったわよ」

「ほんと！　だのに、牧師さんたら……」

お友達の中で、悦ちゃんの人気は、俄然、素晴らしい。

やがて、新聞店の前でキワ子さんに別れ、タバコ屋の前でチヨ子さんに別れ、悦ちゃんは一人になった。もう夕暮れである。蜜柑のような色に、西の空が染まっている。風が寒い。悦ちゃんは、早く、今日の話を、鏡子さんに聞かせようと、急いで歩いた。いつもなら、鏡子さんは、今頃、駅前へ出てるのだが、今日は日曜で、夕刊は休みである。

すると、悦ちゃんの後方から、息を切って、大股《おおまた》に歩いてきた男がある。

「ちょっと……君！」

と、悦ちゃんを呼び止めて、顔を熟視しながら、

「やっぱり、そうだ……君、碌さんのところのお嬢さんでしたね」

「ええ、そうよ」

黒い帽子に、黒い外套《がいとう》を着た、そのオジさんの顔を、悦ちゃんは、ちょっと思い出せなかった。

「もう、忘れたの」

「あア、そうか。わかったわ。阿佐ケ谷のGさんだア」

いつか、スイート・レコードの吹込室で、悦ちゃんが悪戯《いたずら》をした時に、優しく庇《かば》ってくれた楽長のオジさんである。そうして、この秋に、二週間ばかり、オジさんの奥さんの処へ、童謡を習いに行ったのである。Gさんは、悦ちゃんの頭を、しきりに撫《な》でながら、

「悦ちゃん。たいへん、唄が上手になりましたねえ。僕の思ったとおりだった」

「あら、どうして、知ってるの」

「だって、今、教会で、聞いてたンですよ」

Gさんは、教会へ、童謡歌手の欠席を、告げにきたのだった。その令嬢も、彼の細君の弟子だったからである。そうして、すぐ帰ろうと思って、出口まできた時に、悦ちゃんが登場した。彼は、舌を捲いた。こんな生命のある、立派な童謡をうたう子供が、日本にいるかと、驚いた。せめて、名前だけでも聞いて置こうと思って、後を追っ駆けてきたら、それは、もうお馴染みのある悦ちゃんだったのである。

「悦ちゃん。僕は、是非、君に頼みがあるのだけれど、パパに、まず会いたいンです。碌さんは、この頃、ちっとも顔を見せないけれど、お家《うち》にいますか」

悦ちゃんは、黙って俯《うつむ》いていたが、やがて、

「パパ、いないンです、この頃」

「碌さんいない？　じゃア、お家には、誰がいるンです」

「あのウ……ママ」

「ママ？　おや、碌さんは、いつの間に、細君を貰ったのかな」と、Gさんは、不審そうな顔をしたが、

「まアいい。とにかく、ママが家にいらっしゃるなら、僕、是非お目に掛って、お話したいことがあるンです。悦ちゃん、お家へ案内してくれませんか」

と、Gさんは、なにか急に用事とみえて、セカセカと、頼むのである。

「ええ、いいわ。すぐそこの、炭屋の二階よ」

Gさんが、また、驚いた顔をした。

五

「始めまして……」

と、Gさんは、折り目のついたパンツを、汚い畳の上に揃えて、丁寧にお辞儀をした。

鏡子さんは生まれてから、こんなにマゴついたことはない。まさか、この炭屋の二階へ、お客様なぞくる道理がないから、ヨレヨレの紡績の着物に、帯一つで、晩飯の支度をしていたところへ、悦ちゃんが、Gさんを連れてきたのである。そのお客様が、碌さ

んの友人だというのだから、まったく顔から火の出る思いがする。

「…………」

何にもいえないで、鏡子さんは、お辞儀ばかりしてると、

「早速ですが、柳君がご不在だそうですから、貴女に折入って、お願いがあるのです。悦ちゃんの母親として、貴女にご承諾願いたいことが……」

「あのウ、妾……」

母親といわれて、顔から火どころではない。鳩でも飛び出しそうである。

「実は、僕もこの間の騒動以来、スイート・レコードの方をやめまして、今度できました新興レコードの取締役兼音楽部主任をやっています。今度の会社は、万事、企画が新しいので、浪花節やハア小唄には、手をつけませんが、ジャズ音楽や新童謡には、非常に力瘤《ちからこぶ》を入れています。ところで、この悦ちゃんなンですが……」

と、Gさんは、スイート・レコードの吹込室で、碌さんに語ったとおり、悦ちゃんの音楽的天分の讃辞を、もう一度繰り返して、

「日本のシャアリイ・テムプルとでもいいますか、実に、珍らしい声とカンをもっているンです。当時僕はスイート・レコードの企画部へ薦めたンですが、あの会社は古いから、僕の案を採用しませんでした。今となれば、これが勿怪《もっけ》の幸いで、今度は我社のレコードで、悦ちゃんを大々的に売出してみたいと思います。ついては、他の会社が手出しをしない前に、悦ちゃんを我社の専属にさせて頂きたいのですが、それを、是非、お

母アさまにご承諾願いたいのです。いや、専属料は、スイートの場合なぞより、ウンと奮発いたします。如何《どう》でしょう、是非、ご承諾を願えませんか。ねえ、お母アさま……」

意外な話と、〝お母アさま〟と、両方で、鏡子さんは気も顚倒するばかりに混乱して、返事どころではない。だが、強《し》いて落ち着いて考えてみると、これは大変いい話ではあるが、自分の一存で決すべき事柄ではない。自分は〝お母アさま〟でもないし、姉ですらもない。悦ちゃんの養育を、父親から依頼された人間でもないのである。碌さんの意見も訊かないで、そんな契約をむすんだりしては、申訳のないことである。だから、あからさまに事情を話して、お断りするのが、当然であると考えて、

「あのウ、実は、妾……」

と、自分の身分証明を始めようとすると、

「ママ！」

と、悦ちゃんが、呼んだ。

「まア、悦ちゃん」

「ママ。あたしね、もうせんから、レコードへ出たかったのよ。ねえ、いいでしょう？ 出してよ、ママ。ねえ、ママったら！」

「悦ちゃん、あんた、まア……」

と、鏡子さんは、悦ちゃんの態度に面食らって、二の句が次げないのである。悦ちゃ

んは、平気な顔で、鏡子さんの首ッ玉へ齧《かじ》りついて、グイグイ揺りながら、

「ねえ、ママったら！」

Gさんはこれを見て、最近もらった継母《ままはは》にしては、実によく馴付《なつ》いたもんだと、感心しながら、

「お嬢さんも、こう仰有るンです。是非、ご承諾下さい。ねえ、お母アさま！」

六

こうなると、鏡子さんも、今更、自分が母親でないと弁明する、キッカケを失ってしまうのである。

「はア……でも……はア」

何をいってるのだか、サッパリわからない。

「いや、契約といっても、なにもむずかしいことは、一つもありません。書類の作製なぞは、いつでもいいです。今日は、口約束で結構です」

「はア……でも……はア」

「柳君も、僕とは親しい仲ですし、同じようにレコードの仕事をやってるのですし、決して不承知をいう筈がありません。それに、悦ちゃんが専属になってくれれば、碌さんの歌詞も、我社《うち》で始終買います。いや、碌さんも、専属になってもらってよろしい！」

「はア……でも……はア」

「ママ。早く、ウンていいなさいよ」

「悦ちゃんのご教育の妨害になるようなことは、一切いたしません。その点、我社は新方針をもっています。子供を芸人扱いにはいたしません。吹込みや実演も、必ず学校の時間外にやります。ねえ、いかがでしょう?」

「はア……」

「ママ!」

「お母アさん」

二人に攻め立てられて、とうとう、鏡子さんも、黙って首を垂れてしまった。

それを見て、すかさず、Gさんは、

「では、失礼ですが、悦ちゃんのお支度料として……」

と、ポケットから、紙入れを出して、手早く、十枚の十円紙幣を列べて、

「どうぞ、お納め下さい。それから、明日、学校が退《ひ》け次第、日本橋の本社へ、悦ちゃんをお連れ下さい。早速、テストを始めるかも知れません……いや、これは飛んだお邪魔をしました。いずれ、明日」

「あの、もし……」

と、鏡子さんが声をかけた時には、Gさんの姿は、もう階段から消えていた。

(まア、どうしたらいいだろう!)

鏡子さんは、シンの出た畳の上の金百円を眺めて、溜息をついた。

「スゴク儲けちゃッたわね。すてき、すてき！」

悦ちゃんは、ひとりで跳ね回って、喜んでいる。たった数日間、夕刊を売りに出ただけだが、悦ちゃんは、お金の価値を覚えたのである。これだけ儲けるためには、一体、夕刊を何万枚売らなければならないか、暗算はおろか、筆算でやっても、ちょっとむずかしそうだ。

「悦ちゃん、そんなことといって、ほんとに、唄うたいになる気？」

「モチさア。パパだって、もうせん、あたしを唄うたいにしようかッて、いったことあるンだぜ」

「まア、ほんと？」

「ほんとさア。そいから、今日、教会で謡って、あのオジさんを感心さしちゃった唄だって、パパの書いた唄なんだぜ。パパ・ママ・ソング——柳碌太郎氏作詞さア」

「まア」

「パパ決して怒りゃしないわよ。だから、あたしを、唄うたいにさしてよ。ね、ね、ママ！」

「また、ママだなんて……さっき、妾、顔から火が出そうだったわよ。なぜ、お姉さんて、いわなかったのよ」

「だって……もう、ママなんだもの」といって、鏡子さんの顔を覗き込み、

「いけない？　ねえ？　憤《おこ》った？」

返事のかわりに、鏡子さんは、グッと悦ちゃんを、膝の上へ、抱き寄せた。憤っていない証拠であろう。

七

「やア、済まンです」

と、碌さんがお茶碗を出すと、お藤さんがお給仕をして、

「いつも、なんにもなくて、お気の毒ですね。ハンペンのお汁でも、どうぞ、お代りして下さいましよ」

ほんとに気の毒そうに、そういうのである。

あの雪の日から、もう半月あまりたっていた。姉の家は屋敷を売って、四谷の小さな貸家へ引っ込んでしまったし、行先きがないので、碌さんは、ズッと指久の家の食客となっている。いやしくも、城南大学を出た人間が、裏長屋の指物職人の家に、居候《いそうろう》をするとは、情けない話ではあるが、この小説を書いてる時代には、あまり珍らしいことでもなかった。女給さんに食べさしてもらってる、法学士なぞもあったのである。

だが、同じ居候をしても、碌さんは幸福な方であろう。指久夫婦は、江戸ッ子で、貧乏人である。江戸ッ子は、貧乏になると、いよいよ同情心と義俠心を発揮する、不思議な人種である。自分達はお魚を食べなくても、碌さんには食べさせようとする。碌さんが、居候根性《こんじょう》を出して、三杯目にはソッと出しでもしようものなら、お藤さんは、富士

山のように、ご飯を盛り上げずにおかない。

指久は、碌さんが来てから、今までの倍、働くようになった。自分の気が向けば、いくらでも仕事のできる腕を持っている癖に、ふだんは怠けてるから困る。その代り、碌さんは、悦ちゃんと鏡子さんの捜索《そうさく》事業を、一手に引受ける約束になって、今日も午後から、日比谷公園や動物園や、子供のいそうな所を、宛《あて》もなく探し歩いて、夕方、腹を減らして帰ってきたところなのだ。指久は、お得意の品物を届けに出ているので、お藤さんは、まず先きに、碌さんの膳ごしらえをした。

「ほんとにねえ、どこに隠れているンでしょうねえ」

と、お藤さんは、歎声を漏らして、新しい番茶を碌さんの湯呑みについだ。越後屋の次作君が、偽《にせ》模範青年とわかってから、お藤さんは大いに責任を感じて、朝夕、鏡子さんの無事帰宅を、神仏に祈らないことはない。

「やア、ご馳走さま」

碌さんは、そういってお辞儀をした。腹の中では、今日も一日、捜索が無駄に終ったので、お藤さんと同じ歎きを、無言で繰り返してるのである。

そこへ、格子の開く音がして、

「お藤、いま帰ったぜ」

寒さに鼻を赤くして指久が現われた。

「お帰ンなさい」

「なんでもいいから、早く、一本つけねえ。耳寄りな話があるんだ」

と、指久は例の骨董的襟巻《こっとうてきえりまき》もとらないうちから、

「碌さん。喜んでおくんなさい。お鏡の居所の、目星がつきましたよ」

「おやッ、そうですか」

「えッ、お前さん」

と、二人は、同時に声を発した。

「やっぱり、碌さん、中野にいやがったンですよ。今日、得意先きで、仲間の清公てえ職人に会いやすとね、おめえンところのお鏡ちゃんが、中野の駅前で、新聞を売ってたぜと、吐《ぬ》かしやアがるんです。水兵服を着て、子供のナリをしてたが、たしかにあれア、お鏡ちゃんだ。もう一週間も前のことだが、きっとまだ売ってるにちげえねえから、早く行ってみろと、教えてくれたンですよ」

八

翌朝、六時に、お藤さんに朝飯を拵《こしら》えて貰って、碌さんは、家を飛び出した。眼指すところは、いうまでもなく、省線中野駅前である。

碌さんは、誰よりも先きに、改札口を走り出た。

「〆《し》めた！」

いる、いる！　やっと出た遅い朝日に照らされて、水兵服を着た一人の新聞売子が、

これから店を展《ひろ》げようとするところである。

「鏡子さんッ」

売台をひっくり返しそうな勢いで、碌さんは側へ寄った。

「わッ」

不意を食って、胆《きも》を潰した少女は、尻餅をつきそうに、後ろへヨロけた。

違う、違う！　鏡子さんではない。これは、ホンものの少女で、十五、六の、鏡子さんとは似てもつかない、粗製濫造の顔立ちである。

「まア、ひどいわ」

「済まンです、済まンです……君は、いつもここで、新聞を売っとるですか」

「いいえ。一昨日から、売りに出たのよ」

「じゃア、その前に売ってた女の人を、知らんですか」

「知らないわ。なんでも、とても綺麗な女が出ていて、よく新聞が売れたって話、聞いたわ。だから、妾も売りに出たンだけど、その割りに売れないわよ」

「そんなことは、どうでもよろしい。君、その新聞を仕入れる店を、教えてくれ給え」

「大通りの、中野新聞店よ。訊けば、すぐわかるわよ」

口明《くちあけ》早々、商売の邪魔をされたせいか、少女はプンプン怒ってる。

碌さんは、勝手を知った町のことだから、すぐ中野新聞店を、探し当てた。

「四、五日前まで、お宅で新聞を仕入れて駅前で売っていた女の人があった筈ですが」

新聞店の主人を呼び出すと、碌さんはセカセカと、訊ねた。

「あア、悦ちゃんの姉さんみたいな人でしょう?」

「それですッ」

と、碌さんは、半分、気が浮わずってきた。

「どこに住んでいます? 教えて下さい!」

「この四、五日、病気でもしたか、新聞をとりに来ないが、なんでもこの先きのポストの裏の炭屋の二階に住んでるッて、話でしたぜ、悦ちゃんと、一緒にね」

「ありがとうッ」

もう、碌さんは、駆け出していた。

ポストを曲って、ゴミゴミした裏町へ入ると、なるほど、小さな炭屋がある。商売柄、黒く汚れているのは仕方がないが、なんと低い、見窄《みすぼ》らしい二階だろう。こんな処に、悦ちゃんは暮していたのか。

「ご免。お宅に、柳悦子という女の子と、池辺鏡子という娘さんが、間借りをしてるでしょう。パパが来たといって下さい」

碌さんが、勢い込んで頼むと、奥からおカミさんが、

「悦ちゃん達は、四、五日前に、お越しになりましたよ」

「ど、どこへです?」

「さア、どこへですかね。なんでも、急に景気がよくなっちゃって、越す時には、家へ

も五円、余分に下さいましたよ。ほんとに、お二人とも、いい方で」

碌さんはションボリと、また往来を歩きだした。何がなんだか、わからないことだらけである。だが、折角嗅《か》ぎつけた二人の行衛が、また知れなくなったことだけは、事実である。

折柄、悦ちゃんが唄をうたった教会で、讃美歌の合唱が、聞えてきた。今日はクリスマスである。碌さんは、それも気づかずにいる。

日本テムプルちゃん

一

悦ちゃんと鏡子さんは、元日のお雑煮を、青山Y・Wアパートで、祝った。婦人ばかりの高級アパートである。スチームも通っていれば絨毯《じゆうたん》も敷いてある。羽根布団のかかったベッドもあれば、卓上電話も置いてある。炭屋の二階と比べると、雑巾と絹ハンケチぐらいの相違がある。すべては、新興レコードのGさんの計らいである。Gさんがこのアパートを、探してくれたのである。専属少女のスターとして、大仕掛けで売出そうというのに、薄汚い貸間なぞに住んでいられては、会社の名に係《かかわ》るからであろう。

一月の十日頃に、新興レコードの幹部連が協議の結果、やっと、悦ちゃんの芸名がきまった。

〝日本テムプルちゃん〟というのである。

シャアリイ・テムプルの映画を見たものは、誰でも、彼女の唄と踊りに感心する。テムプルのレコードも、よく売れる。そこをねらって、国産テムプルを製造して、世間をゴマカシ――いや、世間の舶来崇拝を、覚醒させようというのである。

「日本テムプルなんて、ヤだなア。日本の悦ちゃんて名にしてくれればいいのに」

悦ちゃんも、もうスター意識が出てきたか、鼻息の荒いことをいった。テムプルちゃんは大好きだけれど、名前まで取るのは、人真似である。

だが、Gさんは、いった。

「そういわずに、勘弁してくれ給え。この名だと、レコードが、うんと売れるンですよ。その代り、月給を百円増してあげる」

悦ちゃんは、月給三百五十円貰うようになった。これがつまり、専属料である。しかもレコードの売行き次第で、将来、どんどん値上げをするという条件である。その他に、レコード一枚につき三銭の印税《ローヤルティ》が入る約束になっている。

そういう契約を結ぶのに、まさか、明けて十一歳の悦ちゃんを、対手《あいて》にするわけに行かない。第一、スターというものは、大人でも、お金の勘定は知らん、という顔にさせておくものである。自然、マネジャーの必要を生じてくる。

鏡子さんは、われにもなく、いつか悦ちゃんのマネジャーの仕事をするようになった。

他に誰も、その重要な仕事を、任せる人間がなければ仕方がない。

さて、会社の人達と折衝《せっしょう》してみると、悦ちゃんの不利益なようにしたくない。そこは、〝大銀座〟で三年鍛えた腕がモノをいって、温和しいばかりの鏡子さんではなかった。釘《くぎ》を打つところへはピタリと釘を打つ。そうして、悦ちゃんが芸人社会の空気に染まないように、いつも注意の眼をくばってるのだから、悦ちゃんにとって、これ以上のマネジャーは、ちょっと見当らないであろう。だが、彼女も、マネジャーの対面上、そう見すぼらしい服装もしていられないので、例の水兵服なぞはサラリと脱ぎ捨てて、錦紗の訪問着も着れば、緞子《どんす》の丸帯もしめる。こうなると、生まれつきの麗容が、女店員時代とは見違えるように冴えちまって、日下部カオルさんと遜色のない気品が出て来るから、衣裳というものは不思議な力がある。碌さんにこの様子を、一眼見せたいものだが、どこにどうしているのやら。

二

一月の末に、正月のザワザワ気分の落ち着くのを待って、新興レコードは、俄然〝日本テムプルちゃん〟吹込みの両面盤二枚を売出した。よほど成算があったとみえて、新聞広告やポスターに思い切って金をかけて、近来珍らしい大宣伝を始めたのである。

〝日本テムプルちゃん〟は、一躍して、レコード界の寵児《ちょうじ》になった。従来の童謡レコードは、家庭で子供が聞くだけだが、〝日本テムプルちゃん〟の唄は、キャフェの電気蓄音機にかけても、お客さまが喜ぶのである。新しい童謡で、新しいジャズ・ソング――会社の狙いは、金的を射た。「売れる、売れる！　飛ぶように売れる！　即刻店頭へ！」と、雑誌広告のきまり文句が、この場合、ピタリと適合したのである。

悦ちゃんも、この頃はスッカリ嬉しくなった。吹込みの仕事ばかりではない。人気が出てくると、いろいろな処からいろいろなことを、依頼してくるのである。

「日本テムプルちゃんが、当会社製造のチョコレートを食べてる写真を、撮らせて下さい」

「当店発売の虫下し剤を、服《の》んでいるところを」

「新案ランドセルを、背負ってるところを」

なぞと、広告写真の申込みが、殺到してくる。流行女優は、化粧品と新柄浴衣地ぐらいのものだが、悦ちゃんは、子供に関するあらゆる商品の本舗から、引張り凧《だこ》である。

そのうちに、M大百貨店の宣伝部から、春着子供服の売出しに〝日本テムプルちゃん〟を使わしてもらいたいと鄭重《ていちょう》な申込みがあった。新型の子供服を、悦ちゃんに着させて、店の中を歩かせたいというのである。マネキン料の外に、着せた洋服、靴、抱えて歩くフランス人形なぞを、進呈するという約束であった。

マネジャーの鏡子さんは、広告写真の撮影も、M大百貨店の申込みも、決して断ったことがなかった。というと、悦ちゃんをコキ使って、撮影料やマネキン料を稼がせるように聴えるが、決してそうではない。

「こうやって、方々へ顔を出してるうちに、いつかはきっと、パパさんのお眼にとまることがあるわ」

彼女は、悦ちゃんに、そういって聞かせる。これが、彼女の目的なのである。尋ね人の広告を、先方から費用を出させて、行おうというのだから、彼女の戦術も、相当なものである。

だから、M大百貨店へ出た時なぞ、彼女は、すぐ宣伝部へ、掛け合った。

「日本テムプルちゃんて名前でなく、本名の柳悦子にして頂けませんか知ら」

なぜといって、悦ちゃんに宣伝の子供服を着せおわると、店内の各所に、こんな掲示が出たからである。

「日本テムプルちゃん、只今御来店。特製の子供服を着て、サインのお需《もと》めに応じます」

もし碌さんが、M屋へ買物に来ていて、柳悦子の名を見たならば、すぐにも飛んでくるだろうではないか。だが、宣伝部員は、

「それでは困ります。日本テムプルちゃんの名でなければ、宣伝価値ゼロですからな」

そういわれれば、仕方ない。鏡子さんは、悦ちゃんにいった。

「眼を皿のようにして、男のお客さまを注意するのよ。もしパパさんがいたら、大きな声を出して呼ぶのよ。駆けてッて摑まえてもいいわよ。宣伝なんか、滅茶苦茶になっても、ちっとも関《かま》やしないわ」

そういう智慧をつけられているから、悦ちゃんは、大勢のお客さまに取り巻かれて、売場を歩いてる間でも、ちっとも気を弛《ゆる》めない。

「あら、日本テムプルちゃんよ」

「サインして頂戴」

と、寄ってくる婦人や子供のお客さまには、眼を呉れないで、男のお客さまの顔ばかり眺めてる。だから、こんな声が聞えた。

「おや、いやに早熟《ませ》た少女だぞ！」

三

「やっぱり、パパいなかったわね」

悦ちゃんは、M百貨店からの帰りの自動車の中で、鏡子さんに、そういった。

「どうしたンだろうな。パパ」

その翌朝にも、そういった。

「パパ、病気でもしてやしないかな」

それから二、三日後にも、そういった。

世間の人気者になってから、悦ちゃんは、反対に、すこし陰気になって来た。大人びてきたといってもいい。新興レコードの会社へ行ったり、宣伝に頼まれたりする時は、いつものように元気だが、Y・Wアパートへ帰ってくると、時々、ボンヤリして、窓の外を眺めたりしてることがある。

（パパさんが、恋しいンだわ）

誰よりも、悦ちゃんの心境を、よく看破《み》ってるのは、勿論、鏡子さんである。

彼女は、今更のように、自分の軽挙を悔いている。指久の姿に脅《おび》えて、後先きの考えもなく、中野の家を夜逃げしてしまったが、あの後へ碌太郎さんが帰ってきたら、さぞお困りになったにちがいない。家主には一月分にしろ、借りがあるのを、無断で移転したのだから、そんなことは頼めないが、せめてお隣りのタミ子さんの家にでも、秘かに自分達の行先きを、知らせておけばよかった。そう気がついた時に、彼女はすぐ郵便で、もし碌さんが帰ってきたら、教えてあげるようにと、現住所を知らせてはおいたが、それは碌さんが空家の前に立った日の後だったかも知れない。例え、その前だったにしても、碌さんはあの時、お隣りで訊いてみる智慧を出さなかったのだから、結局、無駄であったろう。

悦ちゃんの様子を見るにつけても、鏡子さんは、あの時、なぜもっと頑張って、あの家に住んでいなかったかと、後悔するのである。だが、炭屋の二階へ越したからこそ、悦ちゃんが〝貧しい児童〟の一人として、教会で唄をうたうことになったのである。今日の出世の緒《いとぐち》が開けたのである。世の中に二つよいことはない。鏡子さんは、それを考えないで、ただ自分ばかりを責めるのである。

「お父さん居所を知らせて下さい　悦子」

こういう広告を、住所まで書いて、新聞へ出してみた。私立探偵所へ、捜索を頼んでもみた。

だが、どれもこれも、徒労だったのである。

そういううちに、一月も過ぎ二月も暮れてしまった。三月のお節句には、会社から立派なお雛さまが、悦ちゃんに贈られた。でも、悦ちゃんは、あの空家へおいてきた、ボロボロのお雛さまを飾った去年のお節句の話なぞを、鏡子さんに語って聞かすのである。そうして、

「パパは、お白酒嫌いよ」

と、最後に、碌さんのことをいう。またしても、鏡子さんは、胸を締めつけられるように、感じるのである。

三月も、中旬を過ぎると、さすがに春の姿が動いてきた。青山から日本橋の会社へ通う途中、悦ちゃんと鏡子さんは、お濠端《ほりばた》の柳が芽を吹いたのに、気がついた。M百貨店から貰った、春着のパーティー・ドレスも、そろそろ着て歩ける時候になってきた。

碌さんの消息は、依然《いぜん》として知れないが、悦ちゃんの人気は、いよいよ高くなった。映画会社や興行部なぞが〝日本テムプルちゃん〟に眼をつけだした。もう一、二度、出演の気をひくように、洋服を着た男が、訪ねにきている。こうなると、鏡子さんは、ますます迷ってしまう。いいのか悪いのか判断がつかない。そうして、パパさんがいてくれたらと、また同じ思いを繰り返すのである。

四

悦ちゃんが、学校へ——お正月から転校した、青山の小学校へ、行ってる留守に、Gさんが訪ねてきた。

婦人アパートでは、男のお客は部屋へ入れない規則になっている。その代りに、入口の近くに、立派なサロンができている。そこで、鏡子さんは、Gさんと面会した。

「また〝日本テムプルちゃん〟のことで、お願いにきたンですが……」

と、Gさんは、ニコニコ笑いながら、煙草に火をつけて、

「それはそうと、碌さんのゴシップが、耳に入りましたよ」

「まア、どんなことなンですの」

鏡子さんは、椅子を乗り出した。

「先生、京都で、えらい目に会ったようですよ。なんでも、細野夢月の音楽会で乱暴を働いて、警察へ引張られたとかでね」

「まア」

鏡子さんの美しい眉が、サッと曇った。

レコード関係の音楽仲間で、聞いてきたらしいが、Gさんは、それから、碌さんと夢月と日下部《くさかべ》令嬢との関係について、いろいろ話し出した。夢月とカオルさんは、年末も押しつまってから、ついに結婚式をあげたそうである。

「だが、夢月という奴も、たいへんな男で、僕の知ってる限りでも、手の切れていないアミが二、三人いますからなア。どうせ、日下部令嬢も、長続きはしないでしょう。一年以上続いたら、十円出そうって、僕等の仲間じゃ、賭《かけ》をしてますぜ。ハッハハ」

夢月がいやな奴ということなら、鏡子さんは、百も承知である。それよりも、カオルさんから、絶望を与えられた碌さんが、そんな自暴自棄に墜ちたことが、気がかりでならないのである。

「で、柳さんは、それから如何《どう》なさったンです？　まだ警察においでになるンですか？　もしそうなら、すぐにでも、京都へお迎えに行こうという、顔色である。

「いや、拘留は二十日間だったそうで、もうとっくに釈放されたのだそうです。会社の者が、京都の警察へ照会したのだから、その点は確かです。ただ、その後がわからンです。東京へ帰ったなら、スイート・レコードへでも、顔を出しそうなもンですが……相変らず、碌さんも呑気で、困りますよ」

と、Gさんが語り終った時に、

「パパが、どうしたって？」

いつの間にか、ランドを背負った悦ちゃんが、後ろに立っていた。

「やア、悦ちゃん。また一つ、会社のために働いてもらおうと思って、やってきましたよ」

Gさんは、椅子の向きをかえた。

「パパが、どうしたのよ。いる処わかったの。え、オジさん？」

「いや、それは、まだわからんのだが、ちょいと噂を聞いたから、そのお話をしていたンですよ」

「どんなお話？」

「ハッハハ。弱るな、子供が聞いても、面白くない話ですよ。それより、僕の頼みを聞いてくれ給え。この二十一日──春季皇霊祭の特別放送に〝日本テムプルちゃん〟のラジオ初出演を、やってもらいたいンです」

「いやッ。パパのお話してくンないンなら、いやッ」

「困るなア、そんな駄々をコネちゃ。この際、非常な宣伝になるから、会社で放送局へ売り込んで、もう出演時間まで、決定してるンです。曲目は、悦ちゃんの出世作〝小さな胡椒娘《パプリカ》〟ですよ。是非、謡《うた》ってくれ給え」

「いやッ。あんな唄、謡わない！」

「そんなこといわないで、悦ちゃん頼む。この通りだ」

と、Gさんは、手を合わせる真似をする。

五

Gさんは口を酸っぱくして頼んでも、悦ちゃんはなかなか首を縦に振らなかったが、側で見兼ねた鏡子さんが、

「じゃア、悦ちゃん。あんたの好きな唄を、謡ってあげたらどう？」

と、口添えをすると、小さなスターは、やっと、渋々、承知をした。

（やれやれ、シンが疲れる。子供でさえこれだから、片鍋アマ子がゴテるのも、無理はないかな）

と、Gさんは、腹の中で考えた。

「で、なにを、謡います？」

「いつか教会で謡った、パパ・ママ・ソングなら、謡うわ」

悦ちゃんは、なにか思うところがあるとみえて、キッパリと、答えた。

「パパ・ママ・ソング？　あれもいいけど、歌詞がよくないンでね」

「Gさんの意地わる！」

「どうして？」

「あれ、パパ書いたのよ」

「あア、そうか。謝罪《あやま》る謝罪る」

と、Gさんは、頭をかいたが、傑作とも思われない〝パパ・ママ・ソング〟を、晴れの放送へ持ちだすのは、気が進まなかった。それに、あの唄は、新興レコードの盤に入っていないのである。万一、放送の評判がよくても、会社のレコードが、すぐ売れるというわけに行かない。

「他の唄にしてもらエンかな。その代り、お人形でもなんでも、買ってあげるがなア」

「いらないわよ、そンなもの」

「弱ったなア。第一、作詞者の碇さんが、行衛不明なンだから、放送の許可を求めることができない」

と、うまいところへ理由を持って行ったが、悦ちゃんは、その手に乗らない。

「パパの唄だから、あたしが謡ったって、パパ怒りゃしないわよ。あたし、パパの子だわよ。オジさん、それくらいのこと、わかンないの？」

「いや、それアわかるがね」

と、Gさんは苦笑《にが》いをしたが、なおも悦ちゃんを、説き伏せようとして、

「放送局で、曲目を承知してくれればいいけれど、もし許してくれなかったら、〝小さな胡椒娘《パプリカ》〟か〝妾は日本のテムプルちゃん〟にしてくれ給え。放送局では、きっと、途中で変えてはいけませんッて、いうだろうな」

「だいじょうぶよ、オジさん。よくラジオで、いうじゃないの――都合によって、番組を変更しまして、曲目の第三は……」

と、悦ちゃんは、中村アナウンサーの口真似をしてみせる。

「かなわんかなわん。もう、わかったよ。じゃア、とにかく、パパ・ママ・ソングに変えるように、すぐ運動してみよう。だがね、悦ちゃん。その代り、君はよっぽどうまく謡ってくれなければ困るよ。あの唄は、作詞も悪いし……」

と、いって、悦ちゃんに睨まれたので、

「いや、作詞は結構だが、作曲は、つまり、君がデタラメに作ったのだから、放送するとなれば、本式に書き上げなければならない。急ぎの場合だから、僕がその仕事を引受けよう。それでいいかね」

「ええ。そうしてよ。だけど、アナウンサーには、柳碌太郎氏作詞、柳悦子嬢作曲ッて、いわしてね」

「どうして？」

「どうしてでもよ。それ聞いてくれなきゃ、謡わないから」

また天気が変りそうなので、Gさんはすぐ承知した。

「さア、謡ってご覧。譜にとるから」

六

春季皇霊祭の前夜である。

九時頃に、JOAXの旗を立てた自動車が、Y・Wアパートの玄関へ止まった。

「お迎えでございます」

運転手は、そういって、お辞儀をした。

悦ちゃんは、鏡子さんに連れられて、放送所へ、テストに行くのである。その日の放送番組が終って、アナウンサーが「では皆さん、おやすみなさい」といってから、放送スタジオの中では、テストが始まる。テストは本放送の時と、すこしも変らずに、演《や》るのである。もし違ったところがあるとすれば、スイッチを止めて、電波を送らないだけの話である。

「ラジオは、日本中の人が聞くンだから、可怖《こわ》かない？」

と、自動車の中で、鏡子さんがきくと、

「平気さア」

悦ちゃんは、ニッコリ笑った。ラジオは、立派な学者のオジさんなぞでも、固くなって、吃《ども》ったりするものだが、この様子では、悦ちゃんの放送度胸は、心配なかろう。

自動車が虎の門から曲って、裏町へ出たと思うと、急カーブを切って、とても急な、狭い坂を昇り始めた。この坂を、清元《きよもと》延寿太夫も昇ったし、提琴家のクライスラーも昇ったし、今晩は〝日本テムプルちゃん〟が昇ることになったのである。

車が止まったところは、山の上のホテルみたいな家だった。

「お早ようございます」

扉《ドア》を開けてくれた事務員が、そんなことをいった。夜だのに「お早よう」なんて、ヘンなことをいう処である。

待合室へ案内されると、Gさんや、新興レコードの楽手達が、もう来ていた。

「悦ちゃん、お菓子を食べ給え」

Gさんに、そういわれて、テーブルの上を見ると、おいしそうな西洋菓子が、沢山お皿に盛ってある。やがて、給仕さんが、紅茶を運んできた。放送局って、なかなかいい処である。

悦ちゃんが、遠慮なくエクレアを頬張っていると、Gさんが側へ寄ってきて、ご機嫌をとるように、

「ねえ、悦ちゃん。また困ったことができたンだがね。今度は、是非、肯《き》いてくれなければいけないよ」

「パパ・ママ・ソング謡っちゃいけないの。そンなら、あたし……」

「いやいや。謡ってもいいンだよ。どうも気が早いね、悦ちゃんは。謡ってもいいが、文句をすこしかえてくれッて、放送局の人がいうンだ。いや、放送局よりもっと上の、お役人の人がいうンだそうだ。お役所の人のいうことは、きかなければいけないだろう」

と、Gさんは、少しオドかしてみる。

「どんな風に、変えるの？」

「第一節は、関《かま》わないンだ。第二節の〝どっちが先きに、打ったのよ〟から、〝ママがパパをピシャリと、パパがママをポカリ〟というところが、いけないンだそうだ。つまり、夫婦喧嘩の光景を、子供が観察してることになって、教育上面白からぬ結果を来すし——いや、悦ちゃんにはわかるまいが、そういう注意が出たンだよ。だから、あすこだけ、文句をかえて、こう謡うンだ。〝どっちが先きに笑ったのよ。ママがパパにホホホと、パパがママにハハハ〟とね。それなら、夫婦相和して、ほがらかで、明るくなるン

だ。頼むから、是非、こういう風に、謡ってくれ給え」

子供でも、悦ちゃんは、バカにできないので、Gさんは、こまかく理由を説明して、そう頼んだ。

すると、悦ちゃんは、しばらく考えていたが、どうしたか、今日はたいへん素直に、

「ええ。いいわ。変えて謡うわ」

七

十時頃から、テストが始まった。

悦ちゃんは、生まれて始めて放送スタジオの中へ入ったのだが、あまり驚かなかった。なぜといってスイート・レコードや、自分の会社の吹込室と、あまり様子が違わなかったからである。やはりここも、暗青色のビロードのような布《き》れで、壁が貼ってあった。ただ違うところは、隅の方に、まるで物置の中のように、ガラクタ道具がおいてあることだ。

「なアに、これだって、みんな大切な道具なんですよ。このブリキ板みたいなもので、雷の音を出すし、水車のようなもので、風の音を出すンだからね」

と、Gさんが、説明してくれた。

「じゃア、この貯金箱みたいなものは？」

悦ちゃんは金属の枠にブラ下ってる、小さな黒い箱を指した。

「それが、マイクロホンさ……悦ちゃん、今日はいいけれど、明日は、この箱の前で、そんなお喋りをしちゃ駄目ですよ。日本中へ、みんな聴えちゃうからね」

Gさんは、急に気がついて、注意した。

悦ちゃんは、黙って、答えなかった。

「さア、いきましょう」

新興レコード専属指揮者が、軽い棒をあげて、楽譜台を叩いた。いよいよテストが始まるのである。Gさんと鏡子さんは、硝子の扉の向側へ入って、こっちを見てる。そこがテストの工合を、検査する部屋なのだそうである。

短い前奏があって、パパ・ママ・ソングが流れ出した。悦ちゃんは、教会の時よりももっとよく謡った。歌詞も、〝穏健〟になったので、放送局の人も、大喜びだった。

「O・K！　とてもよく謡えたね。これなら、パパ・ママ・ソングの方が、〝妾は日本のテムプルちゃん〟より、成功するかも知れん」

Gさんも大満足で、悦ちゃんの肩に手をかけながら、休憩室へ引き揚げた。

「ご苦労さんです」

給仕さんが、海苔《のり》巻《まき》と稲荷《いなり》ズシの皿を、運んできた。

「放送局ッて、ずいぶん、ご馳走するンだなア」

悦ちゃんは、放送局が、すっかり気に入ったらしい。

「ハッハハ。昔は、この上に、トンカツでご飯が出たものですよ」

Gさんは、鏡子さんに、笑って話した。

「じゃア、明日ね。七時に、お迎えの自動車が行きますから」

玄関で、Gさんと別れて、悦ちゃんと鏡子さんは、また自動車で、青山へ送られた。

車の中で悦ちゃんは、しきりに何か、考え込んでいた。

「悦ちゃん、どうかしたの？」

「うウん」

悦ちゃんは、首を振った。

Y・Wアパートへ帰って、もう晩《おそ》いので、二人はすぐベッドに入ったが、悦ちゃんは、なかなか眠れないようだった。

「ねえ、お姉さん」

「あら、まだ、起きてたの」

「あのね……もしパパが帰ってきたらね」

「ええ」

「もしパパが、帰ってきたら……」

「ええ。なによ」

「あのウ……お姉さん先きにいってね」

「あら、なにをよ」

「どっちが先きへ、いうもンなのよ。パパ・ママ・ソングにあったわよ。ね、もしパパが先きにいったら、〝ええ〟ッていってね。もしパパが先きにいわなかったら、お姉さん先きに……」

八

「そうですかい。じゃア、ずいぶんお達者でね。体に気をつけて、働いておくンなせえよ……お鏡たちの居所が知れたら、すぐ電報でお知らせしやすからね」

と、指物師久蔵は、シンミリといって、腕を組んだ。

「ほんとにねえ、せっかくお馴染みになりましたのに……」

お藤さんもその側で、心から残念そうに、そういった。お琴まで、チョコンと畏《かしこ》まって、

「オジさん、ご機嫌よう」

「ありがとう……皆さん、どうも有難う。まったく長い間、ご厄介になりました。お礼の申しようがありません」

碌さんは、三人の前へ手をついて、頭を下げた。ほんとに、なんと感謝の辞を述べていいだろうか。指久も、お藤さんも、三月あまりの間、口にいい難い親切と犠牲を尽して、碌さんを養ってくれたのである。

それだけに、碌さんはつらかった。

いくら呑気な生まれつきでも、この貧しい一家が自分という食客を抱えて、どれほど

打撃をこうむってるか、碌さんも気がつかずにいられない。

この正月の末あたりから、碌さんは、悦ちゃん達の行衛を探すことよりも、自分の働き口を探す方に、一所懸命になった。それが人間の義務である。まず他人に厄介をかけないように。二人の捜索はそれからのことだ——そう考えるようになったのである。

で、碌さんは、久し振りに城南大学経済学部出身という、自分の肩書を思い出した。そうして、銀行や会社に勤めてる級友を、片ッ端から訪問して、就職運動を始めたのである。碌さんとしては、生まれて始めての大奮起といっていいだろう。

だが、折角、碌さんが感心な料簡になっても、世の中は、なかなかそれを迎えてくれなかった。この春卒業する新学士さえ、半分は失業と、相場がきまっているのである。碌さんのように、実務の経験もなく、その癖セコハンの卒業生なぞ誰も喜んで雇う道理がない。あすこも断られ、ここも首を振られ、履歴書ばかり無駄に書いて、二月も暮れてしまった。

ところが、三月になって、思わぬ幸運が開けたのである。今の世の中では、口さえあればどんな口でも、幸運と思わなければならない。

「福岡の支店に、やっと欠員ができた。君、行ってみるか」

保険会社へ出てる友人が、碌さんにそういった。

碌さんは、無論、すぐ承知した。東京を離れれば、悦ちゃん達に会う希望は、いよいよ薄くなる。だが、仕方がない。いつまでも指久の食客をしてることこそ、人間として悲しいことだ。

会社から旅費をもらって、指久の家にも謝礼金を出したが、夫婦は頑《がん》として受取らない。そればかりか、今夜の出発に際して、身分不相応なご馳走をこしらえて、送別の酒を酌《く》んでくれるのである。

だが、さすがに碌さんも、今夜は酔えなかった。指久もそうだった。三月間一緒にいて、彼は碌さんという男が、すっかり好きになった。別れるのが、悲しいのである。

「じゃア、カバンはあッしが持って、お見送りしやすぜ」

「あ、オジさん。それだけはやめて下さい」

碌さんは、あわてて止めた。

「遠慮じゃありません。悲しくなるからです。それに……住みなれた東京を離れるのです。そッと一人で、立たして下さい。でないと、僕は……」

碌さんは、もう、ポタリと涙を落した。

九

やっと、指久夫婦に別れを告げて、碌さんは鞄を片手に、電車道まできた。

(なんて善良な人達だろう。あアいう人達とこそ、一生交際《つきあ》って行きたいンだが、今度はいつ逢われることやら……)

やがて碌さんは、通りがかりの円タクを摑まえた。そうして、元気のない声で、

「東京駅まで」

走りだした車の窓から、碌さんは名残り惜しそうに、東京の街を眺めた。かなり日の永くなったこの頃だが、街はもうまったく夜色に包まれている。果物屋の店先きは明るい。喫茶店のネオンは赤い。スシ屋とソバ屋の暖簾が、チラと眼をかすめる。スシもソバも、九州にはうまいのはあるまい。

(嫌だなア、東京を離れるのは)

日本橋の真ン中で生まれた碌さんは、東京にお別れをするのが、なによりも辛いのである。

(今日は、旗日だな。そうか、春季皇霊祭だな)

どの家も、店も軒並みに、国旗を出している。悦ちゃんが自分の側にいれば、学校から通信簿をもらう時分だ。そうして進級のご褒美に、なにか買わされる時分だ。

その悦ちゃんは、もういない。そうして、世の中は春だ。冬が暖かったせいか、今年はもう動物園の彼岸桜が咲きだしたと、けさの新聞に出ていた。悦ちゃんの行衛《ゆくえ》は知れず、東京の春に背《そむ》いて、碌さんはこれから、九州へ落ち延びようというのである。

(もう、着いちまやアがった)

車は、遠慮なく、東京駅乗車口の外廊へ、止まった。だが、ホールの時計を見ると、まだ八時前である。どうやら碌さんは、時間を一時間、間違えたらしい。下関行き三等急行の発車は、九時きっかりである。

こんなことなら、もっと指久夫婦と話してればよかった。といって、もう引返す時間もない。

碌さんは所在ない数十分を消すために、構内食堂へ入って行った。

「スシを一人前と、酒を一本つけてくれ」

べつに腹も減っていなかったが、お名残りに東京のヤスケの顔が見たくなって、そう註文した。

鮪《まぐろ》の赤いやつを、箸でハガして、それを肴に、碌さんは、チビリチビリ飲み始めた。幸い、一番奥のテーブルなので、相客も坐っていないから、彼はユックリ飲み、ユックリ感慨に浸《ひた》ることができた。

（もう、あと三十分たてば、汽車に乗り込まなければならない。四十五分経てば、東京におサラバだ）

そう思って、一口、盃をなめる。

（カオルさんと夢月は、どうしたかな。いや、どうなってもかまわない。あんな女に、もう用はない。あの女と会いさえしなければ、こんな都落ちなぞ、しなくて済んだンだ）

そう思って、また一口、飲む。

（悦ちゃん。丈夫でいてくれよ。体さえ丈夫なら、いつか会える。たとえ、会えなくても……）

そう思って、盃を口へ持って行ったが、もう飲めない。胸が栓《せん》をされたように、塞《ふさ》がってきたのである。

（鏡子さん。どうぞ、悦ちゃんの世話を頼みます。あなただけが、信頼のできる立派な女性でした。それだのに、僕は……）

碌さんの眼が、涙で曇って、盃が見えなくなった。やがて、拡声機の声が、食堂一杯に鳴りひびいた。

「九時発下関行き三等急行……どなたも改札を始めました」

一〇

「勘定？」

碌さんは、仕方なしに、食堂ガールから、伝票を貰った。

ちょうど、その時だった。碌さんの坐っていたテーブルの上のラジオが、喋りだした。

「お待たせいたしました。日本テムプルちゃんのジャズ小唄でございます。曲目の第一は、〝妾は日本のテムプルちゃん〟……」

碌さんは、それを聞いて、思った。

（なアンだ。子供のジャズ・ソングか）

彼も、日本テムプルちゃんの名を、新聞なぞで見ないことはなかった。だが、レコード界の内幕に通じてる碌さんは、会社が宣伝力で無理に製造したインチキ天才だと、すぐに多寡《たか》をくっていた。それに彼は、銀行会社の職を探してる最中で、レコード界の出来事などに、何の興味も払わなかったのである。

で、碌さんは、そのまま、伝票をつかんで出口へ行こうとすると、驚いた。

「……曲目の第二は〝パパ・ママ・ソング〟柳碌太郎作詞、同悦子嬢作曲……」

冗談ではない！

誰が、自分の作詞を、無断で放送させたンだ。おまけに、悦子嬢作曲なんて、人をバカにするにも程がある。悦ちゃんがそんなむずかしい仕事を、やれる筈がないではないか。

誰の仕業だ？　そうだ。夢月の仕業にきまってる！　あの歌詞を知ってるのは、天下に夢月一人だ。

よし！

この放送を聴いて置いて、九州へ着いたら、すぐ著作権侵害で、夢月を告訴してやる。

碌さんは、恨《うら》み重なる夢月に復讐の時がきたと思って、耳を針のように立てて、ラジオの音に聴き入った。

最初の〝妾は日本のテムプルちゃん〟が済むのを、ジリジリしながら、碌さんは待った。ラジオは人間の声を変える。その上、悦ちゃんは、昔とダンチに唄がうまくなっている。碌さんは夢にも、それがわが娘の声であろうなぞと思っていない。いや、夢月を告訴する序《ついで》に、このコマッちゃくれた日本テムプルも、告訴してやろうと思っているのだ。

教えてよパパ
教えてよママ……

いよいよ、〝パパ・ママ・ソング〟だ。
文句はすこしも変えてない。完全なる著作権侵害だ。碌さんは汗をかいた掌を、力一杯握り締めながら、一心に唄を聴いている。唄は、やがて、第二段へ進んだ。

教えてよパパ
教えてよパパ

（おや？　文句がすこし違うぞ。最初はママといわなければいけない。そんなことして、著作権侵害を、ゴマ化す気だな。そうは行かンぞ！）

教えてよパパ
どこにいるの
教えてよ、碌さん

来てよ、碌さん
いますぐに
来てよ、来てよッ
碌さん……パパ……碌さんッ……

ラジオは急に、そこで、スイッチを切られた。

「ただ今の放送は、都合により、これで中止します」

二

放送局の中は、蜂の巣を突いたような騒ぎである。

「子供だと思って、安心してたら、えらい真似をしやがった」

「なぜ、もっと早く、スイッチを切らなかったンだ」

「テストの時に、歌詞変更を命ぜられたそうだから、あの方がほんとの唄だと思ったンだ」

「なにしろ、放送局《やま》が始まって以来の事件だぜ。まず、三、四人は引責辞職だな。ことによると、演芸部長の首までスッ飛ぶぜ」

廊下や事務所で、局員達はヒソヒソと、そんな立話をしている。

宣伝と広告は一切罷《まか》りならんご規則だ。それを知っていながら、つい仲間の芸人の経営している店のことなどしゃべって、スイッチを切られたぐらいの例はある。だが、演芸放送時間に、天下の公器を通じて、堂々と「居所知らせ」の広告をやったなぞは、未曾有《みぞう》の怪事だ。しかも、犯人は十一歳の少女である。明朝の新聞は、さぞデカデカと書くことだろう。

第一待合室の中では、血相《けっそう》を変えたオジさん達が、椅子にも坐らず、ズラリと立っている。

「どうも……どうも、なんとお詫びをしていいやら、まったく相済みません」

Gさんが、しきりに頭を下げてる。可哀そうに、唇が震えているようだ。

「ほんとに、悦ちゃん。君は、なんということをしてくれたンだ」

Gさんが、金切声でそう詰《なじ》ると、期せずして一同の視線は、テーブルの向側に、泰然として椅子に腰かけてる、悦ちゃんの小さな体にそそがれた。

悦ちゃんは、黙って口を結んでる。大きな眼をパッチリあけて、身動きもしない。まるで、大事をなし遂げた志士のように、悪びれず、落ち着き払っている。

それを見て、誰よりも感動したのは、鏡子さんだ。彼女はGさんと試聴室にいて、悦ちゃんがあんな文句を唄ったのを聞いて、これは失敗《しま》ったと思ったが、すぐに悦ちゃんの計画を覚って、思わず泣いてしまったのである。その涙が、また新しくポタポタと落ちてくる。えらいわ、悦ちゃん。よくやったわ！　たとえ誰がどんなに悦ちゃんを罰しても、妾は身に代えて、悦ちゃんを護ると、ジッとその隣りに寄り添った。

「怪《け》しからんよ、まったく。一体、どうして責任をとってくれるンだ」

一人のオジさんが、悦ちゃんにいった。

悦ちゃんは、相変らず、黙っている。人のいうことが聴えないように、黙っている。悦ちゃんは、そんなことよりも、もっともっと大切なことを考えて、頭が一杯なのだ。

（パパ！　いまの放送聴いたでしょ。ね、聴いたわね。そうしたら、すぐ、新興レコードへ、居る所を知らしてね。きっと、知らしてくれるわね！）

局のオジさん達は、悦ちゃんが何といっても返事をしないので、

「弱ったねえ。対手が子供じゃ話にならない。どうする？」

「どうするッて、この儘《まま》帰すわけには行かんよ。責任者として、マネジャーと会社と連名で、始末書を出し給え。追って沙汰をするから。とにかく、この子には永久に放送を頼まンことにする！」

「どんなお罰でも、妾が代ってお受けします」

鏡子さんが、淑《しと》やかにお辞儀をした。

その時である。

いままで彫刻のように、ジッと動かなかった悦ちゃんが、椅子を蹴倒して、脱兎のように、入口へ駆けだした。

「パパだ！」

そこに、息せき切った碌さんが、立っていた。

大団円《フィナーレ》

いい天気だ。

菫色《すみれいろ》の空が、どこまで晴れているか知れない。

桜が咲いている。桃が咲いている。

そうして、土塀の外を、小河の水が走っている。水の中に、メダカもいる。鮒《ふな》の子もいる。こんな景色は、東京では見られない！

「悦つァん。遊ばんか」

十ぐらいの女の子が二人、門の外で、大きな声をだした。ここでは〝悦ちゃん〟といわないのである。子供でも大人でも〝ちゃん〟というところを、〝つァん〟という。

「はアい。いま行くわ」

悦ちゃんが、昔のように、水兵服に素足の姿を現わした。悦ちゃんは、まだ東京弁を忘れない。その筈である。着いてからまだ、一週間にしかならないのだから。

だが、福岡というところは、思ったよりいい町だった。第一、海に近い。玄海灘という大きな海だ。品川の海よりも、勝山の海とさえも、ダンチな海だ。なにしろ、蒙古の軍勢を一呑みにした海である。

それから、大きな川がある。近所には、筥崎《はこざき》だの、香椎《かしい》だのという、立派なお宮がある。どっちも地理や歴史のご本に名の出る、タイした神社だ。それに、町の中が賑やかだ。デパートもあれば、トーキーの活動もあれば、西洋菓子屋もある。

でも、それより、もっといいことがある。ちょいと、その証拠を、お目に掛けると――


「悦ちゃん」

と、いう声がして、お家の中から、鏡子さんが出てきた。真ッ白いエプロンを掛けて、真ッ赤な手絡《てがら》の丸髷《まるまげ》に、結《ゆ》っている。手に、三つの菓子包みを持って、

「これは、皆さんと、おあがりなさいね。仲よく遊ンで頂くのよ。それから、四時頃になったら、パパが会社から帰っていらっしゃるから、お湯《ぶう》よ」

「うん。裏にいるから、呼んでね、ママ！」

悦ちゃんは、もう、誰の前でも平気で、「ママ」と、鏡子さんを呼べるようになったのである。

碌さんが会社員になって、鏡子さんがママになって、悦ちゃんが〝日本テムプルちゃん〟を廃業して、あたりまえの悦ちゃんになって――それは、あの放送局の騒動から今日まで、僅か十五日間の出来事であった。すべては、春の暁の夢の短さと、彩《いろど》りのうちに過ぎた。

だが、もういい。

いまは、春酣《たけなわ》である。花爛漫である。

広い裏庭の、枝も重そうに咲き乱れた桜の大樹の下で、悦ちゃんは、二人のお友達と、お菓子の包みを拡げて、食べている。

「これ、東京の黒飴《くろあめ》ッてお菓子よ。おいしいでしょ」

「悦つァんトコの菓子は、いつもうまか」

福岡の子供は、言葉は乱暴だけれど、正直で温和《おとな》しい。

頭の上から、ヒラヒラと、桜の花弁《はなびら》が落ちてくる。

「悦つァん」

もう一人の女の子がいった。

「悦つァんトコのお母さんは、まだ若か」

「そうよ。とても若いわよ」

「すると、継母とちがうンか」

「そうよ、ママハハよ」

「ほう。悦つァン、可哀そうじゃな」

「バカねえ、あんた達！」

と、悦ちゃんは、笑い崩れた。

「ママハハというのは、ママとハハが一緒になったンだから、一番いいお母さんなのよ。

みんな田舎《いなか》ッ平《ぺい》だなア、なんにも知らないや！」

解説

窪　美澄

胸をぎゅっとつねられるような物語が好きで、自分でもそういう物語を多く書いてしまう。読者の方の奥深くにある、やわらかいところを刺激したいと常々思っているし、物語に優劣はないとはいえ、何かしら痛みを伴う物語こそ物語であると思っているふしが私にはある。自分で読むものもそういう物語を選んでしまうが、感情が激しく揺さぶられる物語が続くと胸焼けのようなものを起こすことも事実だ。

『悦ちゃん』は自分が書く物語とはまったく違う方向を向いている。けれど、読み始めたらどうしてもページをめくる手を止めることができなかった。『悦ちゃん』という物語の船に乗せられて、私はただその船から見せられる景色を楽しんでいればよかった。物語とは、人が作り出すフィクションとはなんとおもしろいものなのだろう。そういう思いで胸をいっぱいにしながら、読書中、私はずっと幸せだった。

主人公はタイトルにもなっている十歳の女の子、悦ちゃん。その父親であり、レコード歌詞の作者である碌さんの二人を主軸に、碌さんが再婚をするまでの物語である。

何はさておき、悦ちゃんの造形が素晴らしい。悦ちゃんは、いわゆる良い子ではない。お転婆だし、ませているし、口も悪い。けれど、歌を歌わせれば、「デイトリッヒが子どもの時には、こんな声を出したと思われるような声」を持つ。そして、悦ちゃんには母親がいない。碌さんの先妻である秋子さんが肺炎で亡くなったからである。物語冒頭のお墓参りで悦ちゃんが「雨々降れ降れ、母さんが」を歌い、碌さんが「あの時、死んだママの事を考えていたのかい?」と聞くシーンがある。それに対する悦ちゃんの答えはこうだ。

「雨のことを、考えてたンだよ」

なんてクールでかっこいいんだろう。このシーンから心をわしづかみにされて、この小さな女の子、悦ちゃんに夢中になってしまうのだ。悦ちゃんは自分を生んだ母親の死は理解している。けれど、まだまだ甘えたい盛りだ。いとこが病床で、母親にお粥を匙ですくって口に入れてもらっているのを見れば、(悦ちゃんだって、匙で食べさして貰ったことがあらア)と思うのである。この日を境に悦ちゃんは、新しいママが急に欲しくなる。まわりも碌さんに再婚をさせようと世話を焼く。姉から数人の女性を紹介され、碌さんが夢中になったのは、日下部銀行のブルジョアのお嬢様、日下部カオルさんである。物語の終盤まで碌さんは彼女にひっぱりまわされるわけだが、その描写を読んでいると「碌さんしっかりして!」「これだから男ってのはもう!」と怒りたくなってくる。この時点ですっかり作者の術中にはまっているのである。

一方、悦ちゃんが新しいママに、と慕うようになるのは、碌さんと水着を買いに行った「大銀座」デパートの売り子のお姉さん、池辺鏡子さん。小石川の長屋が並ぶ横丁に住む指物師久蔵の娘。碌さんが惹かれるカオルさんとは真反対の世界に住む女性だ。彼女もまた、産みの母親を亡くし、後妻に来た継母とは大きな衝突はないものの、お互い気を遣ってばかりいて、今ひとつ実の親子のように心を開くことができない。

物語の後半では、碌さんがカオルさんを追っかけて京都まで行ってしまい、一人残された悦ちゃんと、気の進まない縁談から家を飛び出し、仕事もやめた鏡子さんが、悦ちゃんと再会し、いかに二人で生き延びていくか、読者をやきもきとさせる展開が続く。鏡子さんを慕う悦ちゃんと、悦ちゃんを我が子のように心配する鏡子さんの二人が機転を利かせ、思いもよらない行動を次々に起こしていく。

悦ちゃんと碌さんを取り巻く人々も魅力的だ。碌さんの恋敵となる作曲家の細野夢月、鏡子さんの父親である指物師久蔵、碌さんの姉である鶴代さん、鏡子さんの母親である藤子さん、鏡子さんを見初める米屋の次作、悦ちゃんの担任の先生である村岡先生……。彼らの存在が物語にぐっと奥行きを与えている。時に、悪者のように描かれることもあるが、どうしたって彼らを嫌いにはなれない。それぞれがそれぞれの思惑を抱え、自分勝手に動いていても、その強烈な人間臭さを身近に感じてしまうからだ。それは悦ちゃんの父親である碌さんに対しても同じである。「実の親なのに！」と思う碌さんの行動はあるが、どうしたってこの頼りない碌さんを嫌いになれないのは、一人の大人であっても碌さんがどうしようもなく揺れ、自分の感情に振り回される様子が他人ごとと思えないからだ。

そして、登場人物たちが動きまわる東京の風景の描写がなんとも興味深い。鏡子さんの勤務するデパートのある銀座、鏡子さんの住む小石川、悦ちゃんの住んでいる中野。東京とひとくくりにしても、街が変われば、景色も、暮らしも、住む人も、言葉すらもがらっと様相を変える。その描写は世相風俗を細密に描写し続けた作者の筆が冴え渡っている。

鏡子さんは、母親を亡くし、ママが欲しいと強く思う悦ちゃんの境遇に自分を重ね、悦ちゃんを支えようとする。作者の持ち味である軽い筆致で描かれてはいるが、現実の世界ではなんらかの事情により、子どもは簡単に窮地に陥るという事実を私たちは改めて知る。それはこの物語が描かれた昭和初期だけの話ではなく、今の時代でもそうだろう。今の時代のほうがセーフティネットから零れ落ちた子どもがそこから生き延びることは難しいはずだ。けれど、血がつながっていなくても、たった一人でも、その子どもと本気で向き合う誰かがいれば、子どもは生き延びていくことができる。勝手な大人の被害者にならずにすむ。そんな大事なことをこの物語は語り続ける。

鏡子さんだけではない、悦ちゃん自身が持つ人としてのバイタリティにも目を瞠る。苦しい状況と闘い、そこから抜けだそうとする悦ちゃんという一人の子どもが持つ智恵と力に驚かされるのである。悦ちゃんが「日本テムプルちゃん」として変貌を遂げる物語のラストシーンまで辿りついたとき、読者の方は必ずそう感じるだろう。
人は誰でも悦ちゃんのような子どもを胸のうちに抱えているのではないか。いつも元気で思ったことを口にし、小さなことではめげたりしない。けれど、ちょっぴり寂しがり屋で誰かに心から愛してほしいと望んでいる。大人はそんな存在をなかったことにして、平気な顔で過ごさなければならない。けれど、日々の暮らしにめげそうになったとき、どうしても落ち込んでしまったとき、自分のなかの子どもがひょっこりと顔を見せることもある。大人同士の上っ面の会話や、気を紛らすだけの娯楽では、その子どもはなかなか笑顔を見せてくれない。けれど、誰かが綴った物語がふいにその子どもの顔を照らすことがある。『悦ちゃん』はまさにそうしたタイプの物語だ。この物語を読み進めるうちに、私のなかにいる小さな悦ちゃんを慰撫してもらったような感覚にも陥った。『悦ちゃん』は、昭和十一年に報知新聞に連載された獅子文六初めての新聞小説だと聞いた。こんな小説が連載されていたら、続きが読みたくて、読者は明日が来ることを楽しみに待っていたはずだ。明日という日は明るい日と書く。『悦ちゃん』は、それを諦念でなく、心から信じさせてくれる物語である。大人だけでなく、子どもたちにも是非読んでほしいと思う。

（くぼ・みすみ　作家）

・本書『悦ちゃん』は一九三六年七月十九日から一九三七年一月十五日まで「報知新聞」に連載され、一九三七年三月に講談社より刊行されました。
・文庫化にあたり『獅子文六全集』第一巻（朝日新聞社一九六九年）を底本としました。
・本書のなかには、今日の人権感覚に照らして差別的ととられかねない箇所がありますが、作者が差別の助長を意図したのではなく、故人であること、執筆当時の時代背景を考え、該当箇所の削除や書き換えは行わず、原文のままとしました。

新恋愛講座　三島由紀夫

恋愛とは？　西洋との比較から具体的な技巧まで懇切丁寧に説いた表題作、「おわりの美学」「若きサムライのために」を収める。（田中美代子）

美食倶楽部　谷崎潤一郎大正作品集　種村季弘編

表題作をはじめ耽美と猟奇、幻想と狂気……官能的な文体によるミステリアスなストーリーの数々。大正期谷崎文学の初の文庫化。種村季弘編で贈る。

私の「漱石」と「龍之介」　内田百閒

師・漱石を敬愛してやまない百閒が、おりにふれて綴った師の行動と面影とエピソード。さらに同門の友、芥川との交遊を収める。（武藤康史）

阿房列車　——内田百閒集成1　内田百閒

「なんにも用事がないけれど、汽車に乗って大阪へ行って来ようと思う」。上質のユーモアに包まれた、紀行文学の傑作。（和田忠彦）

冥途　——内田百閒集成3　内田百閒

無気味なようで、可笑しいようで、怖いようで。曖昧な夢の世界を精緻な言葉で描く、「冥途」「旅順入城式」など33篇の小説。（多和田葉子）

贋作吾輩は猫である　——内田百閒集成8　内田百閒

一九〇六年、水がめに落っこちた「漱石の猫」が蘇る。漱石の弟子、百閒が老練なユーモアで練りあげた『吾輩は猫である』の続篇。（清水良典）

尾崎翠集成（上・下）　尾崎翠　中野翠編

鮮烈な作品を残し、若き日に音信を絶った謎の作家・尾崎翠。時間と共に新たな輝きを加えてゆくその文学世界を集成する。

クラクラ日記　坂口三千代

戦後文壇を華やかに彩った無頼派の雄・坂口安吾との、嵐のような生活を妻の座から愛と悲しみをもって描く回想記。巻末エッセイ＝松本清張

記憶の絵　森茉莉

父鷗外と母の想い出、パリでの生活、日常のことなど、趣味嗜好をないまぜて語る、輝くばかりの感性と滋味あふれるエッセイ集。（中野翠）

甘い蜜の部屋　森茉莉

天使の美貌、無意識の媚態。薔薇の蜜で男たちを溺れ死なせていく少女モイラと父親の濃密な愛の部屋。稀有なロマネスク。（矢川澄子）

ぼくは散歩と雑学がすき　植草甚一

1970年、遠かったアメリカ。その風俗、映画、本、音楽から政治までをフレッシュな感性と膨大な知識、貪欲な好奇心で描き出す代表エッセイ集。

雨降りだから ミステリーでも勉強しよう　植草甚一

1950～60年代の欧米のミステリー作品の圧倒的で貴重な情報が詰まった一冊。独特の語り口で書かれた文章は何度読み返しても新しい発見がある。

快楽としてのミステリー　丸谷才一

ホームズ、007、マーロウ——探偵小説を愛読して半世紀、その楽しみを文芸批評とゴシップを駆使して自在に語る、文庫オリジナル。（三浦雅士）

銀座旅日記　常盤新平

馴染みの喫茶店で珈琲と読書をたのしみ、黄昏の酒場に人生の哀歓をみる。散歩と下町が大好きな新平さんの風まかせ銀座旅歩き。文庫オリジナル。

土屋耕一のガラクタ箱　土屋耕一

広告の作り方から回文や俳句まで、「ことば」を操り、瑞々しい世界を見せるコピーライター土屋耕一のエッセンスが凝縮された一冊。（松家仁之）

みみずく偏書記　由良君美

才気煥発で博識、愛書家で古今東西の書物に通じた著者が、書狼に徹し書物を漁りながら、読書の醍醐味を多面的に物語る。（富山太佳夫）

問答有用 徳川夢声対談集　徳川夢声　阿川佐和子編

話しを引き出す名人相手に、吉田茂、湯川秀樹、志賀直哉、山下清、花森安治、松本清張、藤田嗣治ら20名が語った本音とは？（阿川佐和子）

真鍋博のプラネタリウム　真鍋博　星新一

名コンビ真鍋博と星新一。二人の最初の作品『おーいでてこーい』他、星作品に描かれた挿絵と小説冒頭をまとめた幻の作品集。（真鍋真）

たましいの場所　早川義夫

「恋をしていいのだ。今を歌っていくのだ」。心を揺るがす本質的な言葉。文庫用に最終章を追加。帯文＝宮藤官九郎　オマージュエッセイ＝七尾旅人

バーボン・ストリート・ブルース　高田渡

流行に迎合せず、グラス片手に飄々とうたい続け、いぶし銀のような輝きを放ちつつ逝った高田渡の酔いどれ人生、ここにあり。（スズキコージ）

ヨーロッパぶらりぶらり　山下清

「パンツをはかない男の像はにが手」「人魚のおしりは人間か魚かわからない」。〝裸の大将〟の眼に映ったヨーロッパは？　細密画入り。（赤瀬川原平）

ぼくなりの遊び方、行き方　横尾忠則

日本を代表する美術家の自伝。登場する人物、起こる出来事その全てが日本のカルチャー史！　壮大な物語はあらゆるフィクションを超える。（川村元気）

青春と変態　会田誠

著者の芸術活動の最初期にあり、高校生男子の暴発するエネルギーを、日記形式の独白調で綴る変態的青春小説もしくは青春的変態小説。（松蔭浩之）

うれしい悲鳴をあげてくれ　いしわたり淳治

作詞家、音楽プロデューサーとして活躍する著者の小説&エッセイ集。彼が「言葉」を紡ぐと誰もが楽しめる「物語」が生まれる。（鈴木おさむ）

ねにもつタイプ　岸本佐知子

何となく気になることにこだわる、ねにもつ。思索、奇想、妄想はばたく脳内ワールドをリズミカルな名短文でつづる。第23回講談社エッセイ賞受賞。

絶叫委員会　穂村弘

町には、偶然生まれては消えてゆく無数の詩が溢れている。不合理でナンセンスで真剣だからこそ可笑しい、天使的な言葉たちへの考察。（南伸坊）

虹色と幸運　柴崎友香

珠子、かおり、夏美。三〇代になった三人が、人に会い、おしゃべりし、いろいろ思う一年間。移りゆく季節の中で、日常の細部が輝く傑作。（江南亜美子）

こちらあみ子　今村夏子

あみ子の純粋な行動が周囲の人々を否応なく変えていく。第26回太宰治賞、第24回三島由紀夫賞受賞作。書き下ろし「チズさん」収録。（町田康／穂村弘）

さようなら、オレンジ　岩城けい

オーストラリアに流れ着いた難民サリマ。言葉も不自由な彼女が、新しい生活を切り拓いてゆく。第29回太宰治賞受賞・第150回芥川賞候補作。（小野正嗣）

なんたってドーナツ　早川茉莉編

貧しかった時代の手作りおやつ、日曜学校で出合った素敵なお菓子、毎朝宿泊客にドーナツを配るホテル、哲学させる穴……。文庫オリジナル。

ちくま文庫

悦《えつ》ちゃん

二〇一五年十二月十日 第一刷発行
二〇一六年一月十五日 第二刷発行

著者 獅子文六（しし・ぶんろく）
発行者 山野浩一
発行所 株式会社 筑摩書房
東京都台東区蔵前二―五―三 〒一一一―八七五五
振替〇〇一六〇―八―四一二三
装幀者 安野光雅
印刷所 中央精版印刷株式会社
製本所 中央精版印刷株式会社

乱丁・落丁本の場合は、左記宛にご送付下さい。
送料小社負担でお取り替えいたします。
ご注文・お問い合わせも左記へお願いします。
筑摩書房サービスセンター
埼玉県さいたま市北区櫛引町二―六〇四 〒三三一―八五〇七
電話番号 〇四八―六五一―〇〇五三

ISBN978-4-480-43309-1 C0193